红字

海关

值得注意的是，尽管不愿在炉边过多地谈论自己和我的事务，也不愿与我的私人朋友交谈，但自传性的冲动应该在我的一生中占有我两次，以向公众讲话。自从我三到四年以来，这是我的第一次，这是我无可厚非的，并且没有宽容的读者或侵入性作者可以想象的世俗的理由，我描述了我在古老而深沉的生活中的生活方式。男子汉 而现在，因为在我的沙漠之外，我很高兴能在以前的场合找到一两个听众，所以我再次通过按钮抓住了公众，并谈论了我在海关的三年经验。从来没有像现在这样忠实地遵循着著名的"教区牧师"的例子。然而，事实似乎是，当他在风中撒叶子时，作者的演讲不是，有很多人会抛弃他的体积，或者从不吸收它，而是几个比大多数人更了解他的人他的同学或伴侣。实际上，有些作者所做的远远不止于此，他们沉迷于机密的启示之深，以至于只有完全和完全的同情之心才能被恰当地解决。好像这本印刷版书在广阔的世界上泛滥成灾，肯定能找出作家本性的不同部分，并通过与之相处来完善他的生存圈子。但是，即使我们以非人为本的方式讲话，也很难讲全部内容。但是，由于思想陷入僵局，言语变得麻木，除非说话者保持某种真实的关系与他的听众一起，可以想象一个好心而忧虑的朋友，尽管不是最亲密的朋友，正在听我们的讲话。然后，由于这种和的意识而解冻了一个本土保护区，我们可能会对周围的环境，甚至我们自己的周围环境感到满意，但仍然使我的内心深处在面纱之下。在这种范围内，并且在这些限制内，作者（方法）可能是自传体，而不会侵犯读者的权利或自己的权利。

同样，可以看出，这种海关素描具有一定的专有性，这种专有性在文学中一直得到认可，它可以解释以下大部分内容是如何归我所有的，并且可以为您提供真实性的证明。其中的叙述。实际上，这是我的本事，是我本人希望成为编辑的真正职位，或者是使我成为故事中最复杂的故事中的一小部分的愿望，这也是我与他人建立真正关系的真正原因与公众。在达到主要目的时，似乎可以允许通过一些额外的修饰来淡化表示迄今为止未曾描述过的一种生活方式，以及其中所涉及的一些人物，其中作者恰巧是其中之一。。

在我的家乡塞勒姆镇，半个世纪前，在老德比国王时代的头顶，是一个熙熙的码头，但现在却被腐烂的木仓库所累，几乎没有或没有任何商业生活的征兆；除了可能是在其忧郁的长度的一半以内的树皮或桥墩，它排出了生皮；或者是近旁的新斯科舍大篷车，把柴火扔掉–我说，这是残破的码头的头，潮水经常泛滥，沿着这条码头，在排的底部和后部在许多建筑物中，多年的疲倦轨迹可在不俭朴的草丛中看到–在这里，从其前窗向下看时，前景并不十分活跃，因此在整个海港上站着一块宽敞的砖石建筑。从每个屋顶的最高点开始，在每个下午恰好三个半小时内，微风或平静地飘扬或下垂共和国的旗帜；但是十三条条纹是垂直而不是水平地转弯的，因此表明在这里建立了山姆大叔政府的文职而非军事职位。它的前部装饰有六扇木柱子的门廊，并支撑着一个阳台，在阳台下，一排宽阔的花岗岩台阶向着街道下降。入口上方盘旋着巨大的美洲鹰标本，翅膀张开，胸前罩着盾牌，如果我没记错的话，每只爪子里都有一束混杂的雷电和带刺的箭头。由于这种不快乐的家禽所表现出的惯常的脾气暴躁，她的喙和眼睛的凶猛，以及态度的普遍暴行使她看上去冒犯了进攻性社区；尤其要警告所有公民注意自己的安全，以免闯入她用翅膀遮盖住的房屋。然而，尽管她看上去很生气，但许多人正在此刻寻求将自己安置在联邦鹰的庇护下；我想，我想像她的胸部像一个鸭绒枕头一样柔软舒适。但即使心情很好，她也没有很大的温柔，而且早晚（通常早于晚）容易用爪子抓挠，喙轻擦或从她身上划伤伤口扑灭雏鸟带刺的箭头。

在上述建筑物周围的人行道上（我们也可以将其命名为港口的海关），其草丛中长满的草丛表明，近来它没有被任何众多的磨损商业胜地。但是，在一年中的某些月份中，当事态朝着更活跃的方向发展时，常常会有一个前夕。这样的情况可能使老年人想起那个时期，即在与英格兰的最后一次战争之前，塞勒姆本身就是一个港口；她现在不被自己的商人和船东嘲笑，他们让自己的码头瓦解而倒塌，而他们的事业却不必要地，毫无察觉地膨胀了纽约或波士顿巨大的商业洪流。在这样的某个早晨，当三到四艘船刚好是从非洲或南美洲突然到达的，或者正要驶离它们的边缘时，常有脚步声轻快地从花岗岩台阶上跳下的声音。在这里，在他自己的妻子向他打招呼之前，您可以在一个锈迹斑斑的锡盒中，向刚到港口的那位海难船长打招呼，将他的船上文件放在他的胳膊下。他的主人也快活，沉闷，客气或生闷气也来到这里，因此，由于他已经完成的远航计划已经通过商品实现了，将很快变成黄金，或者将他埋葬在大量此类商品中因为没人愿意摆脱他。同样，在这里-皱着眉头，灰褐色的胡子，疲惫不堪的商人的病菌-我们有一个聪明的年轻店员，他像狼般的鲜血一样感受到交通的滋味，并且已经在主人的船上发动了冒险，当他最好是在磨池上航行模拟船时。场景中的另一个人物是向外航行的水手，以寻求保护；或是刚来的苍白无力的人，正在向医院索要护照。我们也不应忘记从英国各省运来柴火的生锈小帆船的船长；粗糙的防水油布套，没有洋基的警觉性，但对我们的贸易衰落却贡献不大。

将所有这些人（有时是他们）与其他各种人聚集在一起，以使该小组多样化，并且暂时使海关成为一个激动人心的场面。但是，更频繁地，在爬上台阶时，您会发现-在入口处是夏季时，还是在适当的房间中（如果寒冷或恶劣的天气）-坐在老式椅子上的一排尊贵人物，它们被倾斜他们的后腿靠在墙上。他们常常睡着了，但偶尔可能会听到讲话和打之间的声音一起交谈，并且由于缺乏能量而使施舍者和所有依靠慈善维持生计的其他人与众不同。垄断劳动，或除他们自己的独立工作外的任何其他劳动。这些年迈的绅士是海关官员，他们在接受习俗时像马修一样就坐，但像他那样不太可能被召唤为使徒差事。

此外，在您进入前门时，左手边是某个房间或办公室，大约15平方英尺，高度很高，其两个拱形窗户可以看到上述破旧的码头，而第三个则是穿过狭窄的车道，沿着德比街的一部分。所有这三者都瞥见了杂货店，砌块制作者，排污者和船舶轻便小提琴的商店，通常都可以看到它们的门，笑和闲聊，成簇的旧盐以及诸如此类的其他码头鼠。困扰着海港的航行。房间本身是蛛网状的，肮脏的旧油漆。它的地板上布满了灰色的沙子，这种方式在其他地方早已被废弃。很容易从这个地方的简陋中得出结论，这是一个避难所，女人用魔术工具，扫帚和拖把进入这个避难所很少。在家具方面，有一个带大量漏斗的炉子。一张旧的松木书桌，旁边放着三足凳子；两三把木底椅子，非常衰弱和脆弱；并且-别忘了图书馆-在某些书架上，有数十卷或两卷国会法案以及大量的税收法规摘要。一根锡管从天花板升起，并与大厦的其他部分形成声音交流的媒介。在大约六个月前的这里-拐角处走动，或者在长腿凳上懒洋洋地躺着，肘部放在桌子上，双眼在早报的各列上上下徘徊，您可能已经认识到，感到荣幸读者，也是欢迎您进入他愉快的小书房的那个人，阳光照耀着您，穿过老宅西侧的柳树树枝，令人愉悦。但是现在，如果您去找他，您会白白询问火车头测量师。改革的威风席卷了他，而一位更有价值的继任者则表现出了他的尊严，并从中获利。

塞勒姆这个古老的小镇-我的故乡，尽管我在童年和成年时代都与之相距甚远-拥有或确实拥有我的感情，在我实际生活的季节中，我从未意识到过这种感情在这里居住。的确，就其物理方面而言，平坦，不变的表面主要覆盖着木制房屋，几乎没有或没有任何房屋伪装成建筑美-它的不规则性既不风景如画，也不古朴，只有驯服，它的长和懒惰的街道，疲惫地遍布整个半岛，一端是绞刑架山和新几内亚，另一端则看到了施舍的房子，这就是我家乡的特色，在混乱的棋盘上形成感性的依恋。然而，尽管在其他地方总是最幸福，但我内心深处对旧塞勒姆的感觉，在缺乏更好的表述的情况下，我必须满足于称呼情感。这种情绪很可能归因于我家人扎根土壤的深厚根源。现在，距我最初的移民-英国人-最初出现在我居住的森林和森林边界的定居点已经有两个世纪和四分之一了。在这里，他的后代已经出生和死亡，并把他们的尘土与土壤融为一体，直到其中的一小部分必须一定与凡人的骨架相像，在那儿，我走了一段时间。因此，在某种程度上，我所说的依恋只是灰尘对灰尘的感性同情。我的同胞中很少有人知道这是什么。也不是因为频繁移植对于种群而言更好，所以他们需要知道这一点是必要的。

但是这种情感也具有其道德品质。最早的祖先，是由家庭传统投资而来，朦胧而朦胧的宏伟形象，早在我记得的时候就呈现给了我幼稚的想象力。它仍然困扰着我，并给人一种对过去的家庭感觉，我几乎没有提到镇上的现阶段。由于这位坟墓，长胡须，披着黑貂，披着尖顶的祖先，我似乎对这里的住所更有说服力。他这么早就带着他的圣经和他的剑来了，并以如此庄严的方式踏入了破旧的街道作为一个战争与和平的人，他的形象如此之大，这比我自己的名字更有说服力。他是一名士兵，立法者，法官；他是教堂的统治者；他具有善恶的所有清教特质。他同样是一个严酷的迫害者；作为见证者，地震者们在他们的历史中曾想起他，并把他的严厉事件与一个教派妇女联系起来。据担心，这将比任何他的事迹记录持续更长的时间，尽管这些是许多。他的儿子也继承了迫害的精神，使自己在女巫的难中格外显眼，以至于可以说他们的鲜血在他身上留下了污点。的确如此之深，以至于如果他还没有完全被灰尘弄碎，那么在宪章街的墓地里，他那干的老骨头仍然必须保留！我不知道这些祖先是否会悔自己，并恳求天赦免他们的残忍；或者他们现在是否在另一种存在状态下因他们的沉重后果而吟。无论如何，我本人作为他们的代表在我眼中为自己蒙羞，并祈祷他们所遭受的任何诅咒-正如我所听到的，以及种族的沉闷和不景气，对许多人而言很久以前，我们就认为它存在-可能现在和将来都将被删除。

但是，毫无疑问，这些严厉和黑眉毛的清教徒中的任何一个，都以为对他的罪孽有足够的报应，以致在经过了这么长的岁月之后，家谱的老树干上长满了青苔，作为自己最强硬的人，本该像我这样的闲人。我没有珍惜的目标，他们会认为这是值得称赞的；如果我的生活超出其本国范围，那么我的成功就不会被成功所照耀。他们认为，除了没有正面的耻辱之外，他们将毫无价值。"他是什么？" 我祖先的一个灰色阴影向另一个抱怨。"故事书的作家！生活中怎样的事情-荣耀神的方式，或者在他的世代中可以为人类服务？这可能是为什么？这个堕落的家伙也可能是个提琴手！" 跨越时间的鸿沟，就是我的曾祖父与我之间所赞美的东西！然而，让他们尽可能嘲笑我，他们本性的强大特征与我交织在一起。

在这镇上最早的婴儿期和童年时期，这两个热心而又朝气蓬勃的人种下了深厚的种族。总是也要受到尊重；据我所知，从来没有因为一个不值得的成员而丢脸；但另一方面，在前两代人之后，很少或从来没有执行过任何令人难忘的事，或者甚至提出了要求公开的要求。渐渐地，它们几乎沉没了。就像在街上四处走走的老房子一样，由于新土壤的堆积而被覆盖到屋檐的一半。从父亲到儿子，一百多年来，他们一直跟随着大海。每一代都有一个灰头的船长，从四分之一甲板退回到了宅基地，而一个十四岁的男孩则在桅杆前继承了世袭的位置，面对着盐雾和烈风，他的父辈和祖父们怒吼。这个男孩也在适当的时候从楼房传到了机舱，度过了狂暴的男子气概，从流浪的世界中回来，变老了，死了，并把他的尘土与新生的土地混在一起。一个家庭的长久联系，有一个地方，作为其出生和埋葬的地方，在人与地方之间产生了一种亲缘关系，完全独立于周围风景或道德环境中的任何魅力。这不是爱，而是本能。新居民，他自己是从异国他乡来的，或者他的父亲或祖父来过的，几乎没有人称其为塞勒密人。他没有像牡蛎般坚韧的概念，他的第三个世纪正悄悄地爬过的老定居者，紧紧抓住他的后代居住的地方。无论这个地方对他来说是多么无聊；他对旧的木屋感到厌倦，泥土和尘土，场地和情感的枯竭，东风寒冷，以及最冷酷的社交氛围；-所有这些，以及他可能看到或想象的任何缺点没有任何目的。这个法术得以幸存，就像出生地是尘世间的天堂一样强大。我的情况也是如此。我觉得把塞勒姆当作我的家几乎是命运。这样一来，人们一直很熟悉这里的特征和品格-曾经，一个种族的代表躺在坟墓上，而另一个假设，就是他在主要街道上的三月行军-仍然可能在我的小日子里，在老城区被人们看到和认可。但是，这种感觉表明，已经变得不健康的连接最终应被切断。如果在相同的破旧土壤中种植和再种植一系列世代，人类的本性就不会像马铃薯一样繁荣。我的孩子们有其他的出生地，并且只要他们的运气在我的控制范围之内，就应扎根于不习惯的土地。

从旧楼房出来后，主要是对我的家乡的这种陌生，懒惰，令人不快的依恋，使我在山姆大叔的砖砌房屋中占据了一席之地，而那时我可能或什至更好地去了其他地方。我的厄运就在我身上。并不是第一次，也不是第二次，我消失了-好像是永久消失了-但是又回来了，就像那半分钱，或者塞勒姆对我来说，是宇宙不可避免的中心。因此，一个美好的早晨，我登上了花岗岩台阶，总统的佣金落在了我的口袋里，并被介绍给绅士军团，他们将协助我担负起海关首席执行官的重任。

我非常怀疑，或者更确切地说，我一点都不怀疑，无论是美国的任何公务员，无论是在民事还是军事领域，都像他本人一样拥有这样的父权制退伍军人。当我看着他们时，最老的居民的下落立刻就解决了。在此时期之前的二十多年中，收藏家的独立地位一直使塞勒姆海关不受政治风波的影响，这使得办公室的任期普遍如此脆弱。一名士兵-新英格兰最杰出的士兵-他坚定地站在他勇敢的服务的基石上；而且，由于他本人在上任以来历届政府的明智自由中得到了保证，因此在一个小时的危险和震撼中，他一直是下属的安全。米勒将军从根本上是保守的。一个人，其善良的自然习惯对其影响不大；即使在改变可能带来了毫无疑问的改善的情况下，也要坚强地将自己贴在熟悉的面孔上，并且难以适应变化。因此，在负责我的部门时，我发现只有几岁的男人。他们大部分是古代的船长，在每条海中被抛弃之后，坚决地抵御生命的狂暴冲击，终于漂流到这个安静的角落，在那里，除了周期性的恐怖之外，几乎没有什么可打扰他们的在总统选举中，他们所有人都获得了新的存在。尽管他们绝不比同龄人的衰老和体弱多病，但他们显然有一些护身符或其他护身符，使人无法幸免。可以肯定的是，他们中有两到三位患有风湿病或风湿病，或者卧床不起，在一年中的大部分时间里都没有梦想过在海关出现自己的形象；但是，在一个炎热的冬天之后，它会爬进五月或六月的温暖阳光下，懒惰地谈论他们所谓的职责，并在自己的休闲和便利下，让自己重新上床睡觉。我必须认罪，以简化这些共和国中一位以上的古老仆人的官职。在我的代表下，他们被允许从繁重的劳动中休息下来，不久之后，就好像他们唯一的生活原则是为国家服务一样热心-正如我真的相信那样-回到了更美好的世界。对我来说，虔诚的安慰是，通过我的干预，他们有足够的空间悔改邪恶和腐败的作法，当然，每个海关官员都应该陷入其中。海关的前门和后门都没有通向天堂的道路。

我的军官大部分是辉格党。对新来的测量师来说，不是一个政治家，而是一个值得纪念的兄弟会，尽管原则上是一个忠实的民主人士，但他既没有接受也没有担任任何政治职务的职务。如果不是这样的话（如果有一位活跃的政治家被安排到这个有影响力的职位上，承担起与鞭子收藏家对抗的轻而易举的任务，那位鞭子收藏家的软弱使他脱离了他的办公室的人事管理），几乎没有一个老兵能做到这一点在灭绝的天使走上海关台阶后的一个月内，他便吸纳了官方生活的气息。根据所收到的有关此类问题的法规，对于一个政治家来说，将每个白头都放在断头台的斧头下是没有错的。足够明显地可以看出，老家伙们对我的这种敬畏态度感到恐惧。看到我来临时所经历的恐怖，让我感到痛苦，同时使我感到好笑，看到半个世纪的暴风雨打着饱经风霜的双颊，在像我这样无害的人的眼神面前，脸色苍白。当一个人或另一个人向我讲话时，察觉到声音的颤抖，这种声音在过去的日子里一直不会通过说话的喇叭来吼叫，声音嘶哑到足以吓北极熊自己使其保持沉默。他们知道，这些优秀的老人，按照所有既定的规则，而且，按他们中的一些人的看法，由于他们自身缺乏业务效率而感到沉重，他们应该让位给年轻人，政治上更正统的人，以及完全比自己更适合我们共同的叔叔。我也知道这一点，但是我内心永远无法找到根据该知识采取行动的方法。因此，在我任职期间，他们继续并继续在码头走来走去，上下游荡海关的台阶，这对我自己的信誉是非常应有的，并且极大地损害了我的官方良心。他们还花了很多时间，在习惯的角落里睡着了，椅子向后倾斜在墙上。然而，在下午醒来一到两次，又以千百次重复的古老海底故事和发霉的笑话使对方感到厌烦，这些故事已成为密码和签名。

我想很快就发现了新的验船师，对他没有太大的伤害。因此，这些善良的老先生们怀着轻松自在的心怀和愉快地工作的意识（至少，如果不是为了我们心爱的国家，以自己的名义受聘），便经历了各种职务。他们在眼镜下狡猾地偷窥了船舱。他们对小事大惊小怪，有时如此奇妙，每当发生这样的失误时，较大的人都会在两手之间滑动，这是笨拙的-当一大批贵重商品被运送到岸上时，可能是在今天中午或直接在他们毫无疑义的鼻子下面-没有什么比他们继续锁定，双重锁定以及用胶带和密封蜡固定的警惕性和敏捷性更重要了。该案似乎不是要对他们以前的疏忽加以谴责，而是要在恶作剧发生后要求对他们值得赞扬的谨慎表示哀悼。在不再有任何补救措施之时感谢他们的热情。

除非人们比一般人更讨厌，否则我愚蠢的习惯就是对他们友善。如果我的同伴角色中有更好的部分，那是我认为通常最重要的部分，并构成了我认识男人的类型。由于大多数这些旧海关官员都具有良好的特质，而我作为父辈和保护人的立场有利于友好情感的发展，所以我很快就喜欢上了所有人。夏天的时候很愉快-当热浪几乎将整个人类的家庭液化了，只向他们半湿的系统传达了一种温和的温暖-很高兴听到他们在后面的入口聊天，一排排像往常一样，全部都贴在墙上；过去几代人的冰冻的修辞术被解冻，并从他们的唇中笑出声来。在外部，老年人的快乐与孩子的喜乐有很多共同之处；智力，除具有很深的幽默感外，与事情无关。两者兼有，在表面上闪闪发光，并给绿色的树枝和灰色的易弯曲的树干赋予阳光和愉悦的外观。然而，在一种情况下，这是真正的阳光；另一方面，它更像是腐烂木材的磷光。

读者必须理解，以我所有的优秀老朋友的身份来代表他们，真是令人遗憾的不公正。首先，我的陪审员并不总是老。他们中间有许多人，他们的才华和能力，能力和精力都显着，完全优于邪恶之星将他们抛弃的呆滞和依赖的生活方式。然后，有时还发现年纪大的白锁是一个知识分子房屋的茅草屋顶，井井有条。但是，对于我的大多数退伍军人而言，如果我将他们一般地描述为一组令人厌倦的老灵魂，那将是没有错的。他们似乎已经抛弃了所有实践智慧的黄金点，他们享受了很多收获的机会，并且最谨慎地将他们的记忆与果壳一起保存。他们对早晨的早餐，昨天的早餐，今天的早餐或明天的晚餐比四十或五十年前的沉船事故以及他们用年轻的眼睛目睹的所有世界奇观更加感兴趣和感兴趣。

海关的父亲（族长）不仅是这小部分官员的祖先，而且，我大胆地说，在美国各地受人尊敬的潮汐接待人员中，父亲都是一位特定的督察。他可能真的被称为税收制度的合法儿子，染上了羊毛，或者生了紫色。自从他的父亲以来，一个革命上校，曾是港口的收藏家，为他创建了一个办公室，并任命他为他任职。我最初认识他时，这位检查员是四岁左右的人，大概是您一生中可能会发现的最美妙的冬绿色标本之一。他那双灿烂的脸颊，紧致的身材巧妙地排列在一件亮色纽扣的蓝色外套中，他敏捷而有力的脚步，以及他坚硬而又畅的表情，他看起来似乎并不年轻，但确实是一种新的自然母亲。人的形狀，年龄和体弱无关系。他的声音和笑声一直在海关中回荡，没有老人说话的颤抖颤音和嘶哑。他们从他的肺中伸出来，像是公鸡的乌鸦，或者是喇叭声。从他系统的彻底健康和有益健康，到他在那个极端年龄的能力，他享受着全部或几乎所有这些，都是他曾经瞄准或想到的乐趣。他在报关行一生的粗心安全，有固定收入，略有疏忽而又很少被遣送的担心，无疑使时间流逝了。然而，最初和更有效的原因在于他的动物天性的罕见完善，适度的智力以及道德和精神成分的微不足道的混合。确实，这些后一种特质几乎不足以阻止这位老绅士四肢走路。他没有思想的力量，没有感情的深度，没有烦恼的感觉：总之，没有什么，只是一些平常的直觉，在他身体健康的过程中不可避免地变得开朗起来的脾气使他表现得很出色，并获得普遍认可，以换取一颗心。自从死后，他一直是三个妻子的丈夫。他是二十个孩子的父亲，其中大多数在每个童年或成年时代都重归尘土。在这里，人们可能会感到悲伤，以至于使最阳光的性格受到黑貂色的影响。我们的旧检查员不是这样。一次简短的叹息就足以消除这些令人沮丧的回忆的全部负担。下一刻，他就像未出生的婴儿一样准备运动：比收藏家的初级职员要早得多，后者在19岁时是两个人中年龄较大和较重的人。

我认为，我曾经以比其他任何形式的人类更生动的好奇心来观看和研究这个家长制人物。实际上，他是一种罕见的现象；从一个角度来看是如此完美；彼此之间如此肤浅，如此痴迷，如此难以实现。我的结论是他没有灵魂，没有心，没有头脑；正如我已经说过的，没有什么，只是本能。然而，总的来说，把他性格上的几样材料巧妙地组合在一起，以至于没有痛苦的缺乏感，但就我而言，我对他身上的发现完全满意。可能很难（现在是如此）去构想他以后应该如何生活，他看起来那么世俗而感性。但可以肯定的是，他在这里的存在并没有被无礼地承认，承认他的最后一口气将终止。他们没有比野兽更高的道德责任，但是比他们的野兽拥有更大的享受范围，并且拥有所有幸免于年龄的沉浮和昏暗的抵抗力。

与四足弟兄相比，他具有很大优势的一个方面是他有能力回忆起美味的晚餐，这使他一生的幸福生活都不能少。他的美食家是一个非常令人愉快的特征。听他讲烤肉，就像泡菜或牡蛎一样开胃。由于他没有更高的属性，也没有通过献出自己的全部才能和才智来牺牲或奉献任何精神上的天赋，以维护他的花的喜悦和利益，因此听到他对鱼，禽肉和肉类的详细描述，我总是感到高兴和满意。，以及为表格准备它们的最合格方法。他回想起愉快的喝彩，无论实际宴会的日期有多古老，似乎都使猪或火鸡的味道扑鼻而来。他的味蕾上留有不少于六十或七十年的味道，而且显然仍像他刚吃过早饭时吃的羊排一样新鲜。我听说他在晚餐时嘴唇，除了他本人以外，所有来宾一直都是蠕虫的食物。观察过去吃饭的鬼魂如何不断在他面前崛起真是太奇妙了-不是在生气或报应，而是仿佛感谢他以前的欣赏，并试图重现无尽的享乐，立刻变得阴暗而感性：会记住牛肉的里脊肉，小牛肉的后四分之一，猪肉的排骨，特定的鸡肉或非常值得称赞的火鸡，这些火炭也许是在老亚当斯时代装饰他的木板的；而后来我们比赛的所有经历，以及使他的个人事业焕发或光辉的所有事件，都像过去的微风一样对他产生了永久的影响。据我判断，老人一生的主要悲惨事件是他与一只鹅的不幸事故，该鹅死于二十四十年前，死了：这只鹅最有前途，但事实证明如此坚韧，雕刻刀在其尸体上不会留下任何痕迹，只能用斧头和手锯将其分开。

但是现在该退出这个草图了；但是，我应该高兴地在更长的时间上居住，因为我认识的所有男人中，这个人最适合做海关官员。由于我可能没有空间暗示的原因，大多数人会因这种特殊的生活方式而遭受道德损害。老检查员无能为力；而且，如果他继续任职到年底，那将和他当时一样好，并以饱满的胃口坐下来吃晚饭。

有一种相似之处，没有这种相似之处，我的海关肖像馆将是奇怪的不完整，但是我观察的机会相对较少，使我只能在最轮廓上画草图。是我们的英勇老将军的收藏家，在他出色的服兵役之后，后来他统治了一个狂野的西部领土，二十年来，他来到这里度过了他光荣而光荣的生活的衰落。

这位勇敢的士兵已经算出了差不多三年的三年零十年的数字，并且正在追求他尘世间的其余部分，身体上充满了软弱无力，即使是他本人精神振奋的回忆中的军事音乐也无法减轻负担。现在这步被麻痹了，这是最重要的。只有在一个仆人的帮助下，他才能将手重重地倚在铁制的栏杆上，他才能缓慢而痛苦地爬上海关的台阶，并且在整个地板上辛苦地前进着，将他的习惯椅子拿到了旁边。壁炉。他曾经坐在那儿，在纸沙沙的声音，宣誓的管理，业务的讨论以及办公室的闲聊中，来来往往的人物看上去有些昏暗的平静。所有这些声音和环境似乎都并不能使他的感官印象深刻，也很难进入他的内心深处。就此而言，他的容貌温和友善。如果征求他的注意，就会有礼貌和兴趣的表情在他的特征上闪闪发光，证明他内在有光，并且只有知识之灯的外在介质才阻挡了光线的通过。您越接近他的思想实质，声音就越响亮。当不再需要讲话或聆听时（无论哪种操作都使他付出了明显的努力）

，他的脸都会短暂地消退到以前的平淡无声的安静中。看到这种外观并不痛苦；因为它虽然暗淡，却没有衰老的残缺。他本来坚固而庞大的天性框架尚未崩溃。

然而，在这样的劣势下，观察和定义他的角色是一项艰巨的任务，就像从其灰暗和破碎的废墟中想象并找到一个像一样的新堡垒要困难。到处都是，墙壁可能几乎完好无损。但是其他地方可能只是一个没有形状的土墩，它的力量非常笨拙，并且由于长期的和平与忽视而长满了草和外来杂草。

但是，怀着深情地看着这位老战士-因为，就像我们之间的交流一样，我对他的感觉，就像认识他的所有两足动物和四足动物的感觉一样，可能不恰当地被这样说，-我可以辨别要点他的画像。它以高贵和英勇的品质为标志，表明他赢得了一个杰出的名字，这不仅仅是偶然的，而且是正确的。我认为，他的精神永远不会以不愉快的活动为特征。在他一生的任何时期，都必须有冲动才能使他动起来；但是一旦激起，要克服的障碍，要实现一个适当的目标，就没有人要屈服或失败。以前弥漫着他的本性，但尚未灭绝的那种热量，从来没有那种在大火中闪烁的现象；而是像炉子里的铁一样发出深红色的光芒。体重，坚毅，坚定-这就是他的安息的表达，即使在我演讲期间不合时宜地掩盖了他的衰败。但我仍然可以想象，即使在那种激动之下，应该被他的意识深深地吸引着-被喇叭的刺叫声唤醒，足够响亮以唤醒他所有尚未消亡但只是沉睡的能量-他仍然有能力逃跑摆脱自己的身体虚弱，像病人的长袍一样，丢下年老的职员抓住一把战剑，再一次发动战士。而且，在如此激烈的片刻中，他的举止仍然会平静下来。然而，这样的展览不过是被想象中的。不可预期，也不可取。我在他身上看到的东西-显然是古老的提康德罗加坚不可摧的城墙，已经被认为是最合适的比喻-具有顽固而艰苦的耐力特征，很可能在他早年时固执己见；像他的其他大多数赋一样，具有正直的质量，就像一吨铁矿石一样难以控制或难以管理；仁慈的热情，在他带领奇佩瓦或要塞刺刀刺入的过程中，使我成为了真正的邮票，与动员了任何或所有时代的慈善家一样。他用自己的双手杀死了人，因为据我所知-当然，他们在镰刀扫过之前像草叶一样掉落，在他的精神赋予其胜利能量的冲锋之前-但无论如何，在那里他的心中从来没有像蝴蝶翅膀那样残酷地残酷地杀过他。我不认识那个天生善良的人，我会更自信地向他提出上诉。

在我遇见将军之前，许多特征（以及也至少在强制作用上有助于赋予草图相似性的那些特征）必须消失或模糊不清。通常，所有仅仅优美的属性都是最隐晦的。大自然也不会用新美的花朵来装饰人类的废墟，因为它们的根源和适当的营养只有在腐烂的裂缝和缝隙中才行，因为她在提康德罗加被毁的堡垒上播种了壁花。尽管如此，即使在优雅和美丽方面，也有一些值得注意的地方。一缕幽默，时不时地穿过朦胧的遮蔽的面纱，令人愉悦地闪烁在我们的脸上。这位将军对花卉的观赏性和香气表现出了一种乡土风情的特点，这种特点很少出现于童年或幼年后的男性形象。一个老兵可能应该只珍惜额头上的血腥桂冠；但是这里似乎有一个年轻女孩对花卉部落的欣赏。

在壁炉旁，那位勇敢的老将军曾经坐在那里；验船师虽然很少，但在可以避免的情况下，承担起与他交谈的艰巨任务，却喜欢站在远处，看着他安静而微弱的容貌。他似乎离我们很远，尽管我们看见了他，但离我们只有几码远。很遥远，尽管我们靠近他的椅子；尽管我们可能伸出了双手，抚摸了他自己的双手，却无法实现。与在收藏家办公室的环境不适当的情况下相比，他的思想生活可能更真实。游行的演变；战斗的喧嚣；三十年前听过的古老英雄音乐的兴旺发展-这些场景和声音也许在他的理智意识之前都还活着。同时，商人和船长，云杉的办事员和粗俗的水手进入并离开。他的商业和习俗生活的喧嚣使他周围的小杂音不断。而将军似乎与这些人或他们的事务都没有维持最遥远的关系。他和旧剑一样不合时宜-现在已经生锈了，但是已经在战线前闪过一次，并且刀刃上仍然闪着明亮的光芒-会在上面的墨水架，折纸架和红木尺子中副收藏家的桌子。

有一件事情极大地帮助了我更新和重新创建了尼亚加拉边境的坚定兵力——一个真正简单的能量人。这是对他那些令人难忘的话的回忆："我会尽力，先生"，是在一个绝望而英勇的事业的边缘说出的，呼吸着新英格兰艰难的灵魂和精神，领悟了所有的危险，并遇到了所有。如果在我们的国家，勇气得到了纹章荣誉的奖励，那么这句话-听起来似乎很简单，但是只有他担负着危险和光荣的任务，他才会说过-这将是最好和最合适的将军的所有座右铭。

它极大地促进了一个人的道德和智力健康，使其养成与自己不同的人相处的习惯，这些人与自己的追求无关紧要，他的才能和才能必须超越自己才能欣赏。我一生中的事故常常使我受益匪浅，但在我任职期间，却从未获得过充实和丰富的经历。特别是有一个人，对他的性格的观察使我有了新的才华。他的礼物很强调是一个商人的礼物。迅速，敏锐，头脑清晰；用一双眼看透了所有的困惑，加上安排的能力使它们消失了，就像附魔魔杖的挥舞一样。他在海关的童年时代长大，这是他的活动重点。而且，许多复杂的事务使闯入者感到烦恼，向他展示了一个完善而全面的制度。在我的沉思中，他是全班同学的理想。的确，他本人就是海关。或者，无论如何，主发条保持其各种旋转的轮子运动；因为，在这样的机构中，其官员被任命为维护自己的利益和便利，并且很少以领导力来说明自己是否适合履行职责，因此他们必须强迫其他地方寻求灵活性。因此，由于不可避免的需要，因为磁铁吸引着钢丝，我们的商人也因此吸引了大家遇到的困难。凭着轻松的谦卑和对我们愚蠢的宽容-从他的思想顺序来看，这一定看起来几乎没有犯罪-他会用手指轻触的方式使这种愚蠢的事物变得清晰如日。商人对他的评价不低于我们，他的密友。他的正直很完美；这是他的自然法则，而不是选择或原则。智慧的主要条件也绝非如此，他在事务管理中是如此的清晰和准确，以至于诚实和经常。对他的职业范围内的任何事情沾上他的良心，都会以同样的方式麻烦这种人，尽管其程度远大于帐户或墨水余额的错误。记录的公平页面上的污点。总之，这是我一生中很少见的例子，我遇到了一个完全适应他所处境地的人。

这就是我现在发现与自己有联系的一些人。我在普罗维登斯的掌控下，大部分时间都与以前的习惯不太相像。并让自己认真地从中收集任何收益。在我与布鲁克农场的梦幻兄弟们辛勤劳作和不切实际的计划交往之后；在像艾默生这样的智力的微妙影响下生活了三年之后；在阿布萨比山上狂野而自由的日子过后，除了倒下的树枝之火，还有沉重的吟唱，沉迷于奇妙的猜测；在与梭罗谈论瓦尔登的偏僻寺院中的松树和印度文物之后；在对希拉德文化的经典改良同情而变得挑剔之后；在朗费罗的炉石上沉醉于诗意的情绪之后，我终于应该锻炼我本性的其他才能，并以迄今为止我食欲不振的食物来滋养自己。即使是老检查员，为了改变饮食，对一个知道奥尔科特的人也是可取的。在某种程度上，我认为它是一个系统的自然平衡的证据，并且没有一个全面组织的重要组成部分，如果要记住这样的伙伴，我可以立即与完全不同素质的人相处，永远不要抱怨变化。

在我看来，文学，文学的创作和创作对象现在已不多了。在此期间，我不关心书本；他们和我分开了。自然-除了人类的自然-从某种意义上说，在地球和天空中发展的自然是对我隐藏的；而所有那些充满想象力的愉悦感都在我的脑海中消失了。一份礼物，一位教师（如果没有离开的话）就被吊死并且没有生命。如果我没有意识到回忆过去的一切有价值的事，这一切我本来会感到悲伤，难以言喻的沉闷。的确，这可能是一种生活，不能不受惩罚地过长的生活；否则，它可能使我永久地变回原来的样子，而没有将我转变为任何值得我尝试的形状。但是我从来没有把它当作短暂的生活。我总有一种预言性的本能，低沉的耳语，在不长的时间内，每当新的习惯改变对我的福祉必不可少时，改变就会来临。

同时，我在那里是收入的测量师，据我所知，它是需要的测量师。一个思想，花哨和敏锐的人（如果他是测量师这种素质的十倍），只要他愿意选择给自己添麻烦，他随时都可能是一个有风度的人。我的同僚，以及与我的公职使我处于任何联系的商人和船长，从没有其他角度看待我，而且可能没有其他性质的认识我。我想他们中没有一个人曾阅读过我的一篇文章，或者如果他们都读了无花果，我会更爱上一个无花果。至少也不会用同样的无利可图的书页用像伯恩斯或乔的笔来写这些东西，而我当时每个人都是海关官员。对于一个梦以求的文学名声，并以这种方式使自己跻身世界要人之列的人来说，这是一个很好的教训，尽管这往往是艰辛的。他的主张得到了认可，并发现他所实现的一切以及他所针对的一切都远远超出了这个圈子。我不知道我特别需要这节课，无论是警告还是责备。但是无论如何，我都学得很透彻：也不是，它使我很高兴反思，做到这一点，因为事实真相使我无法理解，曾经让我感到困惑，或者不得不叹息。在文学演讲方面，的确是，海军军官（一位出色的同伴，与我一起进入办公室，仅在不久后出局）会经常让我参与讨论他或他最喜欢的一个人主题，拿破仑或莎士比亚。收藏家的初级文员，也是位年轻的绅士，偶尔被窃窃私语地覆盖着山姆大叔的信纸，上面（在几码远的地方）看起来很像诗歌，时而用来跟我说话，因为我可能会熟识。这就是我所有的文字交流；对于我的必需品来说已经足够了。

我不再寻求或关心我的名字应该在国外标上名字，我笑了，以为它现在有了另一种时尚。海关标记在钢板上的胡椒袋、大麻篮、雪茄盒以及各种应课税商品的包装上刻上蜡纸和黑色涂料，以证明这些商品已经支付了假冒费用，并且经常去办公室。依靠这样的名气，人们对我的存在的了解，正如一个名字所传达的那样，被带到了从未有过的地方，我希望永远不会再走了。

但是过去并没有死。很久以来，似乎如此重要和活跃的思想却又如此安静地静息了下来，这些思想又重新得到了复兴。当我逐渐醒悟过去的习惯时，最引人注目的场合之一就是把它带给公众以我现在正在写的草图在文学礼仪法则之内。

在海关的第二层，有一间大房间，砖砌的建筑和裸露的子从未被镶板和灰泥覆盖。该大厦最初按与港口的老商业企业相适应的比例投影，并具有后来的繁荣注定永远不会实现的构想，其容纳的空间远远大于其乘员所能知道的。因此，这个通风的大厅至今仍未完工，直到收藏家的公寓，而且尽管老旧的蜘蛛网装饰着昏暗的光束，但似乎仍在等待木匠和泥瓦匠的工作。在房间的一端，在一个凹进处，有许多桶相互叠放，里面装有成捆的官方文件。大量类似垃圾堆放地板。想到这些发霉的纸浪费了多少天，几周，几月和几年的辛劳，这真是令人伤心，这些纸现在在地球上只是一种负担，被藏在这个被遗忘的角落里，再也看不到在人眼中。但是随后，其他手稿中的许多内容同样被遗忘了，这些内容不是充满正式形式的呆板，而是充满创造力的大脑和深厚的内心的积淀。而且，由于这些堆积如山的报纸在他们的生活中没有任何目的，而且最重要的是，他们没有为他们的作家购买舒适的生计，而海关的书记员却因这些毫无用处的草稿而获得了报酬。钢笔。但是，作为地方历史的资料，可能并非一文不值。毫无疑问，这里可能会发现塞勒姆前商业的统计数据，还有她那位贵族商人的纪念碑-老德比国王-老比利·格雷-老西蒙·福雷斯特-以及他时代的另一位大亨，其头顶粉是他的山上的财富开始减少之前，几乎不在坟墓里。如今，可以追溯到构成塞勒姆贵族的大部分家庭的创始人，这些人的起源是从交通的小事和晦涩的开始，通常是在革命之后很久的时期，一直到他们的孩子长期以来所看的东西，确定的等级。

革命之前，缺乏记录；海关的早期文件和档案可能被带到了哈利法克斯，当时国王的所有官员都陪同英国军队从波士顿逃跑。我常常为此感到后悔；因为，也许要追溯到保护国的时代，那些报纸肯定包含了许多被遗忘或被记住的人以及古老的习俗的参考文献，这对我的影响和我以前拾起印度箭一样的愉悦头在附近的老豪宅领域。

但是，在一个闲散而又雨天，发现一点点兴趣是我的幸运。在角落里戳戳并钻探堆积的垃圾，展开一份和另一份文件，并阅读很久以前沉没在海中或在码头上腐烂的船只的名称，而那些商人从未听说过这种变化，苔藓的墓碑也很难辨认；带着悲伤的，疲倦的，半不情愿的兴趣看待这些事情，我们对死者的尸体给予了浓厚的兴趣，并花了我很少的精力去做些呆滞的工作，从这些枯燥的骨头上勾勒出旧城区光彩照人的形象，当印度是一个新地区时，只有塞勒姆才知道这条路–我偶然将我的手放在一个小包装上，小心地用一块古老的黄色羊皮纸整理。当书记员用比现在更多的实质性材料来充实其僵硬而正式的手相时，这种信封具有一段很久以前的正式记录。关于它的某种东西加快了本能的好奇心，使我摆脱了捆扎包裹的褪色繁文节，感觉到这里的宝藏将被曝光。在不弄皱羊皮纸的硬褶的情况下，我发现这是一个由州长盖章的委员会，由一个乔纳森·普埃担任，是马萨诸塞州塞勒姆港下风俗的测量师湾。我记得曾读过（可能是在毛毡的"年鉴"中）关于先生死亡的通知。大约四年前的验船师普埃；同样，在最近的报纸上，也有关于他的遗体在圣约翰小墓地中被挖掘的记录。彼得的教堂，在该建筑物的更新。如果我正确地想起，那没有什么比我尊敬的前任遗留下来的了，除了一个不完美的骨架，还有一些服装碎片，还有一副雄伟的毛躁假发，与曾经装饰过的头部不同，保存得非常令人满意。但是，在检查羊皮纸委员会用来包裹的文件时，我发现了更多先生的踪迹。的精神部分以及头部的内部操作，比起那顶古老的头骨本身所散发的假发还多。

简而言之，它们是文件，不是官方文件，而是私人文件，或者至少是以他的私人身份写的，显然是他亲手写的。我只能通过先生来解释它们被包括在海关木材堆中的原因。的死突然发生了，这些文件（他可能保存在他的办公桌上）从未使他的继承人知道，或者被认为与收益业务有关。在将档案移交给哈利法克斯的过程中，这一被证明没有引起公众关注的软件包被抛在了后面，并且从那以后一直未公开。

这位古老的测量师-我想，在他成立之初与公司有关的事务很少受到骚扰-似乎将他的许多闲暇时间都花在了作为当地古物的研究上，以及其他类似性质的宗教裁判所。这些物质为人们的小事活动提供了物质，否则它们就会被锈蚀所吞噬。

在编写本卷中的标题为"主要街道"的文章时，他的部分事实对我很有帮助。如果我对出生地的崇高敬意使我虔诚地从事一项工作，那么其余的也许可以用于以后同样有价值的目的，或者可能无法解决，只要它们进入塞勒姆的常规历史。同时，他们应由任何有才干，有能力的绅士指挥，把我无用的劳动从我手中夺走。作为最后的处置，我打算将它们存放在历史协会中。但是最吸引我注意这个神秘包装的物品是一件精美的红色布料，磨损严重且褪色，上面有金色绣花的痕迹，然而，它被磨损和污损很大，所以没有，或者闪闪发光的东西很少。它很容易察觉，并且以出色的针线技巧熟练地制成；针脚（正如我所熟悉的女士们向我保证的那样）提供了一种现已被遗忘的艺术的证据，即使在挑线的过程中也不会被发现。经过仔细检查后，这条猩红色的抹布（时间，磨损和磨损）和腐烂的蛾子几乎把抹布除掉了，变成了字母的形状。

这是大写字母。通过精确的测量，每个肢体的长度精确到三英寸，四分之一。毫无疑问，它原本打算作为一种装饰性的衣服；但是在过去的时代，它是如何穿着的，或者它代表着什么等级，荣誉和尊严，是一个谜语（因此，在这些方面，世界的时尚是短暂的），我几乎没有希望解决。却奇怪地使我感兴趣。我的目光注视着那条鲜红的字母，不会被抛在一边。当然，其中有一些最值得解释的深层含义，而且它是从神秘的符号中散发出来的，巧妙地将自己传达给我的情感，却逃避了对我思想的分析。

当如此困惑和困惑（除其他假设外）时，这封信是否可能不是白人为了夺取印第安人的眼光而曾做过的装饰之一？我碰巧将其放在我的胸口。在我看来-读者可能会微笑，但千万不要怀疑我的话-在我看来，我感受到的感觉并非完全是物理的，而是几乎是灼热的感觉，好像这封信不是红布，但烫铁。我发抖，不由自主地让它掉在地上。

迄今为止，在深思熟虑的猩红色字母中，我一直忽略去检查一小卷漆皮纸，并将其扭曲。我现在打开了这本书，很满意地找到了由旧的验船师的笔记录下来的东西，对整个事件进行了合理的完整解释。有几张傻瓜纸，其中包含许多有关一位海王星白鼬的生活和对话的细节，在我们的祖先看来，这些人似乎是一个值得注意的人物。在马萨诸塞州成立初期到17世纪末这段时期，她的事业蒸蒸日上。老年人，活在先生时代 验船师普埃从他的口头作证中记下了他的叙述，在他们年轻的时候就想起了她，她是一个年迈而庄重的庄重而庄重的女人。从近乎远古时代开始，她就一直习惯以志愿护士的身份出国旅行，并尽其所能地做其他各种事情。同样，她也承担起自己在所有事情上的建议，尤其是在内心的事情上，通过这种方式（作为一个不可避免地具有这种倾向的人必须），她从许多人中得到了天使的崇敬，但是，我应该想象，被其他人视为入侵者和滋扰者。进一步探究手稿，我发现了这位单身女人的其他所作所为和苦难的记录，在大多数情况下，读者都将其称为"红字"。并且应该牢记，这个故事的主要事实是由先生先生的文件授权和认证的。验船师 我仍然拥有原始文件以及鲜红的信件本身（这是一个最古怪的文物），并且可以自由地展示给任何由于叙事的极大兴趣而引起希望看到它们的人。我不应该肯定地说，在打扮这个故事，并想象影响人物角色的动机和激情模式时，我总是将自己局限于老测量师的一半范围内。的傻瓜床单。相反，就这些方面而言，我已经允许我自己，或者几乎完全允许，就像事实完全是我自己发明的那样。我主张的是轮廓的真实性。

这件事在某种程度上让我想起了往事。这里似乎有一个故事的基础。它给我留下了深刻的印象，就像那位古老的验船师在走了一百年的衣服之后，戴着不朽的假发-被埋葬在他的坟墓里，却没有在坟墓中灭亡-在习俗的空旷房间里遇见了我，屋。在他的港口有一位尊严的人的尊严，他因此受到一道光芒四射的光芒的照耀，光芒四射，宝座如此耀眼。，共和党官员的子手看上去与众不同，共和党人作为人民的仆人，感觉自己比主人差得最少，却比主人低下。用他自己幽灵般的手，那朦胧而又雄伟的人物形象给了我猩红色的符号和少量的解释性手稿。他以自己幽灵般的声音劝诫我，对我的孝顺义务和对他的尊敬的神圣考虑（他可以合理地将自己视为我的正式祖先），以将他发霉的，食腐的润滑剂带给公众。"去做，"先生先生的幽灵说。验船师普埃，点点头，使那头令人难忘的假发显得如此气势磅；。"这样做，利润将全由您自己承担。您很快就会需要它；因为它不在您的日子里，就像在我的生活中那样，当一个人的办公室是无偿的，并且常常是传家宝。但我负责对于老太太普林，您，应将应有的荣誉归功于您的前任。" 验船师普埃-"我会"。

因此，关于海丝特·白兰的故事，我给予了很多思考。这是我沉思的一个多小时，然后在房间里来回走动，或者反复遍历一百次，从海关的前门到侧门再回去。旧的检查员，秤重人员和测量人员的疲倦和烦恼是极大的,他们的沉睡被我过去和返回的脚步无情地延长而感到不安。记得他们以前的习惯,他们常常说验船师在四分之一甲板上行走。他们可能认为我唯一的目的-确实是一个理智的人可能自愿采取的唯一目的-是为了吃晚餐。说实话,食欲被如此漫长的不懈锻炼的唯一有价值的结果是,食欲被通行的大风吹过。风俗习惯的气氛适应得如此微不足道,以至于花哨的花哨和感性的微妙收获,以至于如果我在那儿担任十个任职总统仍没有呆在那儿,我怀疑"红字"的故事是否曾被带过公众的目光。我的想象力是一面失去光泽的镜子。它不会反映出我尽力而为的数字,或者只会使它暗淡无光。我可能会在我的知识伪造身上点燃的任何热量都不会使叙事的人物变暖和具有延展性。他们既不会热情洋溢,也不会情怀温柔,但会保留死尸的所有僵化,并以蔑的蔑视坚定而可怕地瞪着我。"你和我们有什么关系?" 这种表情似乎在说。"您曾经拥有过的不现实部落的权力已经荡然无存了!您为获得少量公共金而以物易物。然后去赚取工资!" 简而言之,我自己幻想中几乎会变得很酸的生物在没有公平场合的情况下欺骗了我。

不仅在三个半小时内,山姆大叔声称自己在我的日常生活中占有一席之地,这令人沮丧的麻木使我拥有了一切。每当我(很少而且很不情愿)在海边散步和漫步时,它就伴随着我,我发自内心地寻求自然的令人振奋的魅力,这种魅力过去曾带给我如此清新和思考的活力,跨过了老房子的门槛。被视为智力工作能力的那只烤面包陪伴着我回家,并在我最荒谬地称为我的书房的房间里压着我。直到深夜，我坐在荒凉的客厅里，只被微弱的燃煤和月亮照亮，努力描绘出虚幻的景象，第二天可能会在明亮的页面上流出时，我也没有离开过在许多描述中。

如果富有想象力的教师拒绝在这样一个小时内采取行动，那很可能被认为是没有希望的情况。月光，在一个熟悉的房间里，落在地毯上的白色，如此清晰地显示所有图形-使每个物体都如此微弱可见，但与早晨或中午的可见度不同-是最适合浪漫小说作家了解他虚幻的客人。著名公寓的家庭风景很小；椅子，每个都有各自的个性；中央桌子，支撑着一个工作篮，一个或两个容积和一个熄灭的灯；沙发；书柜 墙上的图片-所有这些细节，都被完全看到了，它们被异常的光线深深地吸引了，以至于它们似乎失去了实质，变成了理智的事物。没有什么东西太小或太琐碎以至于无法接受这种改变并因此获得尊严。童鞋；娃娃坐在柳条小马车上；简而言之，无论是白天使用或玩过的木马，如今都被充斥着陌生和遥远的品质，尽管它仍然几乎像白天一样生动。因此，因此，我们熟悉的房间的地板已经变成了一个中立的区域，介于现实世界和仙境之间，在那儿，实际和虚构可能会汇合在一起，并且彼此之间都充满了彼此的本质。幽灵可能会进入这里而不会吓到我们。如果我们环顾四周，发现一种心爱但又消失的形式，那么与场景保持一致就太令人惊讶了，现在，它静静地坐在这条神奇的月光中，这会让我们怀疑无论是从远方归来，还是从来没有从我们的火炉旁搅动过。

我要描述的是，有些暗淡的煤火对产生这种效果具有至关重要的影响。它在整个房间内散发出不显眼的色调，墙壁和天花板上微微的红润，以及家具抛光上的反光。温暖的光芒将自己与月光的冷灵融为一体，并传达着一种心灵和人类柔情对花哨召唤形式的敏感性。它将它们从雪像转换成男人和女人。瞥了一眼镜子，我们看到-深陷在鬼屋的边缘-半熄灭的无烟煤的闷热光芒，地板上的白色月光柱以及画面的所有闪烁和阴影的重复，其中一个远离实际，更接近于想象。然后，在这样一个小时的时间里，在他面前的场景中，如果一个人独自一人坐着，无法梦想奇怪的事情，并使它们看起来像是真理，那么他就永远不必试图写下浪漫。

但是，对我自己而言，在我整个习俗体验中，月光和阳光以及火光的照耀在我看来都是相似的；他们俩都没有比牛脂蜡烛的闪光更有用。一整类易感性以及与之相关的天赋-虽然没有什么丰富性或价值，但是我拥有的最好的-却从我身上消失了。

但是，我的信念是，如果我尝试不同的构图顺序，我的才能不会被认为是毫无意义和无效的。例如，我可能已经满足于写出一位经验丰富的船长的故事，这位船长是其中一名检查员，我不应该对此表示最大的感谢，因为几乎没有一天，他没有引起我的欢笑和钦佩。他讲故事的奇妙礼物。我能否保留他的画风如画的力量，以及大自然教给他如何摆脱描述的幽默色彩，我坚信，结果将是文学界的新事物。或者我可能很容易找到了更严肃的任务。愚蠢的是，日常生活的物质性如此强烈地压在我身上，试图让自己回到另一个时代，或者坚持在每时每刻都由通风的物质创造一个世界的外表。某些实际情况的粗鲁接触破坏了我肥皂泡无法发挥的美丽。明智的努力本来是通过当今不透明的物质传播思想和想象力，从而使其具有明亮的透明度。使沉重的负担精神化；坚决寻求隐藏在琐事和令人厌烦的事件以及我现在熟悉的普通人物中的真实和坚不可摧的价值。错是我的。在我之前散布的生活页面似乎枯燥乏味，只是因为我没有深深了解它的深层含义。那里有一本比我以前写的更好的书；就像在短暂的时光的现实中写出的那样，一片又一片地展现给我，并且消失得像写的一样快，只是因为我的大脑想要洞察力，而我的狡猾之手则要转录它。在将来的某个日子里，我可能会记得一些零散的碎片和断断续续的段落，并写下来，然后发现页面上的字母变成金色。

这些看法来不及了。此刻，我只意识到曾经的一种快乐现在变成了无望的辛劳。对于这种情况，没有任何机会可以抱怨。我不再是一个可以忍受的糟糕故事和散文的作家，而成了一个可以接受的风俗习惯的测量师。这就是全部了。但是，尽管如此，怀疑自己的才智正在逐渐消失或呼出，就像以太从小药瓶中消失一样，令人无法接受。因此，您一目了然，您会发现一个较小且挥发性较小的残留物。毫无疑问的事实，在审视自己和他人时，我得出了一些结论，是关于公职对性格的影响，而不是非常有利于所讨论的生活方式。以某种其他形式，也许我以后可能会发展出这些效果。这里要说的是，由于许多原因，长期延续的海关官员很难成为一个值得称赞或受人尊敬的人物；其中之一，是他掌控自己状况的任期，另一种是，他的生意的本质，尽管我相信这是一个诚实的人，但这种性质使他不愿与人类共同努力。。

我认为，对担任这个职位的每个人来说，或多或少都可以观察到一种影响，那就是，当他靠在共和国强大的手臂上时，他自己的力量就背离了他。在某种程度上，他失去了自我支持的能力，这与他本性的弱点或力量成正比。如果他拥有不寻常的本机能量，或者对地方充满活力的魔法在他身上作用的时间不长，那么他被没收的力量就可以赎回。被赶下台的军官可能会重返自己，成为他曾经有过的一切。但是这种情况很少发生。他通常会为自己的废墟保持足够长的时间，然后将其伸开，所有的筋骨都未松动，尽其所能沿着艰难的人生小路蹒跚前进。意识到自己的软弱无力（失去了锻炼的钢铁和弹性），他从此以后就一直渴望地环顾四周，以寻求外部支持。他无处不在的持续希望—幻觉，面对所有的沮丧，并在不可能的情况下，在他生活时困扰着他，而且我想像霍乱的阵阵抽搐一样，折磨了他一小段时间死亡—最终，在不久的将来，由于某种偶然的巧合，他将恢复上任。这种信念比任何其他事情都更能窃取他可能梦以求的事业的精髓和可用性。当他的叔叔的坚强的手臂会在短时间内举起并支撑他时，为什么他应该辛苦劳作，而又如此麻烦地将自己从泥泞中抬起呢？为什么他要在这里工作或在加利福尼亚挖金，以至于他很快每月每个月都会从叔叔的口袋里掏出一小堆闪闪发光的硬币而变得幸福起来？令人惊讶的是，观察到办公室的滋味足以使这种贫穷的人感染这种可怜的家伙。在这方面，山姆大叔的金子（这并不意味着不尊重这位有价值的老先生）具有如魔鬼般的工资附魔的品质。凡是碰到它的人都应该对自己好看，或者他可能会找到讨价还价的办法来对付他，即使不是他的灵魂，也要包括它许多更好的特性；它强大的力量，勇气和毅力，真理，自力更生，所有这些都强调了男子气概。

远处的前景很好。并非验船师将课程带回自己的生活，或承认他因继续任职或退出而可能被彻底撤消。但是我的想法并不是最舒服的。我开始忧郁和不安。不断地潜入我的脑海，去发现它的哪些劣质特性消失了，剩下的已经造成了何种程度的损害。我努力计算出我可以在海关停留多长时间，然后走出一个男人。坦白说实话，这是我最大的忧虑，因为这绝不会成为使自己像我这样安静的个人的政策措施。而且，几乎没有公务员辞职的性质，因此，我最主要的麻烦是，我很可能在验船师职位上变得灰暗，衰老，并成为老监察员这样的另一只动物。也许不是，在摆在我面前的枯燥乏味的公务生活中，终于和我一样，与这个古老的朋友在一起，把晚餐时间作为一天的核心，并把剩下的时间作为老狗度过它，在阳光下还是在树荫下睡着了？这是一个沉闷的前瞻，对于一个认为生活在他的全部才能和情感范围内的人来说，这是幸福的最佳定义。但是，在这期间，我一直在给自己一个非常不必要的警报。普罗维登斯已经为我冥想了比我自己想象的更好的事情。

我的第三个年头的一个显着的事件，采用""-泰勒将军的当选总统的基调。为了全面评估公务生活的好处，有必要对敌对行政当局即将来临的人进行调查。因此，他的位置是最令人讨厌的位置之一，在每一个偶然情况下，令人讨厌的凡人都可能占据他的位置；尽管他认为最坏的事情可能是最好的，但很少有其他选择。但是对于一个骄傲而有理智的人来说，知道他的利益是在既不爱也不了解他的人的控制范围内，又因为一个或另一个必须发生的，他宁愿成为一个人，这也是一种奇怪的经历。受伤多于义务。对于在整个比赛过程中保持镇定的人来说，观察在胜利时刻发展出的嗜血性，并意识到自己就是其中的对象，这也很奇怪！除了这种趋势（我现在在人类中并不比邻居更糟），这种人性的丑陋特征很少，这仅仅是因为他们拥有施加伤害的能力。如果说断头台在字面上是一个事实，而不是最恰当的隐喻之一，那我真心相信，胜利党的积极分子很兴奋，砍下了我们的脑袋，并感谢天堂的机会！在我看来-他一直是一个冷静而好奇的观察者，并且以胜利和失败来表现-这种恶意和报复的凶狠和痛苦的精神从来没有像现在的辉格党那样区分我党的许多胜利。民主人士一般都选择上任，因为他们需要这些职位，并且由于多年的实践使之成为政治战法，除非宣布其他制度，否则这是软弱和怯的抱怨。但是胜利的长期习惯使他们慷慨大方。他们知道在有机会的时候会怎么做；当他们攻击时，斧头的确可能是锋利的，但它的边缘很少被恶意所毒。他们的习俗也不是无耻地踢他们刚刚踢过的头。

简而言之，就像我的困境一样，充其量是令人不快的，我看到很多理由要祝贺自己，我是失败者，而不是胜利者。到目前为止，如果我不是我现在开始的最热情的游击队员，在这个危险和逆境的季节里，我对自己的喜好与哪个政党相当敏锐；根据合理的机会计算，我看到自己任职的前景要比我的民主同胞更好。但是谁能看到他鼻子之外的一寸未来呢？我自己的头是第一个摔倒的人。

我倾向于认为，一个人很少或永远不会掉头的时刻恰好是他一生中最快乐的时刻。但是，就像我们不幸的大部分一样，即使受害人愿意而不是最坏的对待事故，即使遇到如此严重的意外事件，它也能带来补救和安慰。在我的特殊情况下，安慰性主题近在咫尺，并且确实在需要使用它们之前相当长的一段时间向我的冥想暗示了自己。鉴于我以前的办公室疲倦和模糊的辞职思想，我的命运有点像一个人应该怀有自杀的念头，尽管超出了他的希望，但遇到了被谋杀的好机会。在海关里，就像以前在老房子里一样，我花了三年的时间-足够长的时间使疲倦的大脑休息：足够长的时间可以打破旧的智力习惯，并为新的习惯腾出空间：足够长的时间长久以来，生活在一种不自然的状态下，做对任何人来说实际上都没有好处也不高兴的事情，并使自己摆脱辛劳，这至少会给我一种平静的冲动。然后，就已被驱赶的验船师而言，考虑到他的不礼貌的驱逐，他并没有因为被辉格党承认是敌人而完全不悦。由于他不参与政治事务-他倾向于在一个全人类可以见到的广阔而安静的领域中随意漫游，而不是将自己限制在狭窄的道路上，而同一家庭的弟兄们必须彼此分开-有时这对他的兄弟民主主义者是否是朋友是个问题。现在，在他获得难者的王冠（尽管不再戴着头饰）之后，这一点可能会被视为已解决。最终，尽管他没有什么英雄气概，但在这么多有价值的人倒下之后，在他一直坚持的政党倒台中被推翻似乎比在一个残酷的幸存者中倒下更为可耻。受到敌对政府的摆布长达四年之久，然后被迫重新定义他的职位，并声称友善的摆布更加屈辱。

同时，新闻界已经占据了我的事务，并让我在公开斩首的状态下呆了一两个星期，就像我的头颅僵硬，就像欧文的无头骑士一样，他头昏脑胀，面目呆滞，渴望被埋葬。。对于我的具象自我来说非常重要。一直以来都是真实的人，他的头安全地放在肩膀上，得出了一个令人欣慰的结论：一切都是最好的。并投资于墨水、纸张和钢笔，打开了他长期使用的写字台，并且再次成为一名文学家。

现在正是我以前的前任先生的润滑。验船师普埃，发挥了作用。由于长时间的闲置而生锈，在使我的知识机器发挥作用并取得任何令人满意的效果之前，需要一些空间。尽管我的思想最终被这项工作深深地吸引了，但在我看来，它却有着严峻而严肃的方面：太过温和的阳光所掩盖了。温柔而熟悉的影响几乎消除了自然和现实生活的每一个景象，而这些影响几乎没有减轻，无疑也应该使它们的每幅图画变得柔和。这种引人入胜的效果也许是由于革命难以完成，并且仍然充满动荡的故事时期所致。但是，这并没有迹象表明作者心中缺乏欢愉：因为他在摆脱这些无阳光的幻想的阴影中比从他退出老房子以来的任何时候都更加快乐。自从我从公共事业的辛劳和荣誉中非自愿撤出以来，一些简短的文章也有所增加，这些文章构成了本书的体积，其余的则摘自年代久远的年鉴和杂志，以至于它们消失了。绕圈，然后再次回到新颖性。保持政治断头台的比喻，可以将其视为被斩首的验船师的遗书：而我现在将要结束的素描，如果过于自传，对于一个谦虚的人来说是一生中不可能出版的。被一位在坟墓之外写作的绅士宽恕。和平与全世界！我对朋友们的祝福！我对敌人的宽恕！因为我处于安静的境界！

海关的生活就像我梦以求。老督察，我遗憾地说，他是在不久前被一匹马推翻并杀死的，否则他肯定会永远活着。他和所有其他与他同在的尊贵人士风俗习惯的收据，只是我眼中的阴影：白皙，皱纹的图像，我喜欢用来运动，现在已经永远抛弃了。这些商人和其他许多名字（六个月前在我的耳边都如此熟悉），这些商人包括．．．．．等，这些商人似乎在交通中占有重要地位。这个世界-它几乎不需要多少时间就使我与所有人脱离联系，不仅是在行动上，而且是回想起来！我努力地想起了这几个人的数字和称谓。同样，不久，我的故乡将因记忆的迷雾笼罩着我，雾笼罩着它。仿佛它不是真实的地球的一部分，而是一片云雾笼罩的村庄，只有虚构的居民可以居住在人们想像中的木屋和步行的家常小巷中，以及其主要街道的风景如画的繁华。从此以后，它不再是我生活中的现实。我是其他地方的公民。我的好乡亲们不会为我感到遗憾，因为尽管在我的文学创作中，它一直是最重要的对象，但在他们的眼中却显得尤为重要，并在这个居所和墓地中赢得了愉快的回忆。在我的许多祖先中，对我而言，从来没有一个文人需要这种温和的气氛来成熟他的思想。我将在其他方面做得更好；不用说，这些熟悉的人在没有我的情况下也会做得很好。

但是，也许是-为了运输和取得胜利的想法-当前种族的曾孙有时可能会想起过去的涂鸦，这是该镇历史上值得纪念的景点之一，即将来临的古董应指出城镇水泵的所在地。

红字

一世。监狱的门

一群胡须的男人，穿着悲伤的服装和灰色的尖顶帽子，与女人混在一起，一些戴着头巾，还有一些光着头，被组装在一个木制大厦的前面，木制大厦的门前用橡木精制，并饰以铁钉。

新殖民地的创立者，无论他们最初可能想到的人类美德和幸福的乌托邦，都一贯认识到在他们最早的实际需要中，将部分原始土地分配为公墓，将另一部分分配为监狱。根据该规则，可以安全地假设波士顿的前辈在艾萨克·约翰逊的土地上，在康希尔附近的某个地方建造了第一座监狱，几乎与他们划出第一处墓地的时间一样快。他的坟墓，后来成为国王教堂旧墓地中所有聚集的坟墓的核心。可以肯定的是，在城镇定居后的十五或二十年，木制监狱已经被标记有天气污渍和其他年龄迹象，这使甲虫眉毛阴沉的前脸显得更加黑暗。橡木门沉重的铁制品上的锈看起来比新世界中的其他东西都更古老。像所有与犯罪有关的事物一样，似乎从来没有一个年轻时代。在这个丑陋的大厦之前，在它和街道的轮迹之间，是一块草丛，上面长满了牛，猪杂草，苹果草和这种难看的植被，显然在土壤中发现了一些适宜的东西这么早就养成了文明社会的黑花，一所监狱。但是在门户的一侧，几乎是在门槛处扎根，是一朵野生的玫瑰丛，在六月的这个月里，上面覆盖着精致的宝石，可以想象它们为囚犯提供了芬芳和脆弱的美感。他走进去，并在死刑犯出来时见到了那位受罪犯，这标志着大自然的深切心可以怜悯和友善。

这种玫瑰灌木丛有一个奇怪的机会，在历史上一直活着；但是它是否仅幸免于在严峻的古老荒野中生存，在最初盖过它的巨大松树和橡树倒塌后这么长时间，或者是否有充分的权威相信，它是否已经在圣人的脚步中如雨后春笋般涌现安·哈钦森进入监狱之门时，我们将不承担任何责任。在叙事的门槛上发现了如此直接的内容（现在即将从那个不吉利的门户网站上发表），我们除了采摘其中一朵鲜花并将其呈现给读者外，别无他法。让我们希望，它可能象征着在赛道上发现的甜美的道德开花，或减轻了人类虚弱和悲伤的故事的黑暗结局。

。市场

在至少两个世纪前的某个夏天的早晨，在监狱前的监狱里的草地上，不少于两个世纪前，波士顿的居民被相当多的人占据，所有人的目光都紧紧地盯在铁制橡木上门。在其他任何人群中，或者在新英格兰历史的后期，僵化这些好人的胡须外貌的严峻僵化将带来一些可怕的生意。可以预见到某些罪魁祸首的预料将被执行，法律法庭对他的判决却证实了公众舆论的裁决。但是，由于清教徒性格的早期严重性，无法毫无疑问地得出这种推论。可能是他的父母将自己的父母交给了民政当局的弱的公仆或不尽职的孩子，将在鞭打岗位上得到纠正。可能是要从镇上赶走一位反犹太主义者，一名地震学家或其他异端宗教派信徒，或者将一个白人或白人的自来水激怒了街头的无所事事或流浪汉，将其驱赶成条纹。森林的阴影。也可能是一个女巫，像旧的情妇希宾斯一样，是县长脾气暴躁的寡妇，死在绞刑架上。在这两种情况下，旁观者的举止都非常庄重，正像一个宗教和法律几乎完全相同并且其性格都被彻底融合在一起的人民一样，以至于最温和和最严厉的举止。公共纪律都令人尊敬和可怕。的确是冷漠而冷漠，是违法者可能会从这样的旁观者那里寻求脚手架的同情。另一方面，在我们的时代，这种刑罚可以推断出某种程度的嘲讽性的侮辱和嘲笑，然后可以几乎像死刑本身一样尊严地进行惩罚。

在我们的故事开始时的夏天早晨，就是这样一种情况，人群中有几个人的妇女似乎对可能发生的任何刑事处罚都特别感兴趣。这个年龄并没有那么完善，以至于任何不正当的感觉都限制衬裙和法棍的穿用者进入公共场合，并在执行死刑时将他们那些并非无关紧要的人（如果有的话）楔入离脚手架最近的人群中。在道德上和物质上，古老英国出生和繁殖的妻子和未婚妻的纤维均比其公平后代的要粗，由六到七代人隔开。因为在整个祖先链中，每位继任母亲都向她的孩子传来了淡淡的花朵，更精致，更简短的美丽以及更轻巧的身体结构，即使不是比她自己的力量和坚固度低的特征。现在，那些站在监狱门口的妇女站在不到半个世纪的时间里，那时像男人一样的伊丽莎白是完全不是不合适的性别代表。他们是她的乡村妇女：他们家乡的牛肉和麦芽酒以道德的饮食而不是更精致的丝毫，很大程度上融入了他们的构成。因此，明媚的早晨的阳光照在宽阔的小岛上，在宽广的肩膀上，发达的胸围上，圆润的脸颊上闪耀着，在新英格兰的氛围中几乎还没有变苍白或变薄。而且，在大多数女性看来，这些女性中的言语大胆而充实，无论是从目的还是语气方面来说，今天都会震惊我们。

一位特征突出的五十岁女士说："好主妇，请告诉我一下。如果我们成熟的妇女和享有良好声誉的教会成员，八卦呢？

如果这个坏话在我们五个人面前站起来接受审判，而现在已经在一起打结了，她会不会像敬虔的地方法官那样作出这样的判决？授予？结婚，我不拖拉。"

另一个人说："人们说，牧师尊敬的牧师迪姆斯代尔，她敬虔的牧师，非常痛心地想到，这样的丑闻本应在他的会众身上发生。"

"第三个秋季的女性主教补充说："治安法官是敬畏上帝的绅士，但仁慈过多，这是事实。" "至少，他们应该在海丝特·白兰妮的额头上放上烙铁的烙印。我保证，海丝特女士会为此畏缩。但她-那顽皮的行李-她一点也不在乎它们放在胸前的东西为什么呢，看你，她可能会用别针或类似异国情调的装饰盖住它，然后像往常一样勇敢地走在大街上！"

"啊，但是，" 一个年轻的妻子手牵着孩子，更加温柔地插入，"让她尽可能地遮盖印记，它的痛苦永远在她的心中。"

"无论是在礼服的上衣还是额头的肉上，我们都在谈论商标和品牌吗？" 另一位女性，哭泣，是这些自以为是的法官中最丑陋也是最无情的。"这个女人给我们所有人带来了耻辱，应该死去；这没有法律吗？在圣经和成文法中确实存在。然后让那些使它毫无效果的地方法官感谢" 自己的妻子和女儿误入歧途。"

"怜悯我们，老婆！" 人群中的男人大声喊道："女人没有美德，除了从对绞架的健康恐惧中得到的东西之外，这还算是最难的词！现在，安静下来，八卦的锁在监狱门口转动，在这里普林夫人自己来。"

监狱的门从那儿被甩开，首先出现了一个黑色的阴影，映衬在阳光下，镇火的严峻和可怕的存在，旁边有一把剑，他的办公室职员在他的手。这个人物预示着他的观点，并代表了纯粹的法律法规的严酷严峻，这是他的职责，是在最终和最接近罪犯的情况下对其进行管理。他用左手伸开公务员，将他的右腿放在一个年轻女子的肩膀上，然后向前拉，直到在监狱门口，她以举止自然而有尊严的举止击退了他。和个性的力量，仿佛凭着自己的自由意志步入了露天。她怀里抱着一个孩子，一个约三个月大的婴儿，他眨着眼睛，转过脸来，避开白天的阳光。因为迄今为止，它的存在只让人们熟悉了地牢或监狱中其他黑暗公寓的灰色暮光。

当这个年轻的女人-这个孩子的母亲-在人群中站出来时，似乎是她第一次冲动婴儿紧紧贴在怀里。与其说是出于母爱的冲动，不如说是因为她可能因此隐瞒了某种经编织或固定在她衣服上的记号。然而，在片刻之内，她明智地判断出一个羞耻感可能会掩盖另一个羞耻感，她把婴儿抱在怀里，脸红得焦灼，还带着傲慢的笑容和一副不会掩饰的目光。，环顾四周，看着她的乡亲和邻居。在她的礼服的胸前，穿着一件精美的红布，周围是精美的刺绣和华丽的金线，上面出现了字母。它的艺术性很强，并具有丰富的生育力和华丽的花哨气息，以至于对她所穿的服装进行了最后一次合适的装饰，并根据时代的口味进行了修饰。，但大大超出了殖民地的附属规定所允许的范围。

这位年轻的女子个子很高，在很大程度上具有完美优雅的身材。她有一头乌黑且丰满的头发，如此光滑，使它从阳光中闪闪发光。脸部除了因特征规律和肤色丰富而美丽之外，还具有明显的眉毛和浓密的黑眼睛。那时的女性温柔，她也很淑女。其特征是具有一定的状态和尊严，而不是精致，逝和难以形容的恩典，而这种恩典现在被认为是其象征。用这个词的古董解释，海丝特·白兰丝从来没有像她从监狱里那样显得像淑女一样。那些以前认识她，并期望看到她被灾难性乌云笼罩和模糊的人，感到惊讶，甚至大吃一惊，以了解她的美丽如何闪耀，并笼罩着她的不幸和昧的光环。对于一个敏感的观察者来说，其中确实确实有些痛苦是很真实的。她的着装，确实是她在监狱中为之努力的，并以自己的想象力为蓝本，似乎通过其狂野而如画的奇特来表达出她的精神态度，绝望的鲁情绪。但是吸引了所有人眼球的事实，甚至使穿用者变形了身形，以至于那些熟悉海丝·白兰地的男人和女人现在都被打动，好像他们是第一次看到她一样-是那红字，如此奇妙地绣在她的怀里。它起到了咒语的作用，使她脱离了与人类的平凡关系，并将她自己包围在一个球体中。

一位女观众说:"可以肯定,她的技巧很熟练。" "可是,有一个女人在这种粗鲁的举动之前,曾想出过这样的一种表现方式?为什么,八卦,除了在我们敬虔的地方法官面前大笑,以他们值得的绅士们的骄傲为荣,这是什么,是为了惩罚?"

"这很好。"老妇人中最铁腕的喃喃地说,"如果我们从她漂亮的肩膀上剥下海丝特夫人的丰富礼服;至于她如此好奇地缝制的红色字母,我会赠予一抹碎布。我自己的风湿绒布做一个钳工!"

"哦,和平,邻居-和平!"他们最小的同伴小声说。"别让她听到你的声音!在那幅绣花字母上没有缝线,但她已经在心里感受到了。"

残酷的小鸟现在与他的职员做了个手势。"让路,好人,让路,以国王的名义!"他哭了。"打开一条通道;我向你们保证,从这个时候到子午线之后一个小时,男女主人和小孩都可以看到她那勇敢的服装,这对马萨诸塞州的正义殖民地来说是一件好事,哪里有罪孽被拖到阳光下!去吧,老太太,在市场上显示您的红字!"

一条小径马上穿过观众的队伍。紧随其后的是头,并有不规则游行的眉的男人和毫不客气的妇女参加,海丝特·白兰妮朝着她应受惩罚的地方出发。一群渴望而又好奇的男生,对这件事几乎一无所知,只是给了他们半个假期,在她进步之前跑了过去。转过头一直盯着她的脸,看着她怀里眨着眼睛的婴儿，在她乳房上那句卑鄙的信。在那些日子里，从监狱的门到市场没有太大的距离。根据囚犯的经验来衡量，这可以算是一段漫长的旅程；她的举止虽然举止得体，却举足轻重，却从那些拥挤见她的人的每一个脚步中遭受痛苦，仿佛她的心跳到了大街上，让所有人都被鞭打和践踏。然而，在我们的本性中，有一项条款，既奇妙又仁慈，使患者永远不应该知道他目前遭受的酷刑所承受的强度，而主要不应该是痛苦之后遭受的痛苦。因此，带着几乎平静的举止，丝白穿过了她的折磨部分，来到了市场西端的一种脚手架。它几乎站在波士顿最早的教堂的屋檐下，似乎是那里的固定装置。

实际上，这种脚手架构成了一种刑罚机器的一部分，如今，这种刑罚机器在过去的两到三代人中只是历史上的和传统的，而在过去则被认为是有效的代理人。促进良好的公民身份，就像法国恐怖分子中的断头台一样。简而言之，它是台的平台。它的上方是该纪律文书的框架，其形式如此，以至于将人的头部牢牢地牢牢抓住，从而使其受到公众的注视。木材和铁的这种创新体现了无耻的理想，并体现了这种理想。无论我们个人的违法行为如何，都不会因我们的共同性而感到愤怒，方法是，要比阻止罪魁祸首掩面羞愧更能引起公愤。因为这是这种惩罚的本质。然而，在海丝特·普林的情况下，她的判决表明她应该在平台上站立一定的时间，但又不会在脖子上受拘束并束缚头部，这是最恶魔般的倾向这个丑陋的引擎的特征。她非常了解自己的身体，因此登上了木制台阶，因此被展示给周围的人群，大约在一个男人的肩膀高到街道上方的高度。

如果清教徒人群中有一位教皇主义者，他可能在这个美丽的女人身上见过，她的装束和面容风景如画，婴儿在怀里，使他想起了神圣的产妇形象，许多杰出的画家互相争夺代表；的确应该使他想起，但仅是对比之下，那无罪的母亲的神圣形象，他的婴儿将要赎回这个世界。在这里，在人类最神圣的生活中，存在着最深的罪恶的污点，这种影响如此之大，以至于这个女人的美丽，世界只是更黑暗，而她所生的婴儿，世界则更加迷失。

场景中充满了敬畏之情，例如必须始终将罪恶和耻辱的景象投在同胞身上，以免社会变得腐败到足以微笑，而不是为此而颤抖。海丝特·白兰的耻辱的见证者还没有超越他们的简单性。他们很严厉地看着她的死，那是一句话，没有轻声的抱怨，但没有其他社会状态的无情之情，在一个像现在这样的展览中，只能找到一个开玩笑的主题。即使有将这个问题变成嘲笑的意向，它也必须被庄严地存在于总督中的庄严人压制和压倒，总督，总督，几位顾问，一名法官，一名将军和各部的部长小镇，所有人都坐在或站在会议室的阳台上，俯视平台。当这些人物可以构成奇观的一部分而又不冒威严或崇高官职的风险时，可以肯定地推断，判处法律刑期将具有认真和有效的意义。因此，人群显得阴沉而沉重。不幸的罪魁祸首尽了自己的力量，女人在一千只不屈不挠的双眼沉重的重压之下，全神贯注于她的胸口。难以忍受。她性情冲动，热情洋溢，坚决抵制公众的刺痛和毒刺，在各种侮辱中肆虐。但是在大众思想的庄严情绪中，有一种更加可怕的品质，以至于她渴望看到那些被嘲笑的表情扭曲的僵硬的容颜，以及她自己的对象。众人大笑起来（每个男人，每个女人，每个发嘶哑的孩子，贡献自己的一份力量），赫斯特·普林尼可能以苦涩而轻蔑的笑容偿还了他们。但是，在她所要承受的厄运的领导下，她感到，有时候，好像她需要用自己的全部肺部尖叫，将自己从脚手架上摔落在地上，否则发疯立刻。

然而，有时还是有一段时间，整个场景似乎从她的眼睛中消失了，或者她至少隐约地隐隐在他们面前，就像一堆形状不完美的光谱图像一样。她的思想，特别是她的记忆，异常活跃，并不断提起其他场景，而不是西部荒野边缘小镇上这条粗略砍下的街道：其他东西从那些尖顶的边缘下垂到她身上顶帽子。回忆，最琐碎和最无聊的时期，婴儿期和上学日的经历，运动，幼稚的争吵以及她处女时代的一些家庭特质，重新涌向了她，混杂着对她后世最严重的一切的回忆；一幅画和另一幅画一样生动；好像它们都具有相似的重要性，或者都像一部戏一样。也许，通过展现这些幻像形式来摆脱现实的残酷沉重和艰辛，这是她精神的一种本能手段。

不管怎样，颈椎的脚手架是一个观点，使她从婴儿期起便向透露了她一直走过的整个轨迹。站在那怆痛的地位上，她再次看到了她在老英格兰的家乡,以及她的父辈之家:一幢腐烂的灰色石头房子,面貌贫穷,但在门户上保留了一半被抹掉的盾牌温和的气氛。她看到父亲的脸,大胆的额头,和崇敬的白色胡须,散落在老式的伊丽莎白·罗夫身上。她的母亲也一直怀着沉重而焦虑的神情,这在她的记忆中始终带着,即使自她去世以来,也常常妨碍了她女儿前进道路上的温柔示威。她看到自己的脸庞,散发着少女般的美丽,照亮了她不会注视的昏暗镜子的所有内部。在那儿,她看到了另一种表情,一个被多年折磨的男人,一个苍白,瘦弱,像学者的脸,眼睛被昏暗的灯光笼罩着,使他们能够浏览许多繁琐的书。然而,当拥有者阅读人类灵魂的目的是,那些同样发光的光学器件却具有一种奇怪的穿透力。这个研究和回廊的身影,由于海丝特·白兰的女性化幻想无法忘怀,因此略有变形,左肩的位置比右肩高。在她记忆中的图片画廊,错综复杂且狭窄的通道,高耸的灰色房屋,巨大的大教堂和公共建筑,其次是在她面前,这是一座大陆城市的古老而古朴的建筑。在这里等待着她的新生活,仍然与那位畸形的学者保持联系:一种新生活,但以破旧的材料为食,就像一堆绿色的苔藓在摇摇欲坠的墙上。最后,代替这些变幻莫测的场面,回到了清教徒,定居点的粗鲁市场,所有镇民聚集在一起,并对站在手架上的海丝特·普林恩(是的,对她自己)的严厉问候表示敬意。,怀里抱着一个婴儿,胸口上缀着金红色绣花的字母猩红色。

可以吗？她狠狠地把孩子抱在胸前，发出了哭声。她看着那红字往下看，甚至用手指抚摸着，以确保婴儿和羞耻是真实的。是的，这就是她的现实-其他一切都消失了！

。认可

从强烈的意识开始成为严肃而普遍的观察对象，这红字的佩戴者终于通过在人群的郊区辨别出了一个不可抗拒的拥有她的思想的人物，终于松了一口气。一位穿着本地服装的印度人站在那儿；但是这些红人并不是英国定居点的常客，以至于其中一个人会在这样的时候受到海丝特·白兰的任何注意。他从她的脑海中排除所有其他对象和想法的可能性要低得多。在印第安人的身边，显然是与他保持着陪伴，一个白人站在一个奇怪的，文明而野蛮的服装中。

他身材矮小，皱纹的脸，至今还不算老。他的特征具有非凡的智慧，例如，一个人如此地培养了自己的精神部分，以至于它不能使身体自身成型并以无误的记号表现出来。尽管他似乎很粗心地安排了异类的外衣，但他努力隐瞒或减轻了他的特殊性，但足以使白病的原因是，这个人的一个肩膀比另一个高。再次，在察觉到那薄薄的外表和人物的轻微畸形的第一瞬间，她以一种令人惊的力量将婴儿压在怀里，可怜的婴儿又发出了痛苦的叫声。但是母亲似乎没有听到。

在他到达市场时，以及在她见到他之前的一段时间，这个陌生人把目光投向了海丝特白兰。起初它是粗心大意的，就像一个主要习惯向内看的人一样，对他来说，外部事物没有什么价值和意义，除非它们与他内心深处的事物有联系。但是很快，他的表情变得敏锐而富有穿透力。扭曲的恐怖使自己扭曲了他的特征，就像一条蛇迅速在特征上滑行，并停了一下，使所有缠绕的隐约可见。他的脸因某种强烈的情感而变黑了，尽管如此，他还是在自己的意志的控制下如此瞬间地控制着自己，以至于除了一瞬间，它的表情可能已经变得平静了。在短暂的空间之后，惊厥变得几乎不可察觉，并最终平息到他本性的深处。当他发现自己的海丝特·白兰的眼睛紧紧束缚着，并看到她似乎认出了他时，他缓慢而平静地举起了手指，在空中举了个手势，然后将其放在嘴唇上。

然后他碰到一个站在他旁边的乡民的肩膀，他以正式和礼貌的方式对他说：

他说："先生，我为您祈祷，这个女人是谁？因此，她为什么在这里受到公众的羞辱？"

镇民好奇地看着发问者和他的野蛮同伴，回答说："你必须在这个地区成为一个陌生人，朋友。否则，你肯定会听说过女主人海丝特·白兰妮和她的邪恶行径。她已经引起了极大的丑闻。。我向你保证，在虔诚的迪姆斯代尔大师教堂中。"

另一个回答："你说的很真实。" "我是一个陌生人，曾经是一个流浪者，非常违反我的意愿。我遇到了海陆两难的不幸，长期以来一直被南方的异教徒束缚；现在被带到了这里。这位印第安人要从我的监狱里救出来。因此，请您告诉我海丝特·普林妮的罪行-我的名字正确吗？-这名女子的罪行，是什么把她带到了脚手架上？"

镇民说："真诚地，朋友；并且它必须使您在旷野中的烦恼和烦恼之后感到内心的高兴，"他长篇大论地发现自己在这片土地上，在统治者和人民的视线中，他们发现了罪孽并受到了惩罚就像我们虔诚的新英格兰的这里一样。你必须知道，还有一位女士，先生，是一个博学的男人的妻子，生来就是英国人，但是他很早以前就住在阿姆斯特丹，因此他早就想过为此，他把妻子送到了他的马萨诸塞州，并由他自己来照顾一些必要的事务。先生，结婚，在大约两年或更短的时间内，那个女人已经是一位波士顿的一位居民，这位博学的绅士普林奈大师没有消息；而他的年轻妻子，看着你，被她自己误导了-"

"啊！啊哈！我想你。"陌生人苦笑着说。"如此学识渊博的人应该也从他的书中学到了这一点。先生，在你的宠爱下，谁可能是永德贝贝的父亲-我大概已经三，四个月大了-哪个情妇白兰正抱在怀里？"

镇民回答："说实话，朋友，这件事仍然是个谜；要讲清楚这一点的丹尼尔仍在想。""海丝特夫人绝对拒绝讲话，裁判官们徒劳地站着头。徒有罪恶的人们站在那可悲的景象上，目不转睛地看着人，却忘记了上帝看见他。"

"博学的人，"陌生人又笑了笑，"应该走过来看看这个谜。"

市民回答说:"如果他还活着,那应该很好。" "现在,好先生,我们马萨诸塞州的裁判官,认为自己这个女人年轻、美丽,毫无疑问强烈地倾向于堕落,而且,她的丈夫很有可能在海底,他们没有大胆地对我们的正义律法施加极端力量,对她的惩罚是死刑,但是他们以极大的怜悯和温柔的心注定了普林女主人只能站在三小时的空间上。然后在此后以及以后,在她余生的余生中,她的胸口都会留下可耻的痕迹。"

"一个明智的句子。"一个陌生人严肃地说,低下头。"因此,她将成为反对罪恶的生动讲道,直到在墓碑上刻下那句卑鄙的信。尽管如此,令我感到震惊的是,她的罪孽伴侣至少不应站在她的脚手架上,但他将是知道-他将被认识!-他将被认识!"

他礼貌地向那位善于沟通的乡亲鞠躬,并向他的印度服务员低声说了几句话,他们俩都穿过了人群。

在此过去的同时,海丝特·白兰站在她的基座上,对着陌生人仍然凝视着-如此凝视,以至于在被强烈吸收的时刻,可见世界中的所有其他物体似乎都消失了,只剩下他和她。这样的采访也许比现在见他还要可怕,因为午后炎热的阳光照在她的脸上,使她感到羞耻。在她的乳房上带有猩红色的痕迹;怀有罪孽的婴儿 整个人,就一个节日而言,凝视着那些本应只在炉边安静的微光中,在家庭的幸福阴影下或在教堂的面纱下看到的特征。尽管可怕,但她意识到在这千名目击者面前有个庇护所。因此，与他和她之间如此众多的人站在一起比与他面对面打招呼-两个人独自一人更好。她就这样逃到了公众的避难所，并害怕应该撤消对她的保护的那一刻。由于涉及到这些想法，她几乎听不到背后的声音，直到它以响亮庄重的音调多次重复了她的名字，所有人都可以听到。

"听我说，海丝特白兰！"声音说。

已经注意到，在海丝特·白兰地所站的平台正上方，是一个附于会议室的阳台或开放式画廊。在当时的治安法官聚会中，这里是不愿举行宣誓仪式的地方，所有仪式都参加了当时的公众庆祝活动。在这里，为了见证我们所描述的场景，贝灵汉州长本人和四名军士坐在椅子上，，着戟，作为仪仗队。他戴着黑色的羽毛，戴着帽子，斗篷上有刺绣边框，下面有黑色的天鹅绒外衣-一位绅士多年进步，他的皱纹上有丰富的经验。他不是一个社区的负责人和代表，因为这个社区的起源和进步以及它的当前发展状态，不是因为青年的冲动，而是由于男子气概的坚定和磨练的能量以及他的机敏的头脑。年龄; 成就如此之大，恰恰是因为它的想象和希望如此之少。首席统治者被包围的其他杰出人物的特征是面子的尊严，这属于一个时期，在这种时期里，权威的形式被认为具有神圣制度的神圣性。毫无疑问，他们是好人，正义而贤哲。但是，在整个人类家庭中，要选择同样数量的睿智和贤惠的人并不容易，因为他们应该没有能力判断犯错的女人的心,并且无法理清女人的善恶,比海王星白兰现在转过脸的僵硬的圣人。的确,她似乎意识到,无论她期望得到什么样的同情,都在于更大更温暖的人群中。因为,当她抬起眼睛朝阳台看去时,那个不快乐的女人脸色苍白,发抖。

引起她注意的声音是牧师和著名的约翰·威尔逊的声音,他是波士顿的长老牧师,是一位伟大的学者,就像他在该行业的大多数同时代人一样,并且和可亲。然而,这最后一个属性没有他的智力天赋得到精心开发,实际上,与其说是对他自我祝贺,不如说是耻辱。在那儿,他站着,在帽盖下有一条灰白的锁状边框,而习惯于书房阴影的灰白眼睛,像海斯特的婴儿一样,在纯净的阳光下眨着眼睛。他看起来像是深色雕刻的肖像,我们看到这些肖像以旧讲道为前缀,并且没有权利像他现在那样踩那些肖像中的任何一个,像他现在所做的那样,并充满了人类的内感,激情和痛苦。

牧师说:"赫斯特·普林。我和我的弟弟在这里奋斗,在他的讲道中,你有幸坐下"。威尔逊把手放在旁边一个苍白的年轻人的肩上—"我说,我是说服这个虔诚的青年,他应该在这里面对天堂,在这些睿智而直立的统治者面前与你打交道。比起我,我更了解自己的自然脾气,因此,他能更好地判断要使用哪些论点,无论是温柔还是恐怖,例如可能胜过您的强硬和固执,以至于你不应该再隐藏诱使你跌倒的人的名字,但他以一个年轻人的过度软化(尽管他已经过了年,尽管如此)对我反对,这是错误的。女人强迫她在如此广阔的日光下，在如此众多的人群面前揭露她的内心秘密。诚然，当我试图说服他时，羞耻在于犯罪的罪恶，而不在于罪恶的表现再次，对你说什么，弟弟迪姆斯代尔弟兄？是您，还是我，将处理这个可怜的罪人的灵魂？"

阳台的尊贵和崇敬的住户中有一种杂音。贝灵汉州长以权威的声音表达了其意图，尽管他对年轻的神职人员表示敬意，但他对他讲话的人很谦和：

他说："好大师丁梅斯代尔，这个女人的灵魂的责任在你身上。它理应你；因此，劝告她悔改和认罪，以此作为证明和后果。"

这种呼吁的直接性吸引了全体群众的目光。-年轻的牧师，来自一所伟大的英国大学，将古老的知识带入我们的野生林地。他的口才和宗教热情已经在他的职业中赢得了很高的重视。他是一个非常醒目的人，有着洁白，高大和紧迫的眉头。大而棕色的忧郁眼睛和嘴巴，除非他用力按压，否则容易发抖，既表现出神经质感，又表现出极大的自我约束力。尽管他天生具有很高的天赋和学者般的造，，但这位年轻的牧师却洋溢着一种忧虑，震惊，半恐惧的神情，就像一个自我感觉很误入歧途，茫然无知的人。人类的存在，只能在某种程度上将自己隔离开。因此，在他的职责允许的范围内，他在阴暗的小径上穿行，因此保持自己的简单和孩子气，适时出现新鲜，芬芳和思想纯净的思想，许多人说，像天使的讲话影响着他们。

尊敬的先生就是这样的年轻人。威尔逊和州长公开地向公众发布了公告，并请他在所有人的聆讯中说出一个女人灵魂的奥秘，即使在污染中也是如此神圣。他姿势的艰难尝试驱除了脸颊上的鲜血，使嘴唇颤抖。

"跟那个女人说话，我的兄弟，"先生说。威尔逊。"这是她灵魂的时刻，因此，正如敬拜的州长所说，重要的是要属于你自己，由她来负责。劝说她承认真理！"

牧师先生 弯下了头，似乎是在默默祈祷，然后站了起来。

他斜倚在阳台上，坚定地低头看着她的眼睛，说道："赫斯特·普林妮，你听说了这个好男人的话，并且看到了我在工作中所承担的责任。如果你觉得这是为了你灵魂的安宁，和为了使你的属世刑罚更能得救，我请你说出你的同胞和同情者的名字！对他犯下的任何怜悯和温柔要保持沉默；因为，相信我，，尽管他要从高处下台，站在你旁边，站在你的耻辱台上，但总比在生活中隐藏罪恶的心更好。你的沉默能为他做什么，除了它会诱使他-是的，强迫他，就像是在虚伪上加罪一样吗？天堂给了您公开的耻辱，从而使您可以战胜您内心的邪恶，而没有悲伤。请注意您对他的看法如何-谁可能没有勇气为自己掌握它-痛苦，却又有益健康的杯子，现在已经出现在你的嘴唇上了！"

这位年轻牧师的声音颤抖着，甜美，浓郁，深沉而破碎。它如此明显地表现出来的感觉，而不是言语的直接意图，使它在所有人心中颤动，并使听众同情。就连怀抱中怀抱的可怜婴儿也受到了同样的影响,因为它将迄今为止空缺的目光对准了先生。，抬起小臂,发出半张愉悦,半张开的杂音。部长的呼吁是如此强大,以至于人民不敢相信,但海丝特·白兰会说出有罪的名字,否则,有罪的人会因为内向和不可避免的必然性而陷入困境,无论他所处的地位高低,并被迫登上脚手架。

海丝特摇了摇头。

"女人,过犯不要超出天上的怜悯!" 牧师先生哭了。威尔逊,比以前更加残酷。"那个小宝贝被赋予了声音,第二次确认你所听见的劝告。说出名字!那和你的悔改可以用来把那红字从你的胸膛上移开。"

"永远不要。"海丝特·白兰妮回答,看着,不是对先生。威尔逊,但进入了年轻牧师的深而困扰的眼睛。"它的品牌太深了。你们不能摘下它。我愿意和我一样忍受他的痛苦!"

"说话,女人!" 人群中关于脚手架的另一种声音冷漠而严厉地说道:"说话;给你的孩子一个父亲!"

"我不会说话!" 徒回答,死后脸色苍白,但对这个声音做出了回应,她也很清楚地意识到。"而且我的孩子必须寻求天上的父亲;她永远不会认识地上的父亲!"

"她不会说话！" 先生喃喃地说 昏昏欲睡的人，斜倚在阳台上，把手放在心上，等待着上诉的结果。现在，他呼吸了很多。"女人心中奇妙的力量和慷慨！她不会说话！"

牧师为这一场合作了周密的准备，他察觉到了罪魁祸首的不切实际状态，向众人论及了关于罪恶的各种说法，涵盖了罪恶的各个方面，但又不断提及这个卑鄙的信。在他的时期在人们的头上滚动的一个小时或更长时间里，他如此强力地停留在这个符号上，以至于它在他们的想象中冒出了新的恐怖，并且似乎从地狱坑的火焰中获得了猩红色的色彩。同时，海丝特·白兰保持着自己的地位，以双、双眼和疲倦的冷漠气质摆在羞耻的基座上。她在那天早晨忍受了大自然所能承受的一切；而且由于她的性情并不能摆脱因昏迷而遭受的沉重痛苦，她的精神只能使自己躲在石质的感性外壳之下，而动物的生命力仍然完整。在这种状态下，传教士的声音在她的耳朵上无情地，毫不留情地发出了雷鸣。婴儿在经历折磨的后期，由于哭泣和尖叫声刺穿了空气；她努力地机械地把它安静起来，但是几乎没有同情它的麻烦。由于同样的举止，她被送回监狱，并在牢牢固定的铁门中从公众视线中消失。那些凝视着她的人低声说，那鲜红色的字母沿着内部的黑暗通道投射出一道鲜亮的光芒。

。面试

她回到监狱后，发现海丝特·白兰度处于紧张的兴奋状态，需要不断的警惕，以免她对自己施加暴力，或者对可怜的宝贝做些疯狂的恶作剧。夜幕降临，事实证明，无法通过谴责或威胁的惩罚，夫大师，狱卒，以为适合引进医生来平息她的不服从。他形容他是一个在所有基督教自然科学模式下都是技术娴熟的人，并且同样熟悉野蛮人对森林中生长的草药和根茎所能教的一切。说实话，急需专业协助，不仅是为了自己，而且是为儿童提供更紧急的服务。儿童从母体的怀抱中汲取了养分，似乎已经度过了所有的动荡、痛苦。绝望的情绪笼罩着母亲的身体。现在，它因抽搐而痛苦，在其很小的范围内，是一种强行的方式，使海丝·白兰一整天都承受着道德上的痛苦。

紧跟着狱卒进入惨淡的公寓，出现了一个单身的人，红字的佩戴者对人群中的人们非常感兴趣。他被关押在监狱中，不是因为涉嫌任何罪行，而是作为最方便，最合适的处分他的方式，直到地方法官本来应该向印度的萨加莫尔人尊重他的赎金。他的名字被宣布为罗杰·希林沃思。狱卒将他带进房间后，仍然呆了一会儿，惊叹于他进入后的相对安静。尽管孩子继续吟，但由于失速的白很快就变得死了。

这位医生说："亲爱的朋友，请让我一个人陪伴我。""相信我，好狱卒，您将在自己的房屋中短暂地享有和平；并且，我向您保证，普林夫人在此后将比您以前所能找到的更为公正。"

"不，如果你的崇拜能做到这一点，"博克特大师回答说："的确，我将拥有一个技术娴熟的男人给你！这女人真的很像一个有教养的人；而我几乎没有什么可以拿来的，把撒旦带出她的身体。"

陌生人带着他宣布自己属于的职业的特征安静地进入房间。当监狱看守的撤离使他与那个女人面对面时，他的举止也没有改变，这个女人在人群中全神贯注地拥护了他和她之间的亲密关系。他的孩子得到了他的第一次照料，实际上，当她在绞床上扭动时，他哭了，这使得把所有其他事情推迟到抚慰她的任务上是绝对必要的。他仔细检查了一下婴儿，然后解开了皮箱，从皮箱下面拿起了皮箱。它似乎包含药物制剂，其中之一与一杯水混合在一起。

他观察到："我对炼金术的古老研究，以及过去一年多来我的住所，在一个熟悉简单特性的人之中，比起那些声称拥有医学学位的人，我对我来说是一个更好的医生。，女人！孩子是您的孩子-她不是我的孩子-她也不会认出我的声音或父亲的面貌。因此，请用自己的双手来管理这种吃水。"

海丝特拒绝了所提供的药物，同时凝视着他的脸上明显的忧虑。"你会为无辜的宝贝报仇吗？" 她低声说。

"愚蠢的女人！" 医师半冷半舒缓地回答。"该伤害这个不幸的和悲惨的宝贝，我该受到什么伤害？这药是有好处的，这是我的孩子吗？是的，是我的，还是你的！我对此无能为力。"

由于她仍然犹豫不决,事实上,他没有合理的心理状态,所以将婴儿抱在怀里,然后亲自给孩子做饭。它很快证明了它的功效,并兑现了水的承诺。小病人的吟消退了;它的抽搐逐渐停止;片刻之后,就像从痛苦中解脱出来的年幼儿童的习惯一样,它陷入了沉重而露水的沉睡中。医师由于享有公平的称职权,因此接下来将注意力转移到母亲身上。经过镇定和专心的检查,他感觉到她的脉搏,注视着她的眼睛-一种凝视,使她的心脏萎缩和颤抖,因为如此熟悉,却又如此陌生和冷淡,最后,对他的调查感到满意,并开始与另一个人交往草案。

他说:"我既不让他,也不拒绝"。"但是我在旷野学到了许多新秘诀,这就是其中之一。印度人教给我的这道菜,是我从自己的一些教训中汲取教训的,它的秘诀与寄生虫一样古老。喝掉它吧!我无法放弃你,这比无罪的良心要舒缓。但这将平息你的激情膨胀和沉浮,就像在汹涌的海浪中扔出的油一样。"

他把杯子递给海丝特,后者慢慢地,认真地看着他的脸。不完全是恐惧的表情,却充满了怀疑和质疑他的目的。她也看着她沉睡的孩子。

她说:"我已经想到了死亡,我已经为之祈祷了,甚至会为它祈祷,如果这样的话我应该为任何事情祈祷。但是,如果死亡在这个杯子里,我会再三考虑,你以为我看着它,瞧!它现在就在我的唇上。"

"那么喝。"他回答，仍然保持镇定自若。"你对我了解甚少，海丝特·白兰妮？我的目的不会那么肤浅吗？即使我想到了复仇的计划，我还能为自己的目标做些比让你活下去更好的事，而不是为所有人提供药物生命的危害和危险——以便这种灼烧的耻辱仍可燃到您的怀抱？"当他说话时，他将长长的食指放在那红字上，这红字似乎很快就焦灼到了海丝特的胸口，仿佛已经发烫了。他注意到她的非自愿姿态，微笑着。"因此，在男人和女人的眼中，在你称呼你丈夫的男人的眼中，在下子的眼中，与你同住，与你同在！"草案。"

没有进一步的流产或延误，海丝特·白兰把杯子里的水排干了，并在有技术的人的动作下，将自己坐在孩子睡觉的床上。他拉开了房间唯一能坐的椅子，并在她旁边坐下自己的位子。她不得不为这些准备而战栗；因为她觉得-现在已经做了所有的人性或原则，或者，如果是这样的话，那是一种残酷的虐待，促使他为减轻身体上的痛苦而去做-他将与她同等对待最深且无法弥补的伤害。

他说："赫斯特，我既不问为什么，也不问你是如何陷入困境的，或者说，你已经上升到我找到你的臭名昭著的基石上了。原因不远。我是一个愚昧无知的人，是我的愚蠢，我是个愚蠢的人，是我的愚蠢，是你的弱点。像你自己的美丽吗？从我的出生时间开始就变形了，我怎么能以智力的天赋掩盖年轻女孩幻想中的身体畸形的想法自欺欺人呢？男人称我为明智者。我们已经预见到了这一切。我可能已经知道，当我从茫茫森林中走进基督教徒定居点时，见到我的第一个对象就是你自己，海丝特·白兰妮，站起来，雕像不知所措，在人们面前，不，从我们一起走下古老教堂的那一刻起，一对已婚夫妇 也许已经看到那条鲜红的信件在我们走到尽头时大放异彩！"

"你知道，"海丝特说，因为她虽然很沮丧，却忍受不了最后一次安静的刺伤，以示羞耻。"你知道我对你很坦诚。我感到没有爱，也没有装模作样。"

"是的。"他回答。"这是我的愚蠢！我已经说过了。但是，直到我一生的那个时代，我都徒劳地生活着。世界是如此冷清！我的心是一个足以容纳许多客人的住所，但孤独而寒冷，却没有家庭火灾，我渴望点燃一个梦想！梦想似乎并不那么野蛮-像我一样古老，像我一样阴沉，像我一样畸形，简单的幸福分散在四面八方。全人类聚集起来，也许还属于我。于是，，我将你吸引到我的心中，进入其最深处的房间，并试图用你的存在所带来的温暖来温暖你！"

"我很冤你，"思绪喃喃地说。

他回答说："我们互相冤。" "我的第一个错误是，当我背叛您崭露头角的青年与我的衰败成为一种虚假的，不自然的关系时。因此，作为一个没有白费力气思考和思考的人，我不会寻求复仇，也不会在您之间谋杀。而我，天平悬得相当平衡。但是，老兄，那个活着使我们俩都感到委屈的人！他是谁？"

"不要问我！"海丝特·白兰回答，坚定地看着他的脸。"你永远不知道！"

"从不，你说？"带着黑暗和自立的智慧的微笑重新加入了他。"永远不认识他！老兄，相信我，不管是在外向世界中，还是在某种程度上，在无形的思想领域中，几乎没有什么东西-对于真正地，毫无保留地致力于解决问题的人而言，几乎没有什么隐藏的东西。一个奥秘，你可以掩盖你的秘密，从众人中窥探；你也可以从传道人和治安官那里隐瞒它，就像你今天所做的那样，当他们试图从你的心中拔出这个名字，并给你一个但是，就我而言，我以他们所不具备的其他感官来进行研究。我会寻求这个人，就像我在书本上寻求真理一样；就像我在炼金术中寻求金币一样。会让我意识到他。我将看到他颤抖。我会突然感到自己发抖，忽然不知所措。迟早，他一定是我的。"

满脸皱纹的学者的眼睛如此强烈地闪耀着她，以至于海丝·白兰将她的手握在她的心脏上，免得他立刻读那里的秘密。

"你不会透露他的名字吗？不是他是我的名字，"他信心十足地说道，似乎命运与他同在。"他没有像你所做的那样在他的衣服上缠着臭名昭著的信，但我会在他的心里读这封信。但不要为他担心！不要以为我会干涉天堂自己的报应方法，否则会造成我自己的损失，将他背叛于人类法律的掌控之下，你不会想像我会为他的生活而牺牲；不，也不是他的名望，如果按照我的判断，他是一个有名望的人，那就让他活下去吧！如果可以的话，他本人应该以外向的荣誉为荣！

海丝特困惑而震惊地说道："你的举止就像是怜悯。" "但是你的话把你解释为恐怖！"

"那是我妻子的事，我会劝你。"这位学者继续说。"你保守了情妇的秘密。同样要保留我的！在这片土地上，没有人认识我。不要向你曾经叫我丈夫的任何人的灵魂呼吸！在这里，在这片荒野的地球上，我要搭起帐篷；因为在别的地方，一个流浪者，与人类利益隔绝，我在这里发现了一个女人，一个男人，一个孩子，其中和我自己之间存在着最紧密的韧带。无论是对还是错！你和你，海丝特·白兰属于我。我的家在哪里，你在哪里，他在哪里，但不出卖我！

"你为什么想要它？" 从这个秘密的联系中，她问到她的萎缩，萎缩，她几乎不知道为什么。"为什么不公开宣布自己，马上把我赶走？"

他回答说："可能是，因为我不会遇到羞辱一个不忠实女人的丈夫的耻辱。这可能是出于其他原因。足够了，我的目的是不知名地生活和死去。因此，让你丈夫要成为世上已死的人，永远不会有任何消息来的；不要用言语，符号，表情来认出我！首先，不要向你最想念的那个人呼吸秘密。我要当心，他的名气，他的位置，他的生命将在我手中。当心！"

海丝特说："我会保守我的秘密,就像我拥有他一样。"

"发誓！" 重新加入了他。

她宣誓。

老罗杰·史金斯沃思在其后被命名为"现在,情妇",他说："我不理你,独自一人带你的婴儿和鲜红色的字母！你好吗,？你的句子约束你穿了你睡着了吗？难道你不怕做恶梦和可怕的梦吗？"

"你为什么对我这样微笑？" 海丝特问起,为他的表情困扰。"你像在我们周围徘徊的树林中的黑人一样吗？您是否诱使我成为一种可以证明我的灵魂灭亡的纽带？"

"不是你的灵魂," 他笑着回答。"不,不是你的！"

。针锋相对

赫斯特·普林的禁闭期现在结束了。她的监狱门被打开了,她走进阳光,对她生病和病态的心脏来说,似乎全都落下了,似乎无非是要在乳房上露出那红字。也许在她从监狱门口开始的第一个无人值守的脚步,甚至比已经描述的游行和奇观中,她遭受了更真实的折磨。然后,她得到了神经不自然的张力和角色所有战斗力的支持,这使她能够将场景转换成一种欢快的胜利。而且,这是一次单独的,孤立的事件,但一生中只有一次发生,并且要满足,因此,为了省钱,她可能会召唤足够的精力来应付许多安静的岁月。谴责她的法律

-严厉的性格特征,但在他坚强的手臂上充满了支持和消灭的活力-使她在不知所措的可怕折磨中受阻。但是现在,随着她从监狱门无人值守的步行,开始了日常习俗;她必须要么通过自己天性的普通资源来维持和发扬它,要么沉入其中。她不能再从未来借钱来帮助她度过目前的悲伤。明天将带来自己的审判;第二天也是如此,第二天也是如此:每个人都有自己的审判,而现在却是如此地令人难以忍受。遥不可及的未来的日子将继续劳作,她仍然承担着同样的重担,与她同甘共苦,但永不退缩。日子的积累和岁月的增加,会使他们的痛苦更加愧。在他们所有人中,放弃她的个性,她将成为传教士和道德主义者可能指向的一般象征,他们可以在其中表达并体现她们对女性虚弱和罪恶热情的印象。因此,年轻而纯洁的孩子会被教导看着她,鲜红的字母在她的胸膛上燃烧着-在她身上,是光荣父母的孩子-在她身上,一个婴儿的母亲(此后是女人)-在她身上,曾经是清白的-身材,身体,罪恶的现实。在她的坟墓上,她必须携带的臭名昭著将是她唯一的纪念碑。

似乎很奇妙的是,在她面前的世界-在清教徒定居点的范围内没有受到谴责的任何限制性条款-如此遥远而如此晦涩-可以自由地回到她的出生地或任何其他欧洲土地,她的性格和身份隐藏在新的外表之下,就好像完全进入了另一种存在状态一样,黑暗的难以捉摸的森林的通道也向她敞开,在那里,她自然的野性可能会与人们同化她的习俗和生活与定罪她的法律不符-这位妇女应该仍然称呼她为家的地方,这在哪里，唯一的地方，就是她必须要感到羞耻的地方。但是有一种致命的感觉，一种无法抗拒和不可避免的感觉，以至于它具有毁灭性的力量，这几乎总是迫使人类徘徊并徘徊，像幽灵般，在某个伟大而显着的事件使他们的肤色变色的地方一生；而且，更令人难以抗拒的是，使它感到悲伤的色彩越深。她的罪过，昧无知是她打入土壤的根源。仿佛新生，具有比第一次更强大的同化作用，已经使仍然没有同其他朝圣者和流浪者相处的林地变成了海丝特白兰荒野而沉闷但终生的家。相比之下，地球上的所有其他场景，甚至是英格兰乡村，那个幸福的婴儿期和不育的少女似乎都还没有留在母亲身边，就像很久以前脱下的衣服一样，对她来说都是陌生的。束缚她在这里的那条链条是铁链，刺痛着她的内心深处，但永不中断。

也可能是这样-无疑是这样，尽管她隐藏了自己的秘密，并且每当它从心中挣扎时都变得苍白，就像一条蛇从洞中挣脱一样-可能是另一种感觉使她留在了场景和道路中那真是致命的。她认为自己与之结成联盟的那只脚的住所，大步出行，这在世界上未被认可，将使他们聚集在最终审判的门槛之前，并使他们的婚姻坛成为永恒的联合未来报应。一遍又一遍，灵魂的诱惑把这个想法推向了海丝特的沉思中，并嘲笑了她抓住的热情和绝望的喜悦，然后竭力将其抛弃。她几乎不敢看这个主意，就赶紧把它放在地牢里。她强迫自己相信自己-最终，作为继续成为新英格兰居民的动机的理由是-一半是真理，一半是自欺欺人。她对自己说，这里曾经是她感到内的景象，这里应该是她尘世的惩罚。因此，也许，每天羞辱的折磨会长久地吹扫她的灵魂，并产生出她所失去的另一种纯洁：更像圣人，这是难的结果。

因此，丝毫没有逃脱。在该镇的郊区，在半岛的边缘，但不靠近其他任何居住地，有一间小茅草屋。它是由一个较早的定居者建造的，并被废弃了，因为周围的土壤太无菌了，无法耕种，而它的相对偏远性使它脱离了已经标志着移民习惯的社会活动范围。它站在海岸上，向西望过森林覆盖的山丘上的海盆。一簇丛灌木丛生的树木，例如独自生长在半岛上的树木，并没有太多地掩盖住小屋，因为它似乎表明这里有些物体本来应该被隐藏，或者至少应该被隐藏。在这个寂寞的小住宅中，她有些苗条，这意味着她拥有并根据地方法官的许可，后者仍然对她进行审讯监视，并与婴儿一起建立了自己的名望。神秘的怀疑阴影立即将其附在现场。太小而无法理解的女人因此应该被排除在人类慈善机构的范围之外，会蠕动到足以让她将针刺进小屋的窗户，或者站在门口，或者在她的小花园里劳作，或者沿着通往城镇的小路走来，辨认出她胸前的鲜红色字母，会散发出一种奇怪的传染性恐惧。

像海丝特的情况一样孤独，没有世上一位敢于露面的朋友，但是她没有遭受匮乏的危险。她拥有足够的艺术作品，即使在一块运动空间相对较小的土地上，也可以为她蓬勃发展的婴儿和她自己提供食物。这是一门艺术，到现在为止，这几乎是女性掌握的唯一一门艺术—针线活。她在胸前打了一封奇怪的刺绣信，这是她精致而富于想象力的技艺的典范，法庭上的贵妇们可能很乐意利用这些技艺，在真丝织物上增添人类创造力的更丰富，更精神的装饰和黄金。实际上，在这里，通常以纯净的简单方式表现出纯洁的着装风格，因此可能很少有人要求她的手工艺品制作精美。然而，时代的品位要求对这种类型的构图进行精巧的设计，并没有将其影响力扩展到我们的严厉的祖先，这些祖先抛弃了他们如此众多的时尚，这似乎很难放弃。

作为一项政策，以政策为标志，公共仪式（例如法令，治安法官的安置以及可能使新政府向人民展示自己的形式的威严）的一切都以庄重且行为规范的仪式为标志，和阴郁，但研究的宏伟。深厚的围裙，痛苦的编带和华丽的绣花手套，被认为是正式掌握权势的人所必需的，并且即使允许其法律禁止其使用这些奢侈或类似的奢侈行为，也很容易被尊贵或富裕的个人尊敬。平民秩序。在一系列的葬礼中-无论是用于尸体的服装，还是以黑貂布和白雪皑皑的草坪等多种象征性装置为代表的生还者的悲伤-对像海丝特这样的劳动力的需求经常且独特可以供应。婴儿亚麻布（因为婴儿当时穿着州长袍）负担了另一种辛劳和酬劳的可能性。

渐渐地，不是很慢，她的手工就变成了现在的时尚。是否出于对一个命运如此悲惨的女人的敬畏；或来自病态的好奇心，甚至对平凡或毫无价值的事物都具有虚拟价值；或像现在这样，通过任何其他无形的环境，足以使某些人白白地寻求某些东西；或因为花果真填补了一个空白，否则这些空白必须保持空缺；可以肯定的是，她已经准备好并且可以公平地辞职了好几个小时，只要她认为自己适合用针头就可以了。虚荣心可能是选择的，通过盛装打扮和装饰来装饰自己由罪恶的双手制成的衣服，以此来破坏自己。她的针线活在州长的衣领上可见。军人戴着围巾，大臣戴在他的乐队中；它盖上了婴儿的小帽子；它被夹在死人的棺材中，以防霉变霉。但是，没有记录到有一次她召集了她的技巧来绣上白色面纱，以遮盖新娘纯净的脸红。例外情况表明，社会对她的罪恶充满了无情的活力。

赫斯特寻求不让自己获得生活之外的任何东西，除了最朴素，最苦行的描述之外，对她的孩子也没有简单的生活。她自己的衣服是用最粗糙的材料和最暗淡的色调制成的，只有一件装饰品-猩红色的字母-这是她的厄运。另一方面，孩子的着装以稀奇古怪的风格而著称，或者可以说是一种奇妙的独创性，确实起到了增强通风的魅力的作用，这种魅力早在小女孩身上就开始发展起来，但后来却出现了。具有更深的意义。以后我们可能会进一步讲。除了在婴儿装饰上的少量支出外，海丝特还把所有多余的钱都用在慈善事业上，用比她自己更痛苦的子，并且不经常侮辱喂养他们的手。在很多时候，她可能会很容易地将自己的作品应用于艺术创作上，她曾为穷人制作粗糙的衣服。在这种职业模式下可能会有一种悔的念头，并且她为如此粗鲁的手工投入了很多时间而献出了真正的享乐牺牲。她的天性具有丰富，妖，的东方风情，这是她对华丽美丽的一种品味，除了精致的针法制作外，她一生中没有发现其他可以锻炼的东西。女人从针的细腻劳累中获得了其他性别无法理解的乐趣。对白而言，这可能是表达并抚慰她一生的热情的一种方式。像所有其他快乐一样，她拒绝了它作为罪恶。应当将这种病态的良心与无关紧要的事情混为一谈，这是值得担心的，没有真正和坚定的悔，而是令人怀疑的事情，可能是深深错误的事情。

以这种方式，海丝特·白兰开始在世界上占有一席之地。尽管她已经在她身上留下了印记，但比起拥有该隐的眉头的烙印更能容忍一个女人的内心，但凭借她本性的性格力量和罕见的能力，它无法完全抛弃她。然而，在她与社会的所有交往中，没有什么让她感到自己像属于社会一样。她被放逐的每个手势，每个单词，甚至是沉默，都暗示和经常表达她被放逐的情况，而且就像独自居住在另一个领域一样，或者与其他器官以共同的天性交流一样和感觉比其他人类都好。她远离了凡人的利益，却紧贴着他们，就像一个幽灵，重新审视了熟悉的炉边，不再使自己可见或感觉不到。不再以家庭的喜悦微笑，也不再以悲痛哀悼；或者，如果它成功表现出其被禁止的同情，只唤醒恐怖和可怕的厌恶。实际上，这些情感以及最痛苦的蔑视似乎是她留在普世心中的唯一部分。这不是一个精致的时代；她的立场，尽管她很了解，并且几乎没有忘记的危险，但由于对最温柔地方的最粗鲁的触摸，她常常像新的痛苦一样被带到她生动的自我认知中。正如我们已经说过的那样，穷人一直将她当作赏金的对象，但常常会伸出伸手帮助他们的穷人。同样，等级较高的贵妇们在职业生涯中进入了她的大门，习惯于将苦味滴入心中。有时通过安静的恶意炼金术，妇女可以从普通琐事中调制出微妙的毒药；有时也以粗略的表情落在患者无力防御的乳房上，就像在溃疡伤口上粗暴打击一样。海丝特早就学好了；她从不对这些攻击做出反应，除非脸红的胭脂深深地压在她苍白的脸颊上，然后又沉入了怀抱的深处。她很有耐心，是道者，的确如此，但是尽管她有宽恕的愿望，她还是愿意为敌人祈祷，以免尽管祝福的话固执地将自己扭曲成诅咒。

她不停地以其他一千种方式感到无数痛苦，因为清教徒法庭的不朽，活泼的判决为她如此狡猾地制造了痛苦。牧师们在街上停下来，打招呼的话语，带着可怜的罪恶女人皱着眉头，皱着眉头，把一群人围在那可怜的罪恶女人周围。如果她进入教堂，相信要分享普世父亲的安息日微笑，那常常是她自己找话语的不幸。她长大了对孩子的恐惧；因为他们从父母那里吸取了一个模糊的想法，认为这名沉闷的女人在镇上默默地滑行，没有一个伴侣，只有一个孩子，这太可怕了。因此，首先让她通过，他们带着嘶哑的哭声追赶着她，一个单词的发音虽然没有自己的意图，但是对她来说仍然很可怕，就像从着它的嘴唇开始一样不知不觉。她的羞辱似乎扩散得如此之广，以至于大自然都知道这一点。如果树木的叶子在彼此之间窃窃私语，这可能不会引起她的更深的痛苦-夏日的微风对此低吟着-寒冬的高声大声尖叫！新的眼睛注视着另一种奇特的酷刑。当陌生人好奇地看着那红字时，却没有人没有失败过-他们将其重新刻上了他的灵魂；这样，她常常不会或总是避免用手遮盖符号。但是话又说回来，一只习惯的眼睛也同样遭受了痛苦。它的冷酷的眼神让人无法忍受。简而言之，海丝特·白兰丝从头到尾总是在感受到人为注视令牌的过程中充满了这种可怕的痛苦。那个地方从来没有变得冷酷无情；相反，每天的酷刑似乎变得更加敏感。

但是有时候，她隔着几天，或者隔了几个月，就以一种人眼注视着这个可耻的品牌，似乎暂时缓解了她的痛苦，好像分享了她一半的痛苦。下一瞬间，一切又一次冲了回来，还带着一阵更深的痛苦。因为在那短暂的时间里，她又犯了罪。（难怪独自犯了罪吗？）

她的想象力受到了某种影响，如果她的道德和心态更加柔和，那么她的生活就会受到奇怪而孤独的痛苦，情况会更加严重。在那些孤独的脚步声中，来回走来走去，在她与外界相连的小世界里，它时不时地显得犹豫不决-如果完全是幻想，那太强大了，无法抗拒-于是，她感到或幻想着红字使她有了新的感觉。她不敢相信，但仍然不敢相信，这使她对其他人心中隐藏的罪恶有了同情的认识。这样的启示使她感到恐惧。那是什么 除了邪恶天使的阴险窃窃私语之外，他们是否会说服那些奋斗中的女人，只不过是受害者的一半，她会很高兴地说出来，外在的纯洁伪装只是一个谎言，并且，如果到处可见真相， ·除了海丝特·白兰氏之外，还会在许多怀里燃起红字吗？还是她必须接受那些真相-如此晦涩却又如此独特-的暗示？在她所有的痛苦经历中，没有什么比这个意义更可怕，更令人讨厌了。场合的不切实际的不合时宜使它付诸行动，使她感到困惑和震惊。有时候，当她经过一位尊敬的部长或地方法官时，她乳房上的红色污名会引起同情的动，虔诚和正义的榜样在那个古老的崇高时代抬头，就像一个与天使相伴的凡人一样。"眼前有什么邪恶的事情？" 会对自己说。举起她不情愿的眼神，除了这个尘世圣徒的形像之外，在人类的视野范围内什么也没有！当她遇到一些女性的圣洁皱眉时，再次充满神秘感的姐妹会自我宣称，根据所有语言的谣言，这些女性一生都在她的怀抱中积雪。护士长的怀抱中未晒的雪，以及海丝·白兰的羞耻感-两者有什么共同点？或再一次，电颤抖会警告她-"老兄，这是同伴！" 然后抬头看去，她会发现一个年轻少女的眼睛，羞怯地放在一边，瞥了一眼那红字，然后迅速地转过身，脸颊上隐隐着一丝冷淡的深红色，仿佛瞬间的眼神使她的纯洁有些污。魔鬼的护身符就是那个致命的象征，无论您是青年人还是年青人，您都不会留下这个可怜的罪人敬畏的东西？-这种信仰的丧失永远是罪过最可悲的结果之一。可以接受的证明是，在这个可怜的自己的脆弱和人为的严厉法律中，这个可怜的受害者并没有腐烂，这就是海丝特·白兰妮却努力地相信没有一个同胞像她一样有罪。

在那个沉闷的年代，这个庸俗的人总是对他们的想象力产生怪异的恐怖，有一个关于猩红色字母的故事，我们很可能会把它变成一个很棒的传奇。他们断言，该标志不仅是猩红色的布，在尘土中染成淡红色，但在地狱烈火中炽热，每当黑斯·白兰在夜间走到国外时，都可以看到它泛着光。我们必须说，它深深地烙印了海丝特的怀抱，以至于谣言中所包含的真相比我们现代人可能不愿承认的事实更多。

。珍珠

我们还没有谈到婴儿；那只天真烂漫的小动物，由于天意的刻板命令而萌芽，开出一朵可爱而永生的花朵，超出了内的激情。这位悲伤的女人看着她的成长，每天变得更加灿烂的美丽，以及使这个颤抖的阳光映照着这个孩子的细微特征的智慧，对她来说真是太奇怪了！她的珍珠-赫斯特也这样称呼她；不代表她的外表，没有任何比较可以显示出镇定，洁白，无懈可击的光泽。但是她将婴儿的名字命名为"珍珠"，因为她所购买的一切物美价廉，是母亲唯一的宝贝！确实有多奇怪！男人用红字标记了这个女人的罪过，这封信具有强大而灾难性的功效，以至于没有人的同情心，除非它像她自己一样有罪。上帝因人类所受的罪恶直接后果，给了她一个可爱的孩子，她的母亲就在那个不光彩的怀抱中，使她的父母永远与凡人的血统和血统联系在一起，并最终成为了一个幸福天堂里的灵魂！然而，这些想法对海丝特·白兰氏的影响不及希望，而不是忧虑。她知道自己的行为是邪恶的；因此，她可能不相信结果会很好。日复一日，她恐惧地注视着孩子不断膨胀的天性，她害怕地发现了一些黑暗和野性的特质，这些特质与她应有的罪恶感相对应。

当然没有物理缺陷。凭借其完美的身材，活力和对所有未尝试肢体的运用的自然灵巧性，婴儿值得在伊甸园中长大：值得留在那儿，成为世界上第一个天使后的玩物父母被赶出家门。这个孩子有一种与生俱来的风度，不会与完美的容貌并存。它的装束，无论多么简单，总是给旁观者留下深刻的印象，就好像正是恰到好处的服装一样。但是很少有珍珠不被质朴的杂草覆盖。她的母亲有一个病态的目的，以后可能会更好地理解，她买了可以买到的最丰富的纸巾，并让她富有想象力的教师充分发挥了孩子在公众眼前穿的衣服的布置和装饰的作用。如此排列的小人物是如此的壮丽，珍珠本身应有的美丽就这样灿烂，透过华丽的长袍闪耀着，而这些长袍可能熄灭了苍白的可爱，使她在漆黑的小屋地板上到处散发出绝对的光芒。然而，那件赤褐色的长袍却被孩子的粗鲁玩法所撕裂和弄脏，使她的照片也一样完美。珍珠的表情充满了无限的变幻。这个孩子中有很多孩子，他们充分理解了一个农民婴儿的野花美貌和一个小公主的盛况。然而，总的来说，她有一种热情的特质，某种程度的色彩，她从未失去过。如果她有任何变化，她变得越来越苍白或更苍白，她将不再是她自己，它将不再是珍珠！

这种外向的变异性表明了她内心生活的各种特性，而不仅仅是表达。她的天性似乎也具有深度和多样性。但是-或赫斯特的恐惧欺骗了她-它缺乏对她出生的世界的参考和适应。不能使孩子服从规则。赋予她生存权的伟大法则已经被打破；结果就是一个存在，其元素也许是美丽而灿烂的，但是全部都是混乱的，或者是它们自身特有的顺序，在其中很难或不可能发现变化和布置的点。思绪只能回忆孩子的性格，甚至是当时最模糊和不完美的现象，方法是回忆起珍珠在使自己的灵魂从精神世界中汲取生命，从身体的地球物质中汲取生命的那一刻，她自己的经历。母亲的慷慨激昂的状态曾是其道德生活的光芒传递给未出生婴儿的媒介；而且，尽管它们最初是白色和透明的，但它们还是深红色和金色，火红的光泽，黑色的阴影，以及中间物质的未磨光。最重要的是，在那个时代，海丝特的灵魂之战一直延续着。她可以辨认出她狂野，绝望，挑衅的心情，脾气暴躁，甚至心中沉沉的阴云密布的沮丧和沮丧。现在，他们被一个小孩子的性情所带来的早晨光芒所照亮，但是，在尘世存在的那天晚些时候，可能充满了暴风雨和旋风。

那时的家庭纪律比现在严格得多。皱着眉头，严厉的斥责，频繁使用鱼竿，并受到圣经权威的约束，不仅用于对实际犯罪的惩罚，而且还作为有益健康的养成办法，用于发展和促进所有幼稚的美德。然而，海丝特·白兰妮还是这个孩子的慈母，在过分严重的情况下犯错的风险很小。然而，由于她自己的错误和不幸，她一心一意地寻求对被控告的婴儿不朽行为进行温柔而严格的控制。但是任务超出了她的能力范围。在测试了笑容和皱眉之后，并证明两种治疗方式都不具有可计算的影响力之后，海丝特最终被迫搁置一边，让孩子被自己的冲动所左右。当然，持续的身体强迫或克制是有效的。至于任何其他类型的纪律，无论是针对她的思想还是内心，根据决定当下的反复无常，都可能会或可能不会出现小珍珠。她的母亲在珍珠还只是个婴儿的时候，就已经熟悉了某种特殊的表情，这警告了她什么时候该放弃劳动去坚持，说服或恳求了。

这种表情看起来很聪明，但莫名其妙，不正当，有时如此恶意，但通常伴随着狂烈的精神动荡，以至于海丝丝刻不容置疑地质疑珍珠是否是人类的孩子。她看起来像个轻浮的精灵，在平房地板上玩了一会儿奇妙的运动后，她带着嘲笑的笑容飞走了。每当那双神色出现在她狂野，明亮，深黑的眼睛中时，它就会以一种奇怪的遥不可及的无形感投入她：好像她在空中盘旋，并可能消失，就像闪烁的光芒一样，我们不知道为什么去，我们知道不愿意。看到它，海丝特被迫冲向孩子-追寻她总是开始的飞行中的小精灵-用紧迫的压力和认真的吻抓住她的怀抱-与其说是充满爱，不如说是向自己保证珍珠是有血有肉的，没有完全的幻想。但是，珍珠被抓住时的笑声虽然充满了欢乐和音乐，却使母亲比以前更加怀疑。

这种令人迷惑而令人困惑的咒语使人心碎，这时常出现在她和她的唯一宝藏之间，她买了那么贵的宝物，而她是她的整个世界，她的性命有时会激起泪来。然后，也许是因为没有预见到它会如何影响她，珍珠会皱起眉头，握紧她的小拳头，将她的小特征变硬，变成一副严肃而又无情的不满表情。她很少会像以前那样无能为力，不懂事的人会大笑，比以前大声笑。或-但这种情况很少发生-她会因悲伤而大惊小怪，用断断续续的话语表达对母亲的爱，并试图通过破裂来证明自己有一颗心。然而，海丝特并不自信地承认自己那阵阵阵阵刺痛的柔情：它突然过去了。仔细思考所有这些事情，这位母亲觉得自己像是一种精神，但由于变态过程中的一些不合规定，未能赢得掌握该新的，不可理解的智慧的主语。她唯一真正的安慰是当孩子躺在平静的睡眠中时。然后她确定了自己，品尝了几小时的安静，悲伤，美味的幸福。直到-也许那张反常的表情从她打开的盖子下面闪闪发亮-一点珍珠都醒了！

珍珠究竟以多快的速度到达了一个能够进行社交活动的时代，而这个时代已经超出了母亲永远的微笑和胡说八道！然后，听到她清晰，像鸟的声音与其他幼稚声音的喧嚣交织在一起，并在一群运动嬉皮士的所有纠缠的叫声中，分辨并弄清了她自己的宠儿的语气，这将是多么幸福。孩子们。但这不可能。珍珠是婴儿世界的天生弃儿。她是邪恶的象征，象征和罪恶的产物，在受洗礼的婴儿中没有权利。孩子似乎领悟了她的孤独，似乎没有什么比这更引人注目了：命运在她周围绕了一个不可侵犯的圈：简而言之，她相对于其他孩子的地位具有特殊性。自从她从监狱获释以来，没有她的犹豫从未见过公众的目光。在她到镇上的所有走动中，也都有珍珠

：首先是怀抱婴儿，然后是小女孩，母亲的小伙伴，全力握住食指，然后以三到四个脚步声之一。她在街道的草边或家门口看到了定居点的孩子们，以纯洁的养育所允许的严厉方式放逐自己；玩耍去教堂，表演或鞭打地震分子；或在与印第安人的假战中打头皮，或因模仿巫术而吓到对方。珍珠看见了，专心地凝视着，但从未试图结识。如果与她交谈，她将不会再讲话。如果孩子们像有时那样聚集在她周围，珍珠在她那微不足道的愤怒中会变得异常可怕，以嘶哑、不连贯的感叹夺走石头，向他们扑来，这使她的母亲发抖，因为他们的声音如此之大。用未知的舌头进行巫婆的麻醉。

事实是，这些小清教徒是有史以来生活最不宽容的一群，对母子间的某种古怪、出土或与普通方式不符的事物含糊其词，因此在他们的心中视他们。. 并经常用他们的舌头骂他们。珀尔感受到了这种情感，并带着最悲惨的仇恨报复了这一仇恨，而这种仇恨本应被视为幼稚的怀抱。这些暴躁的暴发具有一种价值，甚至对母亲来说是一种安慰。因为在情绪上至少有一种可理解的诚恳，而不是那种常常使她在孩子的表现上受挫的适度随心所欲。然而，这使她感到震惊，无法再次在这里辨别自己内心存在的邪恶。所有这些仇恨和激情都以不可剥夺的权利从珍珠的心中继承了珍珠。母女俩站在人类社会隔离的同一个圈子中；从孩子的本性来看，那些不安静的元素似乎永存，这些珍珠元素在珍珠出生前就分散了丝的白，但此后却开始因产妇的软化作用而得到缓解。

在家里，母亲的小屋内和周围，珍珠都不想结识各种各样的朋友。生命的魔咒从她一生的创造精神中传出，并传达给上千个对象，因为无论在何处使用火炬，火焰都会点燃。最不可能的材料是棍子，一堆破布，一朵花，它们是珍珠巫术的木偶，并且在没有发生任何外在变化的情况下，在精神上适应了占据她内心世界舞台的任何戏剧。她的一个婴儿话音服务于众多虚构的人物，无论老少，都可以与他交谈。松树，陈年，黑色，庄重，微风中飞扬的吟和其他忧郁的话语，几乎不需要转变就可以成为清教徒的长者。花园里最丑陋的杂草是他们的孩子，他们的珍珠散落下来，毫不留情地被连根拔起。真是太好了，她投入了各种各样的智力，实际上并没有连续性，而是飞快地跳舞，总是处于一种超自然的活动状态—很快就下沉了，仿佛被这么快又发狂的潮耗尽了生命，并通过其他形式的类似野外能量获得成功。就像北极光的幻影般的戏剧，无非如此。然而，仅凭想象力的锻炼和不断发展的思维的运动性，可能比其他学识渊博的孩子所能观察到的要多得多。除了像珍珠一样，在人类玩伴缺乏时，她更多地投向了她创造的有远见的人群。奇异之处在于孩子对待自己的所有心灵后代的敌对情感。她从未结过朋友，但似乎总是在播种播撒龙的牙齿，从那里涌现出一批武装敌人，她便与之战斗。真是令人难以置信的悲伤-那么，对于一个母亲，在她自己的心中感到悲伤的深度，她在自己的心中感到了原因-观察一个如此年轻的人不断认识到不利的世界，并如此激烈地训练着在必须进行的比赛中尽自己的本分。

凝视着珍珠，海丝特·白兰经常把她的工作放在膝盖上，并怀着一种本来会隐藏的痛苦哭泣，但这种痛苦使自己在讲话和吟之间发了言："天上的父亲，如果你仍然是我，父亲-我带给这个世界的是什么？" 珍珠，如果能听到射精的声音，或者通过一些更微妙的渠道了解到那些痛苦的动，她会把她生动而美丽的小脸转向母亲，带着精灵般的智慧微笑，然后恢复游戏。

这孩子的举止有一个特殊性尚待告知。她一生中注意到的第一件事是-什么？-不是母亲的微笑，而是像其他婴儿那样对母亲的微笑做出了反应，通过那微弱的小嘴巴的胚胎微笑，事后令人怀疑地记住了，热烈讨论是否确实是一个微笑。绝不！但是珍珠似乎已经意识到的第一个对象是-我们可以说吗？-海丝特的怀抱上的猩红色字母！一天，当她的母亲弯腰摇篮时，婴儿的眼睛被信上闪闪发光的金色刺绣所吸引；她握住她的小手，毫无疑问地微笑着，但带着一丝坚定的微笑，这使她的脸看起来像一个大得多的孩子。然后，喘着粗气，海丝特·白兰抓住了致命的标记，本能地努力将其撕下，珍珠般的婴儿手的巧妙触碰所造成的折磨是无限的。再次，好像她母亲的痛苦姿态只是为了给她运动一样，几乎没有珍珠看着她的眼睛，微笑着。从那个时代开始，除了孩子睡着的时候，海丝特从未感到一时的安全：没有一时的平静地享受着她。的确，有时会过几周，在此期间珍珠的目光永远不会永远停留在猩红色的字母上。但是话又说回来，它会突然消失，就像突然死亡的中风一样，总是带着那种奇特的微笑和奇怪的表情。

当这种怪异，妖怪的表情出现在孩子的眼中时，海丝特正看着母亲喜欢做的事情，而海丝特在看着他们自己的形象。突然间，对于那些孤独无助，心烦意乱的女人，她陷入了无法形容的妄想之中，幻想着自己被注视着，而不是她自己的微型肖像，而是珍珠黑色的小镜子里的另一张脸。那是一张面孔，像恶魔般，充满着微笑的恶意，却带有她所熟知的特征，尽管很少带着微笑，也从来没有恶意。仿佛是一个邪恶的魔鬼生了孩子，然后就在嘲弄中窥视了一下。此后的很多次，同样的幻想使黑思特遭受了折磨，尽管不那么生动。

在某个夏日的下午，在珍珠长得足够大以至于可以奔跑之后，她逗弄了几束野花，然后将它们逐一扔向母亲的怀抱，使自己很开心。每当她碰到猩红色的字母时，她就像一个小精灵一样上下跳舞。海丝特的第一个动作是用紧握的双手遮住她的胸部。但是，无论是出于骄傲、辞职，还是觉得自己的悔最好能被这种无法言喻的痛苦所折磨，她都抵制了冲动，直立起来，苍白如死，可悲地看着小珍珠的狂野的眼睛。仍然散发出一连串的鲜花，几乎总是达到目标，并用伤痕遮盖了母亲的乳房，为此她在这个世界上找不到香脂，也不知道该如何在另一个香脂中寻找。最后，她的镜头全部消耗完了，孩子站着不动，凝视着海丝特，从恶魔般的黑色深渊里偷偷地看到了一个恶魔般的小笑声-或者，不管它是偷窥还是不偷窥，母亲如此想象。眼睛。

"孩子，你是什么人？" 母亲哭了。

"哦，我是你的小明珠！" 孩子回答。

但是，尽管她说了这句话，但珍珠却笑了起来，并开始以小鬼的幽默姿态来回跳动，下一个怪胎可能是将烟囱往上飞。

"你是我的孩子，真的吗？" 地问。

她也没有完全无聊地提出这个问题，但是目前来说，确实有一点诚恳；因为，珍珠的奇妙智慧是如此之大，以至于她的母亲一半怀疑她是否不熟悉她存在的秘密咒语，现在也许不露面。

"是的，我是小珍珠！" 重复孩子，继续她的滑稽动作。

"你不是我的孩子！你不是我的明珠！" 母亲半调皮地说。因为在她最深的苦难中，经常有一种运动冲动冲过她。"那么，告诉我，你是什么人，谁送你去了？"

"告诉我，妈妈！" 孩子认真地说，快要站起来，把自己压在膝盖附近。"你告诉我！"

"你的天父差遣了你！" 海丝特·白兰回答。

但是她犹豫着说，这并没有逃脱孩子的敏锐度。无论是仅仅因为她平凡的怪异而动弹，还是因为邪恶的精神促使她，她都举起了小的食指，抚摸着那红字。

"他没有送我！" 肯定地哭了。"我没有

天父！"

"嘘，珍珠，嘘！你绝对不能这样说话！" 母亲回答，压抑了吟。"他把我们所有人都送到了世界上。他甚至把我送上了你的母亲。然后，还有更多你！或者，如果不是的话，你是陌生的埃尔菲斯孩子吗，你是从哪里来的？"

"告诉我告诉我！" 一遍又一遍的珍珠，不再是认真的，而是在地板上大笑和刺耳。"你必须告诉我！"

但海丝特陷入了令人泪丧的迷宫之中，无法解决这个问题。她想起了笑容和一阵颤抖，这是邻居的谈话，他们徒劳地寻找孩子的父亲身份，并观察了她的一些奇特属性，却发现那可怜的小珍珠是恶魔的后代：自从天主教时代以来，人们偶尔会通过母亲的罪恶行为在地球上看到它，并以此促进犯规和邪恶的目的。根据他的修道士敌人的丑闻，路德是那个地狱般的小伙子。珍珠也不是在新英格兰清教徒中被赋予这种不吉祥起源的唯一孩子。

七。州长大厅

海丝特·普林妮有一天去了贝灵汉州长的府邸，戴着一副她已经流苏并绣有他的命令的手套，在国家的一些重大场合要戴这副手套；因为，尽管一次普选的机会使这位前任统治者从最高职位上下降了一到两步，但他仍然在殖民地裁判官中享有光荣而有影响力的地位。

与交付一副带刺绣的手套相比，另一个更重要的原因是，这促使赫斯特在这次采访中寻求与具有如此强大力量和活跃性的人士进行采访。在她的耳中，一些主要居民的想法是设计的，他们珍惜宗教和政府中更为严格的原则秩序，以剥夺她的孩子。就像已经暗示的那样，珍珠就是魔鬼的源头，这些善良的人并没有不合理地争辩说，基督徒对母亲灵魂的浓厚兴趣要求他们从自己的道路上移开这样的绊脚石。另一方面，如果孩子真正具备道德和宗教成长的能力，并具备最终救赎的要素，那么，肯定的是，通过将孩子转移到比定居者更明智和更好的监护权上，它将享有所有这些好处的更公平的前景。白兰氏。在那些推动设计的人中，贝灵汉州长被认为是最忙碌的人之一。这样的事情可能看起来很奇异，而且确实有点荒谬，后来在后来的日子里，这种事情被认为没有比镇上精选人士更高的管辖权了，因此应该公开成为一个问题。讨论，以及哪些杰出政治家都支持。然而，在原始朴素的时代，公众利益甚至比海丝特和她的孩子的福利都要轻得多，而内在的分量却远远少于立法者的审议和国家行为。这个时期几乎（甚至根本）都不比我们的故事早，那时关于猪的财产权的争议不仅在殖民地的立法机构中引起了激烈而激烈的竞争，而且对立法机构本身的框架。

因此，她充满了忧虑，但意识到自己的权利，以至于一方面公众与孤独的女人在自然的同情支持下似乎几乎是不平等的竞争，另一方是赫斯特·普林妮独栋别墅。小珍珠当然是她的伴侣。她现在已经可以轻轻松松地在母亲的身边走动了，从早到日落一直不停地运动，本来可以比她以前更长的旅程。然而，她常常更多地是随心所欲而不是必要，她要求被武装起来。但是很快就被迫再次放下了脚步，在草丛丛生的小径上飞驰而过，然后经过了许多无害的旅行和翻滚。我们曾经说过珍珠的丰富而丰富的美，这种美以深沉而生动的色彩发光，肤色明亮，眼睛既具有深度又具有发光的强度，头发早已具有深色的光泽棕色，并且在随后的几年中，几乎类似于黑色。她内外遍地都是火：她似乎是一个充满激情的时刻的未预谋的分支。她的母亲为孩子的外衣做工，充分发挥了她想象中的华丽倾向，将她排列在一条奇特的深红色天鹅绒束腰外衣中，绣上了幻想和繁华的金线。如此之多的色彩强度，一定会使淡淡的花朵的脸颊呈现出苍白和苍白的外观，令人钦佩地适应了珍珠的美丽，并使她成为有史以来在地球上翩翩起舞的最亮的小火焰。

但是，这是这种服装的一个显着属性，乃至确实是孩子的整个外表，它不可避免地和不可避免地使人想起了怀旧的白兰地注定要戴在她的怀里的令牌的旁观者。这是另一种形式的红字：赋予生命的红字！母亲本人-就像红色的小点心被焦灼到她的大脑中一样，以至于她所有的观念都以其形式出现-仔细地进行了模仿，花费了许多小时的病态机巧，以在她的感情对象和象征之间做出类比。感到内和折磨。但是，事实上，珍珠既是珍珠又是珍珠。只是由于这种身份，她的皮才如此完美地呈现出她那红字。

当两个徒步旅行者来到镇区时，清教徒的孩子们抬起头来，从玩耍中抬起头来，或者从那些与那些阴沉的小顽童一起玩耍中经过的东西中抬起头来，彼此严肃地交谈。

"诚然，有一个红字的女人：真相，还有一个像红字一样在她身边奔跑的女人！因此，来吧，让我们向他们扔泥！"

但是，珍珠，一个不屈不挠的孩子，皱着眉头，着脚，用各种威胁性的手势摇了摇她的小手，突然冲向敌人的结，将他们全部逃走。在对它们的疯狂追求中，她像婴儿瘟疫（猩红色的发烧，或某种半成熟的审判天使），其使命是惩治后代的罪恶。她也大声喊叫和喊叫，毫无疑问，这使逃犯的心在其中震颤。胜利完成了，珍珠悄悄地回到了母亲身边，抬头微笑着看着她的脸。

在没有进一步冒险的情况下，他们到达了州长贝林汉姆的住所。这是一间大木屋，以一种时尚的方式建造，在我们这些老城区的街道上仍然存有一些标本，这些标本如今已长满苔藓、濒临衰败、心地忧郁，有许多悲伤或快乐的事迹，被人们记住或遗忘，发生在他们昏暗的房间里并逝世了。然而，过去的岁月却充满了新鲜感,而从阳光普照的窗户中闪闪发光的人类居住地,却从未有死亡进入。实际上,它具有非常令人愉悦的一面,墙壁用一种灰泥铺开,在其中碎玻璃碎片充分地混合在一起。这样一来,当阳光从大厦的前部倾斜落下时,它就闪闪发亮,仿佛钻石被两把小刀甩向了大厦。辉煌的光辉可能适合阿拉丁的宫殿,而不是一个古老的清教徒统治者的豪宅。它进一步装饰有奇怪的、看似阴谋的数字和图表,适合刚被粉刷时在灰泥上绘制的古朴味道,现在又变得坚固耐用,以备不时之需。

珍珠看着这栋明亮的房屋奇迹开始翩翩起舞,并迫切要求将整个阳光都剥掉,让她玩耍。

"不,我的小珍珠!"母亲说;"你必须自己收集阳光。我没有人给你!"

他们走到一扇拱形的门上,在两侧各有一个狭窄的塔或大厦的凸出部分,两边都是格子窗,木制百叶窗可根据需要关闭。海丝特·普林尼举起悬挂在大门上的铁锤,发出了传票,一位州长的奴隶仆人答应了他的请求-他是一名自由出生的英国人,但现在已经是七岁的奴隶。在那一学期中,他将是他主人的财产,并且是讨价还价和买卖的商品,如牛或联结凳子。在那个时期,农奴在英格兰古老的世袭大厅里穿着惯用的军服。

"在里面的拜灵汉州长贝灵汉吗?"询问地名。

"是的，请安慰。"奴役的仆人回答，睁大眼睛盯着那红字，这是该国的新人，他从未见过。"是的，他的崇敬敬拜就在里面。但是他和他在一起敬虔的一两个牧师，还有一个水。你们现在可能看不到他的敬拜。"

海丝特·白兰妮回答："尽管如此，我还是会进入。" 也许从她的空气决定和怀里闪闪发光的象征来看，奴役者是她在这片土地上的一位伟大的女士，她没有提出反对。

于是母亲和小珍珠就进入了入口大厅。由于他的建筑材料的性质，气候的多样性以及不同的社会生活方式的不同，贝林汉姆州长有许多不同之处，他计划在他家乡的房地产绅士住所之后计划他的新住所。然后，这里是一个宽敞而合理的大厅，延伸到房屋的整个深度，并形成了与所有其他公寓或多或少直接沟通的媒介。在一个末端，这个宽敞的房间被两座塔的窗户照亮，这两个塔在门户的两侧形成了一个小凹口。在另一端，尽管被窗帘部分地遮盖了，但我们在旧书中读到的那些嵌入式的大厅窗户中，它的照明更为强大，并且设有深而缓冲的座椅。在这里，在靠垫上放着对开本原著，可能是英格兰的编年史或其他如此丰富的文学作品。即使在我们自己的日子里，我们也将散落的镀金卷散在中央桌子上，由临时客人上交。大厅的家具由一些笨拙的椅子组成，椅子的后背精心雕刻着橡木花环。同样，一张餐桌的味道也一样，整个伊丽莎白时代或更早，还有传家宝，都从州长的父辈家里转移过来了。在桌子上（以示古老的英国待客之情并未被

遗忘），坐在一个大的锡啤酒杯上，在啤酒杯的底部偷偷地着珍珠或珍珠，他们可能已经看到了最近吃水的泡沫残留物啤酒

墙上挂着一排肖像，代表贝灵汉家族的祖先，有些胸前戴着盔甲，有些则戴着庄严的衣衫和和平的袍子。所有这些作品的特征都是老照片的严厉性和严肃性，总是像是已逝者的鬼魂，而不是照片，是鬼影，而不是照片，并且对生人们的追求和享受凝视着严厉和不宽容的批评。

在大厅两旁的橡木镶板的中心附近悬挂着一套邮件，不是像图片那样的祖传遗物，而是最现代的；因为它是由伦敦一位熟练的盔甲工制造的，同年，贝灵汉州长来到了新英格兰。有一个钢制的头盔，一个胸甲，一个骨和胫骨，下面挂着一对手套和一把剑。所有产品，特别是头盔和胸甲，都经过高度抛光，以白色的光芒发光，并散布在地板上的任何地方。这种耀眼的全景并不是仅仅为了闲逛而已，而是由州长在许多庄严的集会和训练场上穿着的，此外，在马戏团战争的一个团长头上闪闪发光。因为，尽管他培养了一名律师，并习惯于将培根，可乐，诺伊和芬奇作为他的专业同伙，但这个新国家的迫切需要使贝灵汉州长成为一名军人，政治家和统治者。

小珍珠对闪闪发光的装甲感到非常满意，就像她对闪闪发光的房屋正面装饰一样感到满意时，她花了一些时间看着胸甲的抛光镜。

"母亲，"她叫道，"我在这里见。看！看！"

地看着那个孩子 她发现，由于这面凸面镜的特殊作用，猩红色的字母以夸张而巨大的比例被呈现，从而极大地成为了她的外表最显着的特征。实际上，她似乎绝对隐藏在背后。珍珠也向上指向，与头部的图片相似。带着淡淡的智慧对她的母亲微笑着，这是对她小的面相的一种表达。镜子里同样映衬着调皮的欢乐景象，其广度和效果如此之强，以至于使海丝·白兰感觉好像不是自己孩子的模样，而是一个试图塑造自己的小鬼的形象。变成珍珠的形状。

她说："来吧，珍珠，来吧，看看这个美丽的花园。也许我们会在那里看到花朵；比在树林里发现的还要美丽。"

珍珠因此跑到大厅另一端的弓形窗口，沿着花园步道的远景望去，上面铺满了刮得很紧的草，还有些粗鲁和不成熟的灌木丛尝试。但是所有人似乎已经绝望地放弃了在大西洋的这一面，在坚硬的土壤中永存的努力，并且在为生存而进行的艰苦斗争中，英国人出于观赏性园艺的口味。卷心菜长得很白。根植于一定距离处的南瓜藤蔓越过中间的空间，并将其巨大的产品之一直接放在大厅的窗户下面，仿佛在警告州长，这块巨大的蔬菜金像装饰品一样丰富。新英格兰地球将提供他。然而，有一些玫瑰丛，还有许多苹果树，可能是牧师先生种植的苹果树的后代。黑石，半岛的第一个定居者；坐在我们公牛背上的那一半神话人物坐在牛背上。

看到玫瑰花丛的珍珠开始哭泣，希望得到一朵红玫瑰，因此无法安抚。

"安静，孩子-安静！" 母亲认真地说。"别哭，亲爱的小珍珠！我在花园里听到声音。总督来了，先生们也和他一起来。"

实际上，在花园大道的远景中，看到许多人正朝着房子走去。珍珠对母亲试图使她安静的尝试完全不屑一顾，发出一声恶魔般的尖叫，然后变得沉默寡言，这并不是出于任何服从的观念，而是因为这些新人物的出现激发了她对性格的迅速而动人的好奇心。

八。小精灵和大臣

贝灵汉州长穿着宽松的礼服和宽松的帽子（例如，喜欢在家庭私密下喜欢忍受自己的年长绅士们）走到了最前面，似乎在炫耀他的财产，并详细说明了他的预期改进。在詹姆士国王统治时期，陈旧的围巾在他灰白的胡须下宽阔的圆周，使他的头看上去有点像施洗者约翰。他的姿势给人的印象是僵硬而严峻，并且在超过秋天的年龄被冻伤，这与世俗享受的器具几乎不符，他显然竭尽全力包围自己。但是，以为我们的伟大祖先虽然习惯于谈论和认为人类的存在只是一个考验和战争的状态，并且虽然毫不客气地准备按职责去牺牲物资和生命，却把它当作事关重大，却是错误的良心拒绝公平地掌握这种舒适甚至奢侈的手段。例如，这位尊贵的牧师从未教过约翰·威尔逊牧师，他的胡须像白雪一样飘落在贝灵汉州长的肩上，而其穿着者则认为，梨和桃子可能会在新英格兰归化。气候，紫色的葡萄可能被迫在阳光明媚的花园墙上繁茂。这位老牧师在英国教会的丰厚怀抱中受孕，他对所有美好而舒适的事物有着悠久的、正当的品味，无论他是严厉地在讲坛上露面，还是在公众场合对这种过犯都表示谴责。海丝特·普林恩（　）仍然以私人生活的亲切仁慈赢得了比任何职业同龄人都要亲切的感情。

在州长和先生后面。威尔逊还有另外两位客人，一位是牧师亚瑟·迪姆斯代尔，读者可能还记得他曾在海丝特·普林的耻辱中扮演了短暂而勉强的角色。与他紧密相伴的是老练的罗杰·吉林沃思，他是物理学上的佼佼者，在过去的两三年里已经定居在该镇。据了解，这位学识渊博的人既是这位年轻牧师的医生，又是他的朋友，由于他对牧养关系的工作和职责过于自负，他的健康受到严重损害。

州长在来访者之前先走了一两步，然后张开大厅窗户的叶子，发现自己接近小珍珠。帘子的影子落在海丝特·白兰身上，部分掩盖了她。

"我们在这里什么？" 贝灵汉州长说，惊讶地看着他面前那鲜红的小人物。"我自称，自从我虚荣时代以来，我从未见过这样的东西，在老詹姆斯国王时代，当我不敢尊敬被奉为宫廷面具的人时，真是太好了！过去曾经有很多这样的小景象在放假的时候，我们称他们为错误统治者的孩子。但是，如何让这样的客人进入我的大厅呢？"

"是的，的确！" 好老先生哭了。威尔逊。"这可能是什么只猩红色的羽毛的小鸟？当阳光透过一面涂满颜料的窗户照进来，并在地板上画出金色和深红色的图像时，我看到的正是这样的方法。但是那是在那片古老的土地上。，年轻的，您是谁，还有什么让您的母亲以这种奇怪的方式成为您的宠儿？您是一个基督教孩子吗？您知道您的教义吗？或者您是我们想过的那些顽皮的小精灵或仙女之一在古老的英格兰地区，和其他纸浆遗物一起丢在我们后面了吗？"

猩红的眼光回答："我是妈妈的孩子，我叫珍珠！"

"珍珠？-至少是红宝石，或者是珊瑚！-或者至少从你的色彩来看，还是红玫瑰！" 老部长回答说，伸手徒劳地试图在脸颊上拍些珍珠。"但是你的母亲在哪儿？啊！我明白了，"他补充说。然后，对贝林汉姆州长低声说："这是我们同一个孩子，我们一直在一起讲话；在这里看到不幸的女人，海丝特·白兰妮，她的母亲！"

"你这么说？" 州长哭了。"不，我们可能已经断定，这样一个孩子的母亲一定需要是一个猩红色的女人，和一个值得称道的巴比伦类型！但是她来得很顺利，我们将立即研究这个问题。"

贝灵汉州长穿过窗户进入大厅，随后是他的三位客人。

他说："赫斯特·普林尼，对那红字的佩戴者自然而然地严厉对待，"最近有很多关于你的问题。人们已经就这一点进行了认真的讨论，我们是否具有权威和影响力相信一个永生的灵魂，例如下一个孩子中的灵魂，来服从一个在这个世界的陷阱中绊倒和跌倒的人的指引，以此来释放我们的良心。请说，孩子的母亲！为了使您的小孩子在时间和永恒上受益，她将被从您的手中夺走，清醒地穿衣服，严格管教，并教导天地的真理，您能为这种孩子做什么？"

"我可以教我的小珍珠我从中学到的东西！" 海丝特·白兰回答，将手指放在红色标记上。

"女人，这是你的耻辱徽章！" 严厉的地方法官答道。"这是因为那封信表明我们会将您的孩子转移到另一只手上。"

"尽管如此，" 母亲平静地说道，尽管脸色越来越苍白，"这个徽章已经教会了我–它每天都在教我–现在正在教我–尽管我的孩子可以从中受益，但我的教训可能是更明智和更好的我自己什么都没有。"

贝林汉姆说："我们会谨慎判断，然后我们

会做的很好。威尔逊大师，我祈祷你，检查一下这颗

珍珠-因为那是她的名字-看看她是否有这种

基督教习俗。她这个年龄的孩子。"

这位老大臣坐在扶手椅上，努力在膝盖之间画珍珠。但是这个孩子，除了母亲以外，不习惯其他人的触摸或熟悉，而是

从敞开的窗户逃脱了，站在台阶上，看上去像一只野生的，富有羽毛的热带鸟，准备飞向高空。先生。威尔逊对这次疫情丝毫不感到惊讶，因为他是一个祖父级人物，并且通常是孩子们的最爱。他提议继续进行检查。

他庄严地说："珍珠，你必须注意教导，这样，在适当的时候，你可以在胸前戴上一颗贵重的珍珠。你能告诉我，我的孩子，谁造了你？"

如今，珀尔非常了解是谁造就了她，因为虔诚的家中的女儿海丝特·白兰在与孩子谈论天上的父亲之后不久，就开始向她告知那些真相，无论人类处于什么阶段不成熟，充满了如此强烈的兴趣。因此，珀尔（她三年来的成就是如此之大）本可以对新英格兰入门书或威斯敏斯特教理会的第一栏进行公正的审查，尽管不熟悉这两个著名作品的外在形式。但是，所有孩子或多或少都有这种变态，其中很少的珍珠占了十倍，现在，在最不合时宜的时刻，她彻底占有了她，闭上了嘴唇，或迫使她说出不对的单词。将手指放在嘴里后，许多不仁慈的拒绝回答好先生。威尔逊的问题是，孩子终于宣布自己根本没有做过，而是被母亲从监狱门口长出的野玫瑰丛中拔出来的。

这种幻想可能是由于州长的红玫瑰近在咫尺而来的，因为珍珠站在窗户外面，以及她回忆起刚来的监狱玫瑰丛。

老罗杰·希灵沃思面带微笑，在年轻的神职人员的耳朵里窃窃私语。海丝特·普林尼看着技术娴熟的男人，即使在命运悬而未决的时候,她还是惊讶地意识到他的特征发生了什么变化-它们丑陋得多,他的深色肤色看起来变得越来越暗淡,自从她熟识他的那一天起,他的身材就变得更加畸形。她瞬间见到他的眼睛,但立即被迫将所有注意力都集中在了现在的场景上。

"太可怕了!" 州长哭了,慢慢地从珍珠的反应使他惊讶的状态中恢复过来。"这里有一个三岁的孩子,她无法说出是谁造了她!毫无疑问,她的灵魂,现在的堕落和未来的命运同样处于黑暗之中!方法,先生们,我们不需要进一步询问。"

海丝特抓住了珍珠,将她强行拉入怀中,以激烈的表情面对着这位清教徒。她感到自己拥有对世界的不可替代的权利,并准备捍卫他们至死。

"上帝给了我孩子!" 她哭了。"他把她从我身上夺走的所有一切都还给了她。她是我的幸福-她仍然是我的折磨!珍珠让我生活在这里!珍珠也惩罚着我!不见,她是猩红色的字母,只有被爱的能力,并因此拥有百万倍的报偿我的罪过的能力?你们不会接受她的!我会死的!

这位不老实的老部长说:"我可怜的女人,孩子会得到很好的照顾,远比你能做到的要好得多。"

"上帝把她交给了我!" 反复的海丝特,使她的声音几乎尖叫。"我不会放弃她的!" 在这里,突然的冲动使她转向了年轻的牧师先生。直到现在，迪姆梅斯代尔似乎几乎没有一次可以直视她的眼睛。"为我说话！"她哭了。"您是我的牧师，并且掌管了我的灵魂，比这些人能更好地了解我。我不会失去孩子！为我说话！您知道-因为您没有这些人所缺乏的同情，您知道其中的含义我的心，母亲的权利是什么，当母亲只有孩子和那红字时，母亲的权利有多强！请您注意！我不会失去孩子！请注意！"

在这种狂野而奇异的诉求下，这表明海丝特·白琳的处境激起了她的疯狂，这位年轻的牧师立刻挺身而出，面色苍白，握住了他的心，就像他惯有的神经质气质一样。陷入激动。现在，他看上去比我们在海丝特的公开声名狼藉的场景中描述他时更加疲惫和弱。无论是他的健康状况不佳，还是原因到底是什么，他那双大黑眼睛在饱受困扰和忧郁的深处都充满了痛苦。

部长开始说："她说的话里有道理。"声音甜美而颤抖，但有力，以至于大厅重新响起，空心装甲也响了起来。上帝给了她孩子，并且也给了她关于孩子的本性和要求的本能知识，这看起来如此奇特，这是其他凡人无法拥有的，而且，还没有一种可怕的神圣性。这个母亲和这个孩子之间的关系？"

"是的，那好，好大师？"打断了

州长。"说的清楚，我祈祷你！"

部长继续说："甚至必须这样。""因为，如果我们认为不是那样的话，那么我们不是不是说天父，就是所有肉体的创造者，已经轻易地认出了罪恶的行为，并且没有考虑到不神圣的情欲和圣洁的爱之间的区别吗？父亲的罪恶感和母亲的耻辱感都来自上帝之手，以多种方式在她的心脏上工作，她如此恳切而又以如此苦涩的精神恳求保留她的权利，这是对一个人的一种祝福。毫无疑问，这是母亲自己也告诉我们的，也是一种报应；在许多想不通的时刻，都会感受到一种折磨；一种痛苦，一种刺痛，一次又一次的痛苦，她难道没有在这个可怜的孩子的衣服中表达出这种想法，所以强行地使我们想起那个红色的符号，使她感到难过吗？"

"再说一遍！"好先生哭了。威尔逊。"我担心这个女人没有想到要比她的孩子更富裕了！"

"哦，不是这样！-不是这样！"续先生。。"她认识到，相信我，上帝在那个孩子的存在中创造了庄严的奇迹。也许她也感到-真心话-这是真相-这一恩赐首先意味着要保持母亲的灵魂还活着，使她免于撒旦可能试图将其陷入的更深的罪恶深渊！因此，对于这个可怜的，有罪的女人来说，她拥有婴儿的不朽，能够永恒的快乐或悲伤，只顾她的照顾-由她训练成义，随时提醒她跌倒，但仍要教她，仿佛是创造者的神圣誓言，如果她带来了孩子上天堂，孩子也将带他的父母！这里是有罪的母亲比有罪的父亲更快乐。那么，为了怀特·普林恩的缘故,也至少是为了可怜的孩子的缘故,让我们把他们留给普罗维登斯认为是合适的放他们!"

"你说话,我的朋友,带着一种古怪的认真态度。"老罗杰·奇林沃思说

,对他微笑。

牧师补充说:"我弟弟所说的话很重要。" 先生。威尔逊。

"你怎么说,拜林汉姆大师,他为那个可怜的女人恳求不好吗?"

地方法官答道:"他确实如此。" "并提出了这样的论点,以至于我们甚至将这个问题保持现状;至少要这样长的时间,因为这名妇女将不再有任何丑闻。但是,仍然必须谨慎,使孩子得到应有的陈述。而且,在适当的季节,什一奉献者必须注意,她既要上学又要见面。"

这位年轻的部长不愿发言,就退出了小组,走了几步,他的脸部分隐藏在窗帘的沉重褶皱中。而阳光投射在地板上的身影阴影则透着他强烈的吸引力。珍珠,那个狂野而又活泼的小精灵轻轻地向他偷来,握住他的手,紧紧抓住它;如此温柔的抚摸,以及如此柔弱的抚弄,以至于她的母亲一直在问她自己:"那是我的珍珠吗?" 但是她知道孩子的心里有爱,尽管它在激情中大显身手,而且像现在这样温柔,她一生中几乎没有两次被爱抚平。部长-因为,除了女人们长期

以来的崇高敬意，没有什么比这些幼稚的喜好更甜美了，这是一种精神上的本能自发地赋予的，因此似乎暗示着我们真正值得被爱的东西-部长看上去，将手放在孩子的头上，犹豫了一下，然后亲吻了她的额头。小珍珠无情的情绪不再持续。她笑了，那个老先生非常高兴地走下大厅。威尔森提出了一个问题，甚至连她的脚尖都没有碰到地板。

"我自称，她身上的小包是巫术，"他对摩根先生说。。"她不需要老妇人的扫帚来飞翔！"

"一个奇怪的孩子！"老罗杰·希林沃思说。"很容易看出母亲的角色。这超出了哲学家的研究范围，是的，先生们，想来分析孩子的天性，并以此为模子，对父亲做出精明的猜测吗？"

"不，在这样的问题上，追随亵渎哲学的线索是有罪的。"威尔逊。"更好地禁食并为之祈祷；更好的是，可以保留我们所发现的奥秘，除非天意自动透露它。因此，每个优秀的基督教徒都有头衔来表达对父亲的友善可怜的，荒废的宝贝。"

事情如此令人满意地结束了，带着珍珠的海丝特·白兰从屋子里走了出去。当他们走下台阶时，平均来说是打开了一个窗户的格子，到了晴天，阳光直射到了情妇希宾斯，贝林汉姆州长苦涩的妹妹，以及几年的同伴希比斯的脸上。后来，被当作女巫处决。

"历史，历史！" 她说，虽然她的面相术得不到应有的改善，但似乎给这栋房子的新奇气氛蒙上了一层阴影。"你今晚要和我们一起去吗？在森林里会有一个快乐的陪伴；我在不久前向那个黑人保证，快活的黑丝公主应该制造一个。"

"以我为他的借口，所以请你！" 地回答，带着灿烂的微笑。"我必须待在家里，看守我的小珍珠。如果他们把她从我身边带走，我愿意和你一起去森林里，也把我的名字写在黑人的书上，并用我自己的血去签名。！"

"我们很快就会有你！" 女巫夫人皱着眉头说，她向后退去。

但是，在这里（如果我们假设这次采访是在情妇希宾斯和海丝特·珀林之间进行的，是真实的，而不是寓言），已经说明了这位年轻牧师反对破坏堕落母亲与其脆弱后代的关系的论点。甚至这么早，孩子就从撒但的网罗中拯救了她。

。水

在罗杰·奇林沃思的称呼下，读者会记得，它被隐藏了另一个名字，该名字的前佩戴者已解决，永远不要再说了。与此相关的是，在目睹海丝特·白琳无耻暴露的人群中，如何站着一个男人，老人，旅行时疲惫不堪，他刚从险峻的荒野中崛起，看着那个女人，他希望在这个女人中找到温暖和温暖。家的快乐，在人们面前树立了一种罪恶。她的女性气质被所有男人的脚踩住了。臭名昭著的她在公开市场上胡闹。对于她的亲戚来说，只要有消息传到那里，对于她一尘不染的生活的同伴，除了她的耻辱的蔓延之外，别无他物。一定要严格按照先前关系的亲密和神圣性来分配。那么，为什么是（因为选择权在于他本人），与堕落的女人联系在一起的人中最亲密和神圣的那个人，为什么要站出来证明自己对遗产的要求如此之小？他下定决心不要在她的耻辱台上嘲弄她。除了席琳·普林恩外，所有人都不为人所知，并且拥有沉默的锁和钥匙，他选择从人类的名册中撤出自己的名字，并且考虑到他以前的联系和兴趣，决定彻底消失，仿佛他确实如此。躺在海底，很久以前有谣言传给他。一旦实现了这个目的，就会立即产生新的利益，同样也有一个新的目的；黑暗，的确是真实的，即使没有罪恶感，但力量足以吸引他的全部才能。

为了实现这一决心，他以罗杰·奇林沃思的身份在清教徒镇上住了下来，除了他所拥有的学习和智慧之外，没有其他介绍。由于他一生的学习，使他对当今的医学领域有了广泛的了解，因此他是一名医生，因此受到了广泛的欢迎。具有医学和手外科专业技能的人在殖民地中很少见。看起来，他们很少有宗教热情带动其他移民遍及大西洋。在对人体框架的研究中，可能出现了这类人更高，更微妙的才能，并且他们在这种奇妙的机制的错综复杂中丧失了存在的精神观，这种错综复杂的机制似乎足以将艺术包括在内自身内部的生命无论如何，就算是医学上的问题，波士顿好镇的健康迄今仍在一个老执事和药剂师的监护下，他们的虔诚和敬虔举止是他的有力证言。他本可以以文凭的形式产生的。唯一的外科医生是将这种高贵的艺术的偶尔锻炼与剃刀的日常和习惯性繁荣相结合的外科医师。对于如此专业的机构，是一个了不起的收购。他很快就表现出对古董物理学的繁琐和雄伟的机器的熟悉。其中每种疗法都包含许多牵强的和异类的成分，经过精心组合，仿佛所提出的结果是生命的灵丹妙药。此外，在他被印度人囚禁期间，他对当地药草和根的特性有了很多了解。他也没有向患者隐瞒这些简单的药物（大自然对未经训练的野蛮人的恩赐）在欧洲药典中占有很大的份额，因此许多学过的医生花了数百年的时间精心制作。

这个学识渊博的陌生人至少在宗教生活的外在形式上堪称典范。在他到来初期，他选择了这位尊敬的先生作为他的精神向导。。这位年轻的神像仍像学者一样享有盛誉，仍然生活在牛津，他的更热烈的仰慕者认为他应该是天命的使徒，注定他应该在正常的生活中生活和工作，作为大事，像现在的脆弱的新英格兰教会一样，就像早期的父亲为基督教信仰的起步而成就一样。关于这个时期，先生的健康状况。显然已经开始失败。通过最熟悉他的习惯的人，这位年轻部长的脸颊苍白是由于他太认真的学习而不是他的奉献精神，他认真履行的狭义性职责以及最重要的是他经常练习的斋戒和守夜，以防止这个尘世状态的毛发阻塞和遮盖他的属灵灯。有些人宣布，如果先生。真的要死了，这足以使这个世界不值得再被他的脚踩踏。另一方面，他本人则具有谦卑的谦卑态度，他坚信，如果天意应该使他免职，那是因为他本人不具备履行地球上最卑鄙的使命的能力。鉴于他下落的原因，人们意见各异，因此毫无疑问。他的体形消瘦。他的声音虽然仍然丰满而甜美，但里面却有一种忧郁的衰败预言。人们经常观察到，在发生任何轻微警报或其他突发事故时，他先将手放在心上，然后先潮红，然后脸色苍白，以示疼痛。

这就是年轻的神职人员的状况，因此迫在眉睫的前景是，当罗杰·奇林沃思来到小镇时，他的曙光将被不及时地熄灭。他第一次进入现场时，很少有人知道它是从哪里掉下来的，它从天上掉下来还是从地上开始，具有神秘感，很容易使人联想到奇迹。现在，他被认为是一个熟练的人。据观察，他像种熟悉隐藏美德的人一样，从林木中挖出草药和野花的花朵，挖出根，从森林树上摘下树枝，这在普通人眼中是毫无价值的。听说他谈到肯尼姆·迪格比爵士和其他名人，因为他的通讯员或同伙们的科学成就几乎不比超自然的东西受人尊敬。为什么在学术界如此之高的他来了？在大城市里生活的他，能在旷野里寻找什么呢？为了回答这个问题，谣言逐渐流行起来，尽管有些荒谬，但一些非常明智的人对此表示怀疑，那就是，通过从空中运送德国大学的一位著名物理学博士并将其安顿下来，天堂创造了绝对的奇迹在先生的门口的书房！确实，那些拥有更明智信念的人，知道天堂在不以所谓的"奇迹般的介入"为舞台效果的情况下促进其目的，因此倾向于看到罗杰·奇林沃思如此适时的到来。

这个想法是由年轻的牧师对医生的浓厚兴趣引起的。他将自己奉为教区居民，并寻求从他自然保留的敏感性中赢得友好的关心和信任。他对牧师的健康状况表示了极大的震惊，但急于尝试治愈该病，而且，如果尽早采取治疗措施，似乎并不希望取得令人满意的结果。先生的长老，执事，母亲的贵妇和年轻而美丽的姑娘。的羊群同样重要，他应该试用医师坦率提供的技能。先生。轻轻地击退了他们的恳求。

他说："我不需要药。"

但是这位年轻的牧师怎么能这样说呢？当每隔一个安息日，他的脸颊变得更苍白，更瘦，声音比以前更颤抖时，现在已经成为一种习惯，而不是随便的手势来压他的手在他的心上？他厌倦了自己的工作吗？他想死吗？这些问题郑重地向先生提出。波士顿各大臣们的迪姆斯代尔和他教会的执事，他们用自己的话说"与他同情"，以拒绝如此明显地提供援助的罪过。他沉默地听着，最后答应与医生商量。

牧师先生说："那是上帝的旨意。" 迪姆姆斯代尔在履行这一诺言时，向老罗杰·奇林沃思提出了专业建议，"我很满足于我的劳动，悲伤，罪恶和痛苦应该在我身边很快消失，而尘世他们中的许多人被埋葬在我的坟墓中，精神上的人与我一起走向我的永恒状态，而不是你应该以我的名义来证明自己的能力。"

罗杰·奇林沃思回答说："啊，这种安静，无论是强加还是自然的，都标志着他所有的举止。" 因此，是一个年轻的神职人员易于讲话。没有扎根的年轻男子放弃了他们的思想。与世上与上帝同行的圣人将不愿离开,与他同行在新耶路撒冷的金色人行道上。

"不,"这位年轻的牧师重新加入,将手放在心上,额头上泛起一阵痛苦,"我更值得去那里散步,我可以在这里辛苦劳作更好。"

这位医生说:"好人永远都不会自欺欺人。"

以这种方式,神秘的老罗杰·吉林沃思成为了牧师的医学顾问。。由于这不仅使医师对疾病感兴趣,而且使他强烈地感动着看患者的性格和特质,所以这两个年龄不同的男人逐渐来花很多时间在一起。为了部长的健康,为了使水能够收集到生长有香脂的植物,他们在海边或森林里散步了很长时间;波涛汹涌的杂音,以及树梢间庄严的风歌,将各种散步混在一起。同样,通常一个人是另一个人的学习和退休之地。在科学人的陪伴下,部长对他很着迷,他在其中认识到没有中等深度或范围的知识修养;再加上思想范围和自由度,他本来会在自己的职业中徒劳地寻找。实际上,即使不感到震惊,他也很惊讶地在医师中找到了这个属性。先生。是一位真正的牧师,一位真正的宗教家,崇尚虔诚的情感在很大程度上得到发展,其思想秩序在信条的轨道上有力地推动了自己,并随着时间的流逝而不断深入。在任何社会状况下,他都不会被称为自由主义者。在将他限制在坚定的框架之内的同时,感受到对他的信仰的压力,支持他对他的和平总是至关重要的。然而，尽管他享受着三重奏的乐趣，但他偶尔也会通过一种不同于他惯常交谈的智慧来通过另一种智力来注视宇宙。仿佛是一个窗户被打开了，在封闭而闷闷不乐的书房中释放出一种自由的气氛，在那里他的生活在灯光，光线或受阻的日光以及发霉的香水（无论是感性的还是道德的）中浪费了自己的时间，从书本中呼出。但是空气太凉爽，无法舒适地长时间呼吸。因此，传道人和与他同在的医师在其教会所定义的东正教派的范围内再次退出。

因此，罗杰·卡林斯沃思仔细检查了患者，既使他在平时的生活中看到了他，又在他熟悉的思想范围内保持了一条惯用的途径，而且当他在其他道德风光中被抛弃时，他的出现可能会让人联想到某些东西。他性格的新面孔。他认为必须要认识这个人，然后再尝试对他做事，这很重要。只要有心脏和智力，身体的疾病就会因这些疾病的特殊性而变得微不足道。在亚瑟·迪姆斯代尔，思想和想象力是如此活跃，而敏感性却如此强烈，以至于身体上的虚弱可能会在这里扎根。因此，罗杰·柯林斯沃思（技术娴熟，善良而友好的医生）竭力深入患者的怀抱，深入研究其原理，探究其回忆，并谨慎地探索一切，就像黑暗中的寻宝者洞穴。几乎没有什么秘密可以逃脱调查员的身分，因为调查员有机会和执照可以进行这样的任务，并且拥有跟进的技巧。一个背负着秘密的人应该特别避免与医生的亲密关系。如果后者具有本地智慧，还有更多无名的东西，那就让我们称之为直觉吧；如果他没有表现出侵略性的自我主义，也没有令人讨厌的自身突出特征；如果他具有必须与他一起生的力量，以使他的思想与病人的思想产生这种亲和力，以至于最后一刻都不会说出他想像的自己曾想过的话；如果这样的启示是毫无动摇地被接受的，并且很少被表达出来的同情所承认，而不是被寂静，口齿不清的呼吸所承认，并且到处都有一个词表示一切都被理解了；如果能够将他的知己的资格与他所具备的医师的资格相结合，那就可以了；-那么，在某个不可避免的时刻，患者的灵魂将消散，并以黑暗但透明的流淌出来，将其全部神秘化为白天。

罗杰·希林沃思具有以上列举的全部或大部分属性。然而，时间还在继续；正如我们已经说过的那样，在这两种耕的思想之间长大了一种亲密关系，这些思想的领域与人类思想和学习的整个领域一样广泛。他们讨论了道德和宗教，公共事务和私人品格的每个主题；他们在双方都谈论了很多看起来很私人的事情。然而，那里没有任何秘密，例如狂热的医生必定存在，不会从牧师的意识中窃取到同伴的耳朵中。后者的确怀疑他甚至先生的性质。迪姆斯代尔的身体疾病从未向他透露过。这是一个奇怪的储备！

过了一会儿，在罗杰·史金斯沃思的提示下，先生的朋友们。达成了一项安排，将两者安置在同一所房屋中；这样，部长的生活潮起潮落，就可能在急切而执着的医师的眼皮底下流逝。当这个非常令人向往的目标得以实现时，整个城镇都充满了欢乐。它被认为是年轻牧师福利的最佳措施。除非确实如此，除非得到授权的人经常敦促这样做，否则他已从精神上献身于他的众多绽放的少女中选择了一些，成为他的忠诚妻子。然而，这后一步，目前尚无亚瑟·迪姆斯代尔将被推崇的前景。他拒绝了所有此类建议，好像祭司独身生活是他的教会纪律文章之一。因此，他的选择注定了他的失败。显然，总是要在另一个人的木板上吃掉他那不愉快的食物，并忍受终生的寒意，这是他的唯一努力，只有在另一个人的炉边为自己取暖，这才是真正的睿智，经验丰富，仁慈的老医师，正是由于他对年轻牧师的父爱和崇敬之爱，才使这个全人类永远在他的声音范围内。

这两个朋友的新住所是一个虔诚的寡妇，她的社会地位很好，他住在一所房子里，几乎覆盖了国王教堂自古以来建造的位置。它的一侧有一个墓地，最初是伊萨克·约翰逊的故乡，因此非常适合在部长和物理学家中进行认真的反思，以适应他们各自的工作。分配给先生的好寡妇的母亲照顾。前部公寓，暴露在阳光下，窗帘重，可在需要时产生中午阴影。墙壁上挂着挂毯，据说是壁挂织布机上织的，在任何情况下，代表大卫和拔示巴和先知纳森的经文故事，其颜色仍然不褪色，但这使现场的女人很漂亮。几乎像谴责悲观者一样风景如画。这位苍白的神职人员在这里堆满了图书馆，图书馆里堆满了父亲的羊皮纸对开本，还有犹太教教士的知识和僧侣的博学，尽管他们抗议和谴责那类作家，但新教徒的神职人员经常受到束缚。发挥自己的作用。在房子的另一侧，老罗杰·奇林沃思安排了他的研究和实验室：不是像一个现代的科学人那样,他甚至不能容忍完成,而是配备了蒸馏装置以及炼金术师的复合方法。非常了解如何实现目标。由于处境如此宽容,这两个博学的人坐下来,各自坐在自己的领域,却熟悉地从一间公寓传到另一间,并给予相互而又不刻薄的检查。

就像我们已经暗示的那样,牧师亚瑟·狄姆斯代尔最好的有识之士非常合理地认为,上帝的手是为了使年轻的牧师恢复健康而进行的所有目的-在许多公共和家庭及秘密祈祷中进行。但是,现在必须说,社区的另一部分最近开始对先生之间的关系采取自己的看法。和神秘的老医生。当一群无所适从的人试图用眼睛看时,它极容易被欺骗。但是,当它像往常一样根据其宽广而热情的直觉形成判断时,所得出的结论往往如此深刻而又无误,以至于拥有超自然揭示的真理的特征。就我们而言,人民可以通过没有值得认真反驳的事实或论据来证明其对罗杰·奇林沃思的偏见是正当的。的确,有一位年迈的手工业者,在托马斯·奥弗伯里爵士被谋杀时是伦敦的公民,现在已经三十年了。他作证说曾与医生一起以其他名字看过医生,而这个故事的叙述者现在已经忘记了这个名字。著名的老魔术师福尔曼,与奥弗里伯里的恋情有牵连。两三个人暗示,这个熟练的技术人员在印度被囚期间,通过加入野蛮的牧师的咒语来扩大了他的医学素养,这些牧师被公认为是强大的附魔,通常在他们的技能上表现出神奇的治愈作用妖术。一大批人-其中许多人的头脑敏锐和实际观察到,他们的意见在其他事情上将是有价值的-确认罗杰·

史金斯沃思在他居住在城镇期间，尤其是自居以来，其面貌发生了显着变化和先生。起初，他的表情沉着，沉思，学者般。现在他的脸上有些丑陋和邪恶，他们以前从未注意到过，而且越经常看他，这种现象变得越明显。根据粗俗的想法，他实验室的火源是从较低地区带来的，并用地狱燃料供火。因此，不出所料，他的容貌被烟熏黑了。

综上所述，它逐渐成为人们广泛关注的观点。像基督教世界各个时代一样，亚瑟·狄姆斯代尔像许多其他享有圣洁的人物一样，被撒旦本人或撒旦的使者以老罗杰·奇林沃思（）的身份困扰。这个恶魔般的代理人在一个季节里得到了神的许可，可以钻进神职人员的亲密关系，并阴谋反对他的灵魂。坦白地讲，没有一个明智的人会怀疑胜利将朝哪一侧发展。人民充满希望地望着这位部长从冲突中脱颖而出，他的荣耀无疑将赢得胜利。同时，尽管如此，它很伤心认为或许感到万分痛苦。通过他必须对他的胜利的斗争。

唉！从这位可怜的大臣眼中的阴暗和恐怖中判断，这场战争是一场痛苦的战争，而这场胜利几乎没有任何保证。

。水和他的病人

老罗杰·吉林·沃辛格整个人生都保持镇定自若，虽然不是热情洋溢，但心地平和，尽管如此，而且在与世界的一切关系中，他都是一个纯正正派的人。正如他所想象的那样，他以法官的严格和平等的态度开始了调查，只希望真相，就好像这个问题只涉及几何问题的空缺线条和图形，而不是人类的热情。以及对自己造成的错误。但是，随着他的前进，他陷入了一种可怕的迷恋之中，尽管他仍然沉着镇定，但它仍然是一种凶猛的迷恋，使他抓住了老头，并且直到他完成所有竞标之前再也没有放过他。现在，他像一个矿工在寻找金子一样，钻进了可怜的牧师的心。或者，更像是塞克斯顿进入坟墓，可能是为了寻找埋在死者怀里的珠宝，但除了死亡和腐败之外，什么也找不到。，为了他自己的灵魂，如果这些正是他所追求的！

有时候，一盏灯从医师的眼中闪烁出来，像炉子的反射一样，燃烧着蓝色和不祥的光芒，或者，让我们说，就像一团可怕的火光从山边那笨拙的可怕门口飞出，颤抖着。朝圣者的脸。这个黑暗的矿工所在的土壤有种种表现出鼓励他的迹象。

"这个人，"他在这样的时刻对自己说，"他们认为他是纯洁的-从他看来全是灵性的-继承了他父亲或母亲的强烈动物性。让我们进一步研究脉的方向！"

然后，经过漫长的寻找，部长的阴暗内饰，并以对他的种族福利的强烈渴望，对灵魂的热爱，纯洁的情感，自然的虔诚，交出了许多珍贵的材料，这些思想和学习得到了加强，并被启示-所有这些无价的金子也许对寻找者来说都不比垃圾更好-他会转身，灰心，然后开始寻求另一点。他偷偷摸摸地走着，小心翼翼地走着，小心翼翼地看着，一个小偷进入一个人只睡了一半的房间，或者可能是清醒的房间，目的是窃取这笔钱。人守卫着他的眼睛。尽管他有预谋的谨慎，但地板还是会时不时地吱吱作响。他的衣服会沙沙作响；他的存在的阴影将被禁止地靠近他的受害者。换句话说，先生。昏昏欲睡，他的神经敏感常常产生精神上的直觉，他会模糊地意识到，对他的和平不利的某种事情使自己与他联系起来。但是老罗杰·奇林沃思也有几乎直觉的感知；传道人大吃一惊地望着他，医师就坐在那里。他善良，警惕，同情但从来都不是侵入性的朋友。

先生。如果某个病态的心脏要对某种病态负责，而不能使他怀疑全人类，那么可能会更完美地看到这个人的性格。不信任任何人作为他的朋友，当敌人真正出现时，他无法认出敌人。因此，他仍然与他保持着熟悉的性交，每天在研究中接待老医生，或者参观实验室，并且出于娱乐目的，观察杂草被转化为强效药物的过程。

一天，他的额头靠在他的手上，肘部放在那扇打开的窗台上，窗台朝着墓地望去，他和罗杰·奇林沃斯交谈，而那个老人正在检查一堆难看的植物。

他问道，"问哪里"，因为他们神色呆滞，因为牧师的特殊性使得他如今很少去直视任何物体，无论是人类还是无生命的物体，"我亲切的医生在哪里做了你收集了那些药草，还有那么黑的，松弛的叶子吗？"

"甚至在这里的墓地，"医生回答说，继续他的工作。"对我来说，它们是新来的。我发现它们生长在坟墓上，上面没有墓碑，没有其他纪念死者的雕像，除了这些丑陋的杂草，这些杂草使他无法忘怀。，并可能代表着他埋藏的一个丑陋的秘密，而他一生中最好承认这一秘密。"

"表现"，先生。迪姆斯代尔，"他很渴望，但没有。"

"那又为什么呢？"重新加入了医生。

"因此没有；既然大自然的一切力量如此恳切地呼吁认罪，那么这些黑色的杂草从一颗埋在地下的心中冒出来，表明是一种直言不讳的罪行？"

部长回答说："好先生，只是您的幻想。""如果我正确地禁止的话，那么除了神圣的怜悯之外，没有任何权力可以通过言辞，类型或象征来透露可能埋藏在人心中的秘密。这些秘密中的任何一种，都必须一直保留，直到所有隐藏的东西都应被揭露之日为止。我也没有如此阅读或解释过圣书，以至于不理解将要进行的人类思想和行为的披露是为了当然，这是报应的一部分，不是；这些启示，除非我大为改观，仅是为了提高所有聪明人的知识满意度，他们将在那一天等着看到生活中的黑暗问题变得平淡无奇。对人的心灵的了解将是彻底解决该问题所必需的；而且，我还认为，拥有您所说的如此悲惨秘密的心灵会屈服于他们。最后一天，不是带着勉强，而是带着欢乐 寓言。"

"那为什么不在这里透露呢？" 罗杰·卡林斯沃思问道，静静地看向部长。"为什么那些有罪的人不会更早地利用这种无法言喻的慰藉呢？"

牧师说："大多数情况下都是这样。"牧师用力地握着他的乳房，好像受到了重要的疼痛之苦。"许多可怜的灵魂不仅在临终前对我充满了信心，而且还坚强地生活着，名声也不错。而且，在经历了如此倾盆大雨之后，我从中目睹了一种解脱。那些有罪的弟兄们！就像一个终于呼吸自由的人，在长时间地窒息自己的被污染的呼吸之后，又怎么可能呢？为什么一个可怜的人-我们会说犯有谋杀罪-更愿意保持死者的尸体埋在自己的心中，而不是立即将其扔出去，而是让宇宙来照顾它！"

这位冷静的医生观察到："然而有些人因此掩埋了他们的秘密。"

"是的，有这样的人。"。"但不是要提出更明显的原因，可能是因为他们本性的本质使他们保持沉默。或者-我们不能假设吗？-尽管他们内，但仍然为上帝的荣耀和信仰保持着热情。在人类的福祉下，他们不再从男人的角度上表现出黑色和肮脏；因为从此以后，他们将无法取得任何好处；更好的服务也无法挽回过去的邪恶。大约在他们的同胞中，看上去像刚落下的雪一样纯净，而他们的内心却散布着斑点，无法摆脱自己的罪孽。"

罗杰·史金斯沃思说："这些人自欺欺人。"比平时更加强调，用他的食指轻轻地打了个手势。"他们害怕承担理所应当属于他们的耻辱。他们对人的热爱，对上帝服务的热忱-这些圣洁的冲动可能与或不与罪恶使他们不成门的邪恶囚犯并存于心中，并且他们必须在他们里面传播地狱的品种，但是，如果他们寻求荣耀上帝，就不要将不洁的双手举向天堂；如果他们要为同胞服务，请他们通过彰显良心的力量和现实来做到这一点。明智而虔诚的朋友啊，您是否要让他们相信自己的悔自我呢？您会相信我，一个虚假的表演比上帝本身的真理更好，对上帝的荣耀或对人类的福祉更有益吗？男人自欺欺人！"

这位年轻的神职人员冷漠地说："可能是这样。"他放弃了他认为无关或不合时宜的讨论。实际上，他已经做好了准备，可以逃避任何引起他过于敏感和紧张的性情的话题。""但是，现在，我要问我的熟练医生，他是否认为我已经从中获利了？通过他对我这个脆弱的框架的友善照顾？"

在罗杰·柯林沃思回答之前，他们从相邻的墓地里听到了一个幼儿声音的清晰，狂野的笑声。部长从开着的窗户本能地看，因为那是夏天，所以部长看见海丝特·白兰和一点点珍珠沿着穿过围墙的人行道穿过。珍珠看起来和白天一样美丽，但是却处于一种反常的欢乐气氛中，每当它们出现时，似乎都使她完全摆脱了同情或人际交往的范围。她现在毫不留情地从一个坟墓跳到另一个坟墓。直到来到一个已去世的可怜人（也许是艾萨克·约翰逊本人）的宽阔而平坦的军用墓碑之前，她开始在上面跳舞。为了回应母亲的命令和恳求，她会表现得更加有品味，小珍珠停下来，从坟墓旁长出的高牛中收集刺刺。她拿了几把，沿着装饰着母亲怀里的鲜红色字母的线条排列，毛刺就象它们的本性一样顽强地附着在上面。海丝特没有把他们赶走。

罗杰·希灵沃思当时已经走到窗前，冷酷地微笑着。

他说："没有法律，也没有对权威的崇敬，也没有顾及人类教或对错，与孩子的构成混为一谈。""有一天，我看见她在州长的牛车道上用水泼州长本人。以天堂的名义，她是什么？完全是邪恶的吗？她深情吗？她有什么被发现的原则？

先生回答说："没有，除非有违反法律的自由。"暗淡的淡淡的调子，仿佛他一直在讨论自己内心的观点："我是否有能力做善事。"

这个孩子可能会听到他们的声音，因为她抬头望向窗户时露出灿烂但顽皮的笑容和智慧，她在转机上扔了一个多刺的毛刺。先生。。灵敏的神职人员紧张地恐惧着轻型导弹。珍珠察觉到他的情绪，拍了拍她的小手，那是最奢侈的狂喜。同样，海丝特·白兰不由自主地抬起头来，所有这四个人，不论老幼，都默默地看着对方，直到孩子大声笑着喊道："走开，妈妈！走开，或者其他黑人将抓住你！他已经抓住传道人了,走开,妈妈,否则他会抓住你的!但是他不能抓住一点珍珠!"

因此,她把母亲拖走了,在死人的山丘间跳着,跳着,跳舞着和嬉戏地嬉戏,就像是一种与过去和被埋葬的世代并没有共同之处,也不拥有自己的生物一样的生物。好像她是从新的事物中重新获得的,必须强迫自己过着自己的生活,并成为她自己的律法,不要以她的怪癖为罪名。

罗杰·史金斯沃思停顿了一会后说:"有一个女人,是谁,她应尽自己的本分,却没有隐藏的罪恶之谜,你认为这是如此可怕,难以承受。你,是因为她的胸部上那红字?"

牧师回答:"我确实相信。""尽管如此,我无法为她回答。她的脸上看起来有些痛苦,我很乐意看到它。但是,,必须要使患者能够自由地表现出他的痛苦,这应该是更好的选择,像这个可怜的女人一样,而不是把它掩盖在他的内心。"

又有一个停顿,医生重新开始检查并整理他收集的植物。

他说:"不久之后,您就向我询问。我的判断影响了您的健康。"

牧师回答说:"我做到了,很乐意学习。

坦白地说,我祈祷你,无论是生是死。"

这位医生说："那时就自由地，坦率地讲。"他仍然忙于自己的植物，但他时刻保持警惕。。"这种疾病是一种奇怪的疾病；本身并没有那么多，也没有外在表现出来，至少到目前为止，症状已经暴露给我观察了。每天看着你，我的好先生，看着现在已经过去了几个月，我应该认为您是一个病得很重的人，虽然可能还不那么重，但是有教养和警惕的医生很可能希望治愈您。但是我不知道该说些什么。疾病是我似乎所知道的，但是却不知道。"

这位苍白的牧师从窗外瞥了一眼，说："你在胡说八道，博学的先生。"

医生接着说："然后，说得更清楚些，先生，我很想宽恕，先生，似乎我需要这样，因为我的讲话如此坦率。请允许我作为你的朋友，作为负责人，在上帝的保护下，从您的生命和身体健康的角度来说，这种疾病的所有手术都被公之于众并向我讲述了吗？"

"你怎么质疑呢？"部长问。"当然，找医生然后掩盖疮是孩子的游戏！"

"那么，你会告诉我，我知道全部吗？"罗杰·卡林斯沃思有意地说道，并凝视着大臣的脸，明亮而又强烈而集中的情报。"是这样！但是又是一次！只向他敞开外表和肉体上的邪恶的人，才知道，常常会，但他被要求治愈的邪恶有一半。一种身体疾病，我们将其视为一个整体，整个内部毕竟，我本身可能只是精神疾病的一种症状，如果我的讲话给人以阴影，您再一次请原谅，先生，您好，先生，在我认识的所有人中，是他吗？它的身体是最紧密结合，充满和认同的，可以这么说，以它的精神为工具。"

牧师说："那我就别再问了。""我不接受，为灵魂而用药！"

"因此，一种疾病。"罗杰·奇林沃思继续说，以不变的语气继续说下去，没有理会他的打扰，而是站起来，面对那瘦弱，白皙的部长，低矮，黝黑，畸形的身材，-"疾病，一个痛苦的地方，如果我们这样称呼它，在您的精神上会立即在您的身体框架中适当地表现出来，因此，您能请医生医治身体上的邪恶吗？你心灵上的伤口或麻烦？"

"不，不要对你！不要对地上的医生！"先生哭了昏昏欲睡，昏昏欲睡，昏昏欲睡，充满生气，转而看着老罗杰·奇灵沃思。"不是给你的！但是，如果这是灵魂的疾病，那么我是否将自己献给灵魂的一位医师！他，如果它以他的高兴而站得住，可以治愈，或者他可以杀死。让他对付我因为，凭着他的正义和智慧，他会看到美好的。但是，你是谁，在这个问题上的介入？敢于在受害者和他的上帝之间盘旋？"

他以疯狂的手势冲出了房间。

罗杰·吉林沃思带着严肃的表情照顾部长，自言自语地说："迈出这一步也很好。""没有任何损失。我们不久将再次成为朋友。但是，现在看看，激情是如何缠住这个人的，并把他从自己身上甩出来！就像对一种激情一样，对另一种激情。他现在做了一件疯狂的事，这位虔诚的大师怀着热烈的热情。

事实证明，在迄今相同的立场和相同的程度上重建两个同伴的亲密关系并不困难。这位年轻的神职人员经过几个小时的私密生活后，感觉到他的神经紊乱使他急促地爆发了一次脾气暴躁的发作，这在医生的话中没有任何借口或姑息之意。的确，他只是因为提供了忠告，这是他的责任，而牧师本人也明确地寻求了这种建议，这确实使他惊讶于他逼迫那个善良的老人所遭受的暴力。带着这些悔的感觉，他毫不犹豫地向他道歉，并恳求他的朋友继续接受这种护理，即使未能成功使他恢复健康，也很可能是延长其微弱的生存时间的手段。那个小时。罗杰·吉林沃思欣然同意，并继续对部长进行医疗监督。真诚地为他尽力而为，但总是在专业面试结束时退出患者的住所，他的嘴唇上充满了神秘而困惑的微笑。在先生中，这种表达是看不见的。的存在，但随着医生越过门槛而变得越来越明显。

"一种罕见的情况。"他喃喃地说。"我必须更深入地研究它。灵魂与身体之间有一种奇怪的同情！仅出于艺术的缘故，我必须从根本上寻找这件事。"

在上面的那一幕记录下来之后不久，那个牧师先生就过去了。午间，昏昏欲睡的，完全不为人所知，陷入了深深的沉沉沉睡中，坐在他的椅子上，桌子上摆着一个很大的黑色字母。在苏醒的文学流派中，它一定是一项功能强大的作品。部长的安息之深更显着，因为他是那些通常像一只小鸟跳在树枝上一样轻盈，容易被吓走的人之一。然而，由于如此遥不可及的遥不可及，他的精神现在已经退缩了，以至于当年老罗杰·希林沃思没有任何特殊预防措施地走进房间时，他就没有坐在椅子上。医生直接在病人面前前进，将手放在胸前，推开外套，迄今为止，即使从专业的角度来看，外套也总是覆盖住外套。

然后，的确，先生。颤抖，微微搅动。

短暂的停顿后，医生转身离开。

却充满了惊奇，喜悦和恐怖的狂野表情！那种可怕的狂喜，太强大了，无法只用眼睛和特征来表现出来，因此突显出他整个身材的丑陋，甚至被他举起自己夸张的手势疯狂地表现出来。双臂朝天花板，将脚踩在地板上！如果一个人见到了老罗杰·奇林沃思，就在他狂喜的那一刻，他不必问撒旦在珍贵的人类灵魂迷失到天堂并赢得国度之后如何与自己相称。

但是，将医师的狂喜与撒旦的狂喜区别开的是其中的奇妙特征！

心的内部

在事件的最后描述之后，神职人员和医生之间的交往尽管在外部是相同的，但实际上确实具有以前的其他特征。罗杰·

奇林沃思的理智现在已经有了一条通俗易懂的道路。的确不是他为自己准备的东西。当他出现时，他感到镇定，温柔，无情，但我们担心的是，直到现在，潜伏着一种恶意的幽静，但现在却活跃着，这位不幸的老人使他想象着比任何凡人都更加亲密的复仇。遭受敌人的摧残。使自己成为一个值得信赖的朋友，应该将所有的恐惧，悔，痛苦，无效的悔改，向后犯罪思想的仓促付诸于徒劳！所有隐藏在世间的罪恶悲伤，他们的大心脏都会怜悯和宽恕，要向他，无情的人透露给他，而不是宽恕的人！所有要用在那个男人身上的黑暗宝藏，没有其他人能如此充分地报仇！

牧师的害羞和敏感的储备使这一计划受阻。但是，罗杰·希林沃思倾向于对事务方面感到不满，即使有一点也不满足，这些方面出于天意（使用复仇者及其受害者为自己的目的，并以宽恕，赦免的方式看似最受惩罚）–代替了他的黑色装置。他几乎可以说是对他的启示。对于他的天体或其他地区而言，这对他的目标无关紧要。在他和先生之间的所有后续关系中，借助它的帮助。，不仅是外部存在，而且是后者的最内在的灵魂，似乎都被带到了他的眼前，以便他可以看到并理解其每一个动作。从那以后，他不仅成为旁观者，而且还是这位可怜的内政部长的主要演员。他可以按自己的选择对他玩。他会激起他的痛苦吗？受害者永远在架子上；它只需要知道控制发动机的弹簧即可；医生对此非常了解。他会突然感到恐惧吗？就像魔术师的魔杖挥舞着一样，上升起一个可怕的幻影-上升了一千个幻影-形状多种多样，有死亡，或更可怕的耻辱，全部涌向牧师，用手指指着他的胸膛！

所有这些工作都是以如此微妙的完美实现的，以至于部长虽然一直对监督他的邪恶势力一直持模糊的看法，但却永远无法了解其实际性质。没错，他怀疑地，恐惧地看着老医生那畸形的身材，甚至有时带着恐惧和仇恨。在牧师看来，他的手势，步态，留着灰黄的胡须，他最轻微和最无动于衷的行为，他的服装的时尚都令人讨厌。隐含地依靠后者对他的乳房深深的反感，而不是他愿意承认的那样。因为，不可能为这种不信任和憎恶找到理由，所以先生。迪姆梅斯代尔意识到一个病态的毒物正在感染他心脏的全部物质，因此将他的所有表现归因于其他原因。他因对罗杰·奇林沃思的同情而承担任务，无视他本应从中吸取的教训，并尽力将其根除。然而，他无法做到这一点，但从原则上讲，他仍然保持着与老人社交的习惯，因此给了他不断的机会来完善这一目标，即他曾经是可怜的，比他更可怜的生物。受害者-复仇者献身了。

尊敬的先生在遭受身体疾病的折磨时，被灵魂的一些黑麻烦和折磨，并转交给了他最致命的敌人的阴谋诡计。在他神圣的办公室里赢得了极大的欢迎。实际上，他在很大程度上是靠他的悲伤赢得了胜利。他的知识天赋，他的道德观念，他体验和交流情感的力量，由于他日常生活的刺痛和痛苦而处于一种自然的活动状态。他的名声虽然仍在上升，但已经使他的牧师的清醒声誉蒙上了阴影，他们中的几个人也享有盛誉。其中有一些学者比先生先生花了很多年的时间来获得与神圣职业有关的神秘知识。迪姆斯代尔曾住过；因此，比起他们年轻的兄弟，谁可能更精通这种扎实而宝贵的成就。也有一些人比他的头脑更坚强，并且对精明，坚硬或对花岗岩的了解更多。适当地混入相当比例的教义成分，构成了非常受人尊敬，有效和不友好的文书种类。又有其他真正的圣父，他们的才干被疲倦的劳碌，书中的耐心思考，乃至与更美好世界的属灵交流所空化，他们的生活几乎纯净地引入了这些圣洁。人士，他们的死气沉沉仍然缠着他们。他们所缺乏的是，五旬节降临在选定的门徒身上的礼物，是用火焰的舌头。看来，它不是在外来语言和未知语言中表达语言的能力，而是在用内心的母语解决整个人类兄弟情谊方面的能力。这些父亲，否则就是使徒，缺乏天堂的最后和最罕见的证明，就是火焰之舌。如果他们梦以求，他们将徒劳地寻求通过熟悉的文字和图像的最卑鄙的媒介表达最高的真理。他们的声音从他们惯常居住的高处远处传来。

并非没有可能，正是后一类人。狄姆斯代尔具有许多性格特征，自然而然地属于他。如果没有这种趋势受到犯罪或痛苦的沉重打击，无论他是什么，他都会爬上信仰和圣洁的高山峰。这使他处于最低的水平；他，那是飘渺属性的人，天使们也许会听别人的声音，然后回答！但正是这种负担使他对人类的罪恶兄弟般亲切无比。这样他的心就与他们的心一起振动，并承受了他们的痛苦，并以悲伤而有说服力的口才通过另一千个心传递了自己的痛苦。通常很有说服力，但有时很糟糕！人民不知道如此推动他们前进的力量。他们认为年轻的神职人员是圣洁的奇迹。他们幻想他是天堂传达的智慧，斥责和爱的讯息的口舌。在他们眼中，他践踏的那根土地被圣化了。他的教堂的处女在他周围变得苍白无力，充满了宗教情感的热情的受害者，以至于他们以为这是所有宗教，并以白色的怀抱公开地将其作为在祭坛前最令人接受的牺牲。他的羊群中年迈的成员，看着先生。昏暗的山谷的框架是如此微弱，而他们自己却如此虚弱，他们相信他会在他们之前升天，并命令他们的孩子们将他们的老骨头埋在年轻牧师的圣墓附近。一直以来，这一切都是可怜的先生。在想着自己的坟墓，他问自己是否会在上面种草，因为必须在其中埋葬一件可耻的东西！

令人难以置信的是，这场公开礼拜折磨了他。真正的冲动是他崇尚真理，认为所有事物都像影子一样，完全没有重量或价值，这并不是他生命中生命的神圣本质。那么他是什么？-一种物质？-或所有阴影中最暗的？他渴望在自己的讲坛上以最大的声音说出来，并告诉人们他是什么。"我，你身着神职人员的这些黑衣服，我，谁登上了神圣的桌子，把我苍白的脸朝天，以自己的最高全能来代表你与圣餐，我，在我的日常生活中您看到以诺的神圣性—我的脚步，如您所愿，在我尘世的足迹上留下一丝微光，因此跟随我的朝圣者可能会被引导到最黑暗的地区—我已经下了手洗礼给你的孩子们-我，已经为你垂死的朋友们做了离别的祈祷，从他们退出的世界中，阿曼对他们发出了微弱的声音-我，你的牧师，你如此崇敬和信任，完全是一种污染和谎言！"

先生先生不止一次 进入讲坛，目的是直到他说出上述话之前，都不要屈服。他不止一次地清了清嗓子，深深地颤抖着深深地吸了一口气，再一次发出时，他的灵魂就会被黑色的负担所累。他实际上已经说过不止一次-不，超过一百次！说！但是如何？他告诉听众他完全是卑鄙的，是最卑鄙的恶魔的同伴，最坏的罪人，可憎的事，是难以想象的罪孽，唯一的奇迹是他们没有看到他那可怜的身体在他们身前枯萎。全能者的烈怒起眼睛！会有比这更坦白的讲话了吗？人们会不会因为一时冲动而坐在他们的座位上，把他从他污的讲坛上扯下来？事实并非如此！他们听到了这一切，并且确实更加尊敬他。他们很少猜测那些自责的话语中隐藏着什么致命的意图。"敬虔的青年！" 说他们自己。"地球上的圣人！！如果他在自己的白灵魂中辨别出这种罪恶，他会在你或我的身上看到什么样的恐怖景象！" 部长很清楚-他是一个微妙但悔的伪君子！-人们可以从中看到他含糊的供词。他曾通过宣告有罪的良心而努力欺骗自己，但只获得了另一种罪过，并承认了自己的耻辱，而没有一下子自欺欺人。他说出了真相，并将其转化为最真实的谎言。然而，由于他天性的构成，他爱真理，厌恶谎言，这是很少人做过的。因此，最重要的是，他讨厌自己的悲惨自我！

他内在的麻烦驱使他更多地按照古老而堕落的罗马信仰行事，而不是按照他出生和长大的教会的美好光明行事。在先生丁梅斯代尔的秘密壁橱，在锁和钥匙下，流血的祸害。通常，这位新教徒和清教徒的神将其放在自己的肩膀上，一阵苦涩地嘲笑自己，由于这种苦笑而更加无情地吐了很多。这也是他的习俗，就像其他虔诚的清教徒一样，斋戒（不是像他们一样）净化身体，并使其成为天体照明的钳工媒介，但要严格，直到他悔，膝盖在他下面颤抖。同样，他夜以继夜地保持警惕，有时在完全黑暗的环境中，有时用闪烁的灯，有时用他可以投在其上的最强光在镜子里观察自己的脸。因此，他代表了不断的自省，他一直在折磨自己，却无法净化自己。在这些漫长的守夜中，他的大脑经常颤抖，视线似乎在他面前飞扬。在房间的遥远昏暗中，也许是被他们自己的微弱的光线怀疑地看到了，或者在窥镜中，更生动，更紧密地靠近了他。现在是一群合成代谢的形状，朝那个苍白的牧师笑了笑，并把他召唤起来。如今，一群光彩照人的天使像悲伤的重担一样飞得很高，但是随着它们的升起变得更加空灵。现在，他年轻时的死朋友来了，他留着白胡子的父亲带着圣人般的皱眉，母亲在路过时转过脸。母亲的鬼魂-母亲的最细微的幻想-也许她可能还对她的儿子投了怜悯的目光！现在，经过这些光谱思想如此可怕的房间，绕的海丝特·白兰丝滑行着，沿着小珍珠，沿着她的猩红色的外衣，指向食指，首先是指着她胸口上的猩红色字母，然后是神职人员自己的乳房。

这些异象都没有使他迷惑。在任何时候，只要有他的意志，他就可以通过物质的朦胧缺乏来辨别物质，并说服自己，它们本质上不是牢固的，例如，在雕刻橡木的桌子旁，或者是用皮革包裹的大而方形的以及神勇的包容。但是，尽管如此，从某种意义上讲，这是可怜的部长现在处理的最真实，最实质的事情。这是一种无法形容的痛苦，就像他的生活一样虚假，以至于它从我们周围的任何现实中窃取了精神和实质，而天堂所赋予的意义就是精神的快乐和营养。对于那个不真实的人来说，整个宇宙都是虚假的-它是不可能的-它在他掌握的范围之内缩小为零。只要他以虚假的眼光表明自己，成为阴影，或者甚至不复存在。唯一继续给先生的真相。在地球上的真正存在是他内心深处的痛苦，以及在他的面貌中未分解的痛苦。如果他曾经拥有微笑的能力，并拥有欢乐的容颜，那么就不会有这样的人！

在我们暗淡暗示过的那些丑陋的夜晚之一中，这位部长从椅子上开始了。一个新的想法打了他。可能会有片刻的平静。他装扮得像参加公共礼拜一样小心翼翼，并且以同样的方式，他轻轻地偷偷走下楼梯，解开门，然后下了出来。

十二。部长的守夜

就像在梦的阴影中一样，也许实际上是在某种梦游主义的影响下，到达了一个地方，从那以后很久以来，海丝特·白兰妮便在她的公开声望中度过了最初的几个小时。同一平台或脚手架，黑色，风雨如磐，饱受七年的暴风雨或日照，脚踩着，也被许多罪魁祸首的脚踩着，从那以后，它一直站在会议厅的阳台下。部长上台阶了。

5月初这是一个晦暗的夜晚。一团不变的云遮住了从天顶到地平线的整个天空。如果现在能召唤出像目击者那样的众多目击者，而现在的海丝特·白兰坚持她的惩罚，他们将无法辨认出平台上方的面孔，也几乎看不到午夜时分深灰色的人形轮廓。但是小镇全都睡着了。没有发现的危险。部长可能会站在那里，如果使他感到高兴的话，直到早晨应该在东部变红，没有其他危险，除非潮湿和寒冷的夜晚的空气会渗入他的框架，由于风湿病使他的关节僵硬，并且由于粘膜炎而阻塞他的喉咙咳嗽 从而欺骗明天听众的祈祷和布道。除了那曾经在他的衣橱里见过他，挥舞着血腥祸害的那只觉醒的人之外，没有眼睛能看见他。那他为什么要来呢？只是对悔的嘲笑吗？的确是一种嘲弄，但他的灵魂在其中琐！天使们脸红而哭泣的嘲讽，而恶魔们为欢笑声欢呼！到处都是他的悔恨的冲动，使他陷入困境。他的姐姐和密切联系的同伴是那怯无休无止地吸引着他，带着她的颤抖的毅力，正当另一种冲动把他赶到濒临死亡的边缘时。披露。可怜，可悲的男人！像他这样体弱多病的人有什么权利负担自己的犯罪？犯罪是针对铁腕神经的，他们可以选择忍受它，或者如果它压得太厉害，则可以发挥自己的猛烈和野蛮力量以达到良好的目的，然后立即逃之！！这种虚弱和最敏感的灵魂既无能为力，又做不完一件事情，而这又以同样的密不可分的结节交织在一起，使上天的罪恶和悔的痛苦交织在一起。

因此，当他站在脚手架上时，这徒劳的徒劳表现。昏昏欲睡的惊慌失措，仿佛宇宙注视着他裸露的胸膛上的猩红色令牌，就在他的心脏上方。在那个地方，说实话，那曾经有并且有很长一段时间咬着人的毒牙。他没有任何意志力或束缚自己的力量，就大声尖叫：一声叫喊声持续了一整夜，从一所房子打到另一所房子，并在背景的山丘上回荡。好像一群恶魔，发现了这么多的痛苦和恐怖，制造出了声音的玩物，并且来回缠着它。

"完成了！" 部长喃喃地说，双手遮住了脸。"整个镇都将醒来并赶紧走，在这里找到我！"

但事实并非如此。尖叫声在他自己的震惊中听起来可能比实际拥有的强大得多。镇没有醒来；或者，如果这样做的话，昏昏欲睡的睡梦者要么为梦中可怕的事情而哭泣，要么为女巫们的喧闹误以为是哭泣。在那个时期，当他们骑着马时，经常听到他们的声音经过定居点或寂寞的小屋。撒旦通过空中。因此，牧师没有听到任何不适的症状，睁开了眼睛，环顾四周。在另一条街的线上，在距离某处遥远的州长贝林汉姆府邸的一个房间窗户上，他看见那位老地方法官的样子，手里拿着灯，头上戴着白色睡帽，并且包裹着他的身材的白色长礼服。他看起来像个鬼魂，异常地从坟墓中唤起。哭声显然使他大吃一惊。在同一所房子的另一个窗口上，还出现了总督的姐姐希宾，她也是州长的姐姐，还带着一盏灯，即使到很远的时候，也露出了她那酸涩而不满的表情。她从格子上伸出头，焦急地向上看。这位令人尊敬的女巫夫人毫无疑问地听了先生的讲话。的强烈抗议，并以其众多回声和回响来解释，是恶魔和夜行者的喧嚣，众所周知，她与她在森林中远足。

老太太察觉到贝灵汉州长的灯火，迅速熄灭了自己的，然后消失了。可能，她爬上了云层。部长对她的动议没有任何进一步的了解。警官警惕地观察了黑暗之后-他仍然可以从窗户里退下来，尽管在黑暗中他仍然只能看到磨石。

部长变得相对平静。然而，他的眼睛很快就被微弱的微光所打招呼，起初距离路很远。它发出一丝认可的光芒，在这里的柱子上，在花园的篱笆上，在这里是花格的窗玻璃，在这里是泵，上面满是水，在这里又是橡木的拱形门，有铁门环和门阶的原木。牧师先生 迪姆梅斯代尔注意到了所有这些细微的细节，甚至坚定地相信他的存在的厄运正在以他现在听到的脚步继续偷窃。灯笼的微光将在片刻之后落在他身上，并揭示他长期以来隐藏的秘密。随着光线越来越近，他看到了牧师先生-或者更准确地说，是他的职业父亲以及尊贵的朋友-这位牧师先生。威尔逊，谁，先生。现在猜出来的，一直在一个垂死的人的床边祈祷。所以他有。好老大臣刚从温斯洛普州长的死室里出来，温斯洛普在那一小时内从地球传到了天堂。如今，就像古老的圣徒人物一样，身处耀眼的光环，在这个阴沉的罪恶之夜中荣耀了他-好像已故的州长让他继承了他的荣耀，或者仿佛他已经抓住了他的荣耀他本人是这座天体城市的遥远光芒，同时四处张望，看到胜利的朝圣者从城门中经过-简而言之，好父亲威尔逊正在向家移动，用点燃的灯笼帮助他的脚步！这种照明的微光暗示了以上先生的想法。戴姆斯代尔微笑着-不，几乎嘲笑他们-然后想知道他是否会生气。

作为牧师先生。威尔逊在脚手架旁边经过，用一只手臂将他的日内瓦斗篷紧紧地消声，另一只手拿着灯笼放在他的胸前，部长几乎无法克制自己说话-

"尊敬的威尔逊神父，这是您的一个晚上。我向您祈祷，与我度过一个愉快的时光！"

我的妈呀！有先生。真的说过吗？有一瞬间，他相信这些话已经绕了他的双唇。但是他们只是在他的想象中说出来。尊敬的父亲威尔逊继续缓慢地向前走，仔细地看着脚前的泥泞小路，从没有把头转向罪恶的平台。当闪闪发光的灯笼的光线渐渐消失时，部长发现他头昏眼花的最后一刻是可怕的焦虑危机，尽管他的心智不由自主地通过那种好笑的嬉戏。

不久之后，对他幽默的那种残酷感觉再次偷偷出现在他思想的庄重幻象中。他感到自己的四肢由于夜晚的不习惯寒冷而变得僵硬，并怀疑他是否应该能够下降到脚手架的台阶上。早上休息一下，找到他。邻里将开始激怒自己。最早的崛起者是在昏暗的黄昏中出现的，他会在羞愧的位置上看到一个模糊的轮廓。警惕和好奇心半发疯，会挨家挨户敲门，召集所有人去看望那些已经灭绝的犯罪者的鬼魂（他必须要想一想）。一片昏暗的喧闹声将它的翅膀从一所房子扑向另一所房子。然后，晨光仍在变强，老族长会急忙起来，每个人都穿着法兰绒礼服和母性贵妇，而不必停下来脱下他们的晚装。整个装饰派部落，迄今从未出现过一头着头发的样子，他们的噩梦使他们开始陷入公众视野。老州长贝灵汉会严厉地出来，他的国王詹姆斯的衣领紧紧歪斜，情妇希宾斯，森林的一些树枝紧贴着她的裙子，看上去比以往任何时候都更酸，因为夜间骑行后几乎没有眨眼的感觉；他的好父亲威尔逊也是如此，在死亡床上度过了半个晚上之后，他就这么早就对生病了，因为他对光荣的圣徒的梦想使他不愿再受到困扰。同样，这将是先生的长老和执事。迪姆斯代尔的教堂，以及年轻的处女，如此崇拜他们的牧师，并用白色的怀里为他筑了一座圣殿。如今，由于匆忙和混乱，他们再也没有时间给自己遮盖了他们的方巾。一言以蔽之，所有人都会跌倒他们的门槛，并抬起脚手架周围令人惊讶和恐惧的面貌。他们会在那里辨认谁，他的额头上闪着红色的东方光？谁，但是那位尊敬的亚瑟·狄姆斯代尔，半冻死了，羞愧不堪，站着海丝·白兰站着！

这位部长被这张照片中怪诞的恐怖带走了，他毫无察觉，并无限地惊慌，发出了巨大的笑声。轻快，轻快，幼稚的笑声立即回应了他的笑容，其中充满了激动的心情-但他不知道是细微的痛苦还是愉悦之急-他认出了小珍珠的色调。

"珍珠！小珍珠！" 片刻后哭了。然后，压制他的声音-"哈斯特！海丝特·白兰！你在吗？"

"是的，这是白痴！" 她惊讶地回答。传道人听到了她正在经过的人行道上的脚步声。"是我，还有我的小珍珠。"

"你怎么来了，？" 部长问。"这给你发送了什么？"

海丝特·普林尼回答说："我一直在看死床，在温斯罗普州长的死床上，已经采取了他的措施，现在正回家去我的住所。"

尊敬的先生说："过来，快干，你和小珍珠。" 。"你们俩以前都曾来过这里，但我没有和你在一起。再次回到这里，我们将把这三个人站在一起。"

她默默地爬上台阶，站在平台上，手握着一点珍珠。牧师为孩子的另一只手摸了摸，然后抓住了它。在他这样做的那一刻，似乎出现了新生命的动荡，除了他自己的生命像洪流一样涌入他的心，并匆匆流过他所有的血管，好像母亲和孩子正在传达着他们的重要温暖一样。到他半僵硬的系统。这三个形成了一条电链。

"部长！" 小珍珠低声说。

"你会怎么说，孩子？" 问先生。。

"你明天和母亲一起站在这里，明天中午吗？" 询问珍珠。

部长回答："不，不是，我的小明珠。" 因为，以当下的新能量，长期以来一直困扰着他一生的所有公开曝光的恐惧又回到了他身上；而且他已经在颤抖中了-尽管如此，他仍然感到奇怪的喜悦-他现在发现了自己-"我的孩子不是这样。我的确会与你的母亲和你站在一起，但是明天不会。"

珍珠笑了，试图拉开她的手。但是部长坚持得很快。

"再等一会，我的孩子！" 他说。

珍珠问："但你不会答应，明天中午牵着我的手和妈妈的手吗？"

部长说："那不是珍珠。" "但是又一次。"

"还有什么时间？" 坚持孩子。

"在伟大的审判日，" 部长低声说。奇怪的是，他是一位真理的专业老师，这促使他回答孩子。"那么，在那里，在你的母亲和你面前，我和你必须在审判席上站在一起。但是这个世界的日光将看不到我们的相遇！"

珍珠再次笑了起来。

但在先生之前 做完了发言，一道光线在整个闷热的天空中闪闪发光。毫无疑问，这是由其中一颗流星引起的，守夜人可能经常观察到这些流星在大气的空旷区域燃烧成废物。它的辐射是如此强大，以至于它彻底照亮了天地之间的浓密云层。巨大的穹顶照亮了，就像巨大的灯罩一样。它以中午的独特性展示了熟悉的街道景象，但也常常以不习惯的光线赋予熟悉的物体以可怕的景象。木房子，有突出的楼层和古朴的山墙峰；早草如雨后春笋般涌现的门阶和门槛；花园样板，黑色，有刚翻过的泥土；轮迹，几乎没有磨损，甚至在市场的两边都是绿色的边缘，所有这些都是可见的，但是其外观的独特性似乎给这个世界的事物带来了比以往任何一种道德上的诠释之前。传道人站在他心前。怀旧的白领，绣着的字母在她的胸口闪闪发亮；小珍珠，她自己是一个象征，以及两者之间的联系。他们正站在那奇异而庄严的光辉中午，仿佛是要揭露所有秘密的光明，是将所有属于彼此的人团结起来的黎明。

小珍珠的眼睛里有巫术。当她向上看向部长时，她的脸上戴着那调皮的笑容，使它的表情经常变得那么妖媚。她从先生那里撤了手。昏暗的，指向街对面。但他双手紧握乳房，将目光投向了天顶。

在那些日子里，没有什么比解释所有流星的外表和其他自然现象更常见的了，这种现象比来自太阳和月亮的升起和落日的规律性要少，这是来自超自然现象的许多启示。因此，在午夜的天空中看到一支炽烈的长矛，一把火焰之剑，一把弓或一捆箭，这预示着印度的战争。众所周知，深红色的花洒已经避免了瘟疫。我们怀疑，从定居到革命时期，是否有新的事件发生在新英格兰身上，无论它是善还是恶。在此之前，居民此前并未因其本质的某种奇观而受到警告。很少见，已经被很多人看到了。但是，它的信誉常常取决于一些孤独的目击者的信念，他们通过他的想象力的彩色，放大和扭曲的媒介看到了奇迹，并在他的事后思考中更加明显地塑造了它。的确，这是一个雄伟的想法，应当以这些可怕的象形文字在天上的应付中彰显民族的命运。如此宽的卷轴可能不会被视为天灾人死的代价。这种信念是我们前辈最喜欢的一种信念，因为他们相信他们的婴儿联邦处于天生的特殊亲密和严格的监护之下。但是当一个人在同一笔庞大的记录中发现一个单独针对自己的启示时，我们该怎么说。在这种情况下，这只能是高度混乱的精神状态的症状，当一个人因长期，强烈和秘密的痛苦而变得病态地自我沉思，将自己的自尊心扩展到整个大自然，直到坚强本身应该只不过是他灵魂的历史和命运的合适页面。

因此，我们仅将这归因于他自己的内心和内心的疾病，即牧师抬头望向天顶，在那里看到巨大的字母的外观，字母用暗红色的线条标出。不是，但是那颗流星可能已经显示出自己的身影，在阴云中朦胧地燃烧着，但没有他内的想象所赋予的形状，或者至少没有那么确定性，以至于另一个人的内可能看到了另一个象征在里面。

先生的情况很奇特。此时的迪姆斯代尔的心理状态。然而，在他一直注视着天顶的所有时间里，他仍然清楚地知道，小珍珠正将她的手指指向老罗杰·希林沃思，后者离脚手架不远。部长似乎看见了他，就像瞥见那封奇迹般的信一样。在其他物体上，流星光赋予了新的表情。否则很可能是医生当时不像其他任何时候那样都小心翼翼地隐藏了看待受害者的恶意。当然，如果流星燃起天空，揭露大地，并以可怕的态度告诫海丝特·普林和审判日的牧师，那么罗杰·柯林沃思可能已经和他们一起经过了大魔王，微笑着站在那儿和皱着眉头，声称自己。这种表达是如此生动，或者是部长对它的强烈理解，以至在流星消失之后它似乎仍然被漆在黑暗中，其效果好像街道和其他所有事物都被灭了一样。

"那人是谁，老兄？"喘着气先生，克服恐惧。"我对他发抖！你认识那个人吗？我恨他，老兄！"

她想起了自己的誓言，并保持沉默。

"我告诉你，我的灵魂对他不寒而栗！"部长又喃喃地说。"他是谁？他是谁？你不能为我做任何事吗？我对那个男人有一种无名的恐惧！"

小珍珠说："部长，我可以告诉你他是谁！"

"那么，孩子，快点！"部长说，弯曲耳朵靠近她的嘴唇。"很快，低到你可以低声说。"

珍珠在他的耳朵里咕了一声，听起来确实像是人类的语言，但是听起来像是在胡闹，就像孩子们在一个小时的时间里被逗乐一样。无论如何，如果它涉及到关于老罗杰·希灵沃思的任何秘密信息，那是博学的牧师所不知道的舌头，但这确实使他的思想更加困惑。这个可爱的孩子然后大声笑了。

"你现在嘲笑我了吗？" 部长说。

"你不是胆大！！你不是真的！" 孩子回答。"你不会答应牵着我的手，母亲的手，明天中午来！"

一位已经走上平台脚的医生回答说："值得先生，虔诚的大师迪姆斯代尔！这可能是你吗？好吧，好吧！我们这些学习者的头都在我们的书中，他们需要我们必须在醒着的时候做梦，然后入睡，来吧，好先生，和我亲爱的朋友，我祈祷你让我带领你回家！"

"你怎么知道我在这里？" 部长问，令人恐惧。

罗杰·吉林沃思回答说："我真诚地做到这一点，对此我一无所知。我整夜的大部分时间都在虔诚的州长温思罗普的床旁度过，尽我所能做的事使他放松。他，回到一个更美好的世界，我也一样，当这盏灯照亮时，我正在回家的路上，陪我，我恳求您，尊敬的先生，否则您明天将无法履行安息日义务。啊哈！现在看看他们是如何困扰大脑的-这些书！-这些书！您应该少学习，好先生，并消遣一下，否则这些夜间的异想天开就会加在您身上。"

"我会和你一起回家，" 先生说。。

带着冷淡的沮丧，就像从一个丑陋的梦里醒来的那样，毫无生气，他屈服于医生，被带走了。

然而，第二天是安息日，他宣讲了从他口中传出的最富有，最有权势，最充满天国影响的话语。据说，通过讲道的效力，使灵魂多于一个灵魂，并发誓要对先生怀有圣洁的感激之情。在整个漫长的未来。但是当他走下讲台台阶时，留着白胡子的塞克斯顿举起了黑色的手套，见到了他，大臣认为这是他的手套。

塞克斯顿说："今天早上，在脚手架上架设了行凶者以示羞耻的事。撒旦把它丢在了那里，我接受了，目的是为了对你的崇敬而之以鼻。但事实上，他是一如既往，盲目愚蠢。一只纯手不需要手套就可以遮住！"

"谢谢你，我的好朋友。"牧师严肃地说，但内心感到震惊。因为他的记忆是如此困惑，以至于他几乎以幻想的眼光来看待了昨晚的事件。

"是的，的确是我的手套！"

"而且，由于撒但认为可以偷走它，因此，您的尊敬必须从此以后不用手套就可以处理他。"老塞克斯顿笑着说。"但是您的尊敬可闻到昨晚看到的预兆了吗？天空上有个伟大的红色字母-字母，我们将其解释为代表天使。因为当晚我们的总督温思罗普被任命为天使时，无疑应该引起一些注意！"

部长回答："不。""我没听说过。"

十三。另一种观点

在她对先生先生的一次单独采访中 的 感到震惊,因为她发现神职人员减少了。他的神经似乎完全被破坏了。他的道德力量比幼稚的弱点更重要。即使他的知识分子仍然保持着原始的力量,或者也许已经获得了病态的能量,疾病只能给他们带来痛苦,但地面上却束手无策。凭借对所有其他人所隐瞒的一连串情况的了解,她可以轻易地推断,除了他自己的良心所采取的合理行动外,可怕的机器还被带到了并仍在运转。的健康和安息。知道这个可怜的堕落男人曾经是什么,她的整个灵魂被颤抖的恐怖感动了,他向她这个流浪的女人求助,以支持他本能地被发现的敌人。她还决定,他有权获得她的最大帮助。在长期与社会隔离的情况下,她几乎不习惯以自己外在的任何标准来衡量她的对与错观念,海丝特看到(或似乎看到)她对牧师负有责任,她是神职人员没有别的,也没有到整个世界。将她与其他人类联系在一起的纽带-花朵,丝绸,黄金或任何材料的纽带-都被破坏了。这是共同犯罪的铁链,他和她都无法打破。像所有其他联系一样,它也带来了义务。

现在,海丝特·普林所处的位置与我们在她不知所措之前所看到的完全不同。岁月流逝。珍珠现在七岁了。她的母亲的乳房上印着猩红色的字母,其奇妙的刺绣闪闪发光,长期以来一直是乡亲们熟悉的对象。当一个人在社区中出人意料地脱颖而出,同时又不影响公共利益或个人利益和便利时,一种普遍受到关注的东西就是黑丝公主。值得称赞的是人性,除非发挥了自私的作用,它的爱比恨更容易。除非经过不断的新的对原始敌对情绪的刺激而无法阻止这种变化，否则通过渐进和安静的过程所产生的仇恨甚至会转化为爱情。在白病方面，既没有刺激也没有烦恼。她从未与公众抗争，但无可辩驳地屈服于最恶劣的使用习惯；她没有为自己遭受的苦难索取赔偿；她没有权衡它的同情心。然后，在她多年来一直被侮辱的所有这些年里，她一生的纯洁无辜被认为是对她有利的。在人类看来，现在没有什么可以失去的，在没有希望的情况下，似乎没有希望，在获得任何东西的情况下，只有真正的对美德的尊重才使可怜的流浪者重新回到了自己的道路上。

同样，人们也感到，尽管海丝特从来没有提出过最卑微的头衔来分享世界的特权，但比起呼吸普通的空气，靠双手的忠实劳动，每天为小珍珠和自己谋生面包，她还是很敏捷。要在每一次给予福利时都承认她与人种的姐妹情谊。尽管苦心肠的贫民还给了他定期退回他家门口送来的食物，或用手指为他缝制的衣服为自己准备的衣服，但还没有准备好去满足贫困的每一个需求绣了君主的长袍。当瘟疫在小镇上蔓延时，没有人会如此犹豫。确实，在所有灾难的整个季节中，无论是普通的还是个人的，社会的流浪者都立即找到了自己的位置。她不是以客人的身份而是作为一个正当的囚犯来到这个充满麻烦的黑暗家庭中，仿佛它阴沉的暮色是她有权与同伴进行性交的媒介。绣着的字母在隐隐约约的光芒中闪闪发光。在其他地方有罪的象征，那是病室的锥度。它甚至跨越了时间的边缘，在患者的吟游诗人的四肢中闪闪发光。它向他展示了他应该在哪里站起来，而大地的光却很快变得暗淡了，未来的光就可以到达他。在这样的紧急情况下，海丝特的天性表现出了自己的温暖和丰富-人类温柔的泉源，对每一个实际的需求都无懈可击，并且最大的需求源源不断。她的乳房带有羞耻感，但头部需要较柔软的枕头。她是一个自命为仁慈的姐妹，或者，也许我们可以说，当世界和她都不希望这个结果时，世界的沉重之手就这样命定了她。这封信是她打电话的象征。在她身上发现了如此的帮助-如此之多的力量，以及同情的力量-以至于许多人拒绝用它的原始含义来解释该猩红色。他们说这意味着亚伯，拥有强大女人气的海丝特白兰如此强大。

只有黑暗的房子才能容纳她。当阳光再次来临时，她不在那儿。她的阴影已经越过门槛了。有帮助的囚犯已经离开，没有一丝向后的目光，以收集感激之情，如果她如此热心服务的人心中有任何感激之情。在街上遇见他们时，她从未抬起头来接受他们的问候。如果他们果断地与她搭，她将手指放在那红字上，然后继续下去。这也许是自豪的，但是却像谦卑一样，以至于它产生了后者质量对公众思想的所有软化影响。公众脾气暴躁 当过于强烈地要求将这项权利作为一项权利时，它有能力否认共同正义；但是，当人们提出上诉时，它常常比正义更能给予公正，因为专制者喜欢完全地慷慨地提出上诉。解释海丝特·白兰的举止是这种性质的诉求，社会倾向于向其前受害者展示比她所关心的，或比其应得的更善良的容貌。

统治者,以及社区中有智慧和博学的人,比起人民,在承认海丝特优良品质的影响上要更长的时间。他们与后者共同拥有的偏见通过铁定的推理框架得以加强,这使得驱逐这些偏见变得更加艰巨。但是,它们的酸味和僵硬的皱纹每天都在放松,在几年内可能会逐渐变成一种仁慈的表情。因此,正是在地位高尚的人身上,他们的崇高地位强加了公共道德的监护权。同时,私人生活中的个体由于她的虚弱而十分宽容。不,更多的是,他们开始将红字作为信物,而不是她长期以来沉迷于沉思的那种罪过,而是自那以后的许多善行。"你看到那个绣有徽章的女人吗?"他们会对陌生人说。"这是我们的心怀,这是镇上的心怀,他对穷人很友善,对病人有帮助,对患病者如此舒适!"那么,的确,如果把人性的最坏情况体现在另一个人的身上,那么人性的倾向就会迫使他们轻声细语过去的黑色丑闻。然而,事实仍然如此,在以这种方式说话的那些人的眼中,猩红色的字母对尼姑的怀抱产生了十字架的影响。它赋予佩戴者一种神圣感,使她能够在所有危险中安全行走。如果她掉入小偷之中,那将确保她的安全。据报道,并被许多人认为,印度人在徽章上画了箭,导弹击中了它,并跌落在地。

符号对符号的影响,或更确切地说,对符号所代表的社会地位的影响,对海丝特·白兰自己的影响是强大而独特的。这个炙手可热的品牌已使她角色的所有光线和优美的叶子枯萎,并且早就消失了,留下了光秃秃的粗糙轮廓,如果她拥有朋友或同伴来排斥它,那可能会令人反感。甚至她的人的魅力也发生了类似的变化。这可能部分是由于对她的着装进行了严格的研究，部分是由于缺乏举止的示范。她那丰盛而丰盛的头发被剪掉了，或者被帽子完全掩盖了，以至于它从没有被阳光照耀过。部分原因是由于所有这些原因，但更多是由于其他原因，似乎不再有任何东西可以停留在爱的怀抱中；尽管雄伟壮观，像雕像一样，没有犹豫的形式，那种激情永远梦想着拥抱它。海丝特的胸怀上再也没有任何东西可以使它再次成为感情的枕头。她离开了某些属性，而持久性对于保持她的女人至关重要。当妇女遇到并经历特殊的严重经历时，这往往是女性性格和人的命运，以及这种严峻的发展。如果她很温柔，她就会死。如果她生存下来，温柔要么会被压垮，要么（外表是一样的）深深地压在她的内心，再也无法展现出来。后者也许是最真实的理论。曾经是女人，而现在不再是女人的她，如果只有魔术般的力量来实现这种转变，她可能随时会再次成为女人。我们将看看之后的海丝特·白兰是否被如此感动和如此变形。

她的印象中大理石般的冷淡，很大程度上归因于她的生活在很大程度上已从激情和感觉变成了思想。她独自一人站在世界上，一个人，就对社会的任何依赖，几乎没有珍珠可以得到指导和保护，一个人，没有希望找回自己的位置，即使她不嘲笑它是可取的，她也抛弃了链断裂。世界法律对她而言不是法律。在这个时代，新解放的人类智慧比以前的许多世纪都更加活跃和广泛。剑士推翻了贵族和国王。比这些人大胆的人被推翻和重新安排了-不是实际上，而是在理论领域

（这是他们最真实的住所）之内-整个古代偏见体系，与古代原理相联系。海丝特·白兰娜吸收了这种精神。她假设自己有自由的投机活动，然后在大西洋的另一端很普遍，但如果我们的祖先知道的话，那将是比红字所污蔑的罪行更为致命的罪行。在海边那座寂寞的小屋里，她不敢进入新英格兰的任何住所，想到了她。如果能看到他们，就像敲开她的门一样，那些阴暗的客人，对他们的艺人来说就像是恶魔一样危险。

值得注意的是，最勇敢地猜测的人经常遵守社会外部规则的最完美的静默。这种想法足以满足他们的需要，而无需将自己投入到行动的血肉之中。所以看起来似乎很迟疑。然而，如果没有一颗珍珠从未从精神世界中走过，那可能就远非如此。那么她可能是历史上与一位宗教教派的创始人安·哈钦森携手并进的。在一个阶段中，她可能是一位先知。她可能会（但并非不可能）因试图破坏清教徒建立基础而在那个时期的严厉法庭中丧生。但是，在对孩子的教育中，母亲的思想热情使自己产生了一些影响。在这个小女孩的心中，普罗维登斯已委以重任，在许多困难中珍惜和发展了女性的萌芽和开花。一切都对她不利。世界充满敌意。这个孩子的天性有什么不对劲，它总是被认为是天生的不对劲-母亲对法律的无情追求的结果-常常促使他心急如焚地问穷人是穷人是好人还是坏人这个生物已经出生了。

确实，关于整个女性时代，同样的黑暗问题经常浮现在她的脑海。存在甚至值得其中最幸福的一个接受吗？关于她自己的个人存在，她很久以前就做出了否定的决定，并驳斥了已解决的问题。有一种投机的倾向，尽管它可能使女人像男人一样保持沉默，却使她难过。她认为，摆在她面前的任务可能是一件绝望的事情。作为第一步，整个社会体系将被拆除和重新建立。那么，在允许女性担任貌似合适的职位之前，必须对异性的本性或其长期的遗传习性（已变得像自然）进行本质上的修改。最后，在消除了所有其他困难的情况下，妇女无法利用这些初步的改革，除非她自己经历了更加强大的变革，也许在其中，她拥有自己最真实生活的空灵本质消失了。女人从不通过思考来克服这些问题。它们不是解决方法，或者仅仅是一种解决方法。如果她的内心有机会变得最高，他们就会消失。这样一来，心脏已经失去规律而健康的心跳的白公主就在黑暗的迷宫中毫无头绪地徘徊了。现在被一个无法克服的悬崖抛在一边；现在从深渊开始。她周围到处都是荒野和可怕的风景，没有家和舒适的地方。有时候，一个可怕的疑问会竭尽全力地拥有自己的灵魂，将珍珠立即送到天堂，并让自己达到永恒正义应该提供的未来，这不是更好的选择。

红字尚未完成。但是现在，她对牧师的采访。昏昏欲睡的夜晚，迪姆梅斯代尔给了她一个新的反思主题，并举起了一个似乎值得为此付出任何努力和牺牲的物体。她亲眼目睹了部长所苦苦挣扎的痛苦，或者更确切地说是不再挣扎。她看到他站在疯癫的边缘，如果他还没有跨过的话。毫无疑问，无论是在悔的秘密带中有多么痛苦的功效，都可以通过松懈的手将致命的毒液注入其中。一个秘密的敌人在朋友和帮助者的模样下一直在他身边，并利用自己所提供的机会来篡改先生微妙的泉水。的天性。仓皇不得不问自己，本来就不存在真理，勇气和忠诚度方面的缺陷，才允许部长被推举到一个可以预见那么多邪恶，不希望有吉祥的位置上。她唯一的理由是，除了默默地承认罗杰·奇林沃思的变相方案外，她没有其他办法能使他从更黑的废墟中解救出来。在这种冲动下，她做出了选择，并且选择了现在看来更不幸的两种选择。她决定尽可能弥补自己的错误。经过多年的艰辛和严峻的考验，她变得更加坚强，她感到自己已不再像那天晚上那样应付罗杰·希灵沃思了，因为罪恶使她感到震惊，而当他们在监狱里一起交谈时，她仍然对新的羞辱感到困惑。室。从那时起，她就攀登了更高的道路。另一方面，老人由于他的报复而使自己接近她的水平，或者也许低于它。

最后，海丝特·白兰娜决心与她的前夫见面，并尽其所能来营救他显然如此痛苦的受害者。这个场合不远了。一个下午，她带着珍珠在半岛的一个退休地方散步，看着那位老医生，一只胳膊着篮子，另一只手拿着杖，沿着地面弯下腰，寻找根茎和草药来调制他的药水。

十四。赫斯特和医师

小小的珍珠落到水边，玩弄贝壳和纠结的海草，直到她本该和那边的香草采集者谈一谈。于是孩子像小鸟一样飞走，裸露的白色小脚在湿润的海水中打。她到处停了下来，好奇地窥视着一个游泳池，被退潮带走了，作为珍珠的镜子，看到她的脸进入。从池子里窥视着她，从池子里冒出来，周围是黑色的，闪闪发亮的卷发。头，眼睛里闪着一个小精灵的笑容，一个小女佣的形象，没有其他玩伴的珍珠邀请她牵手与她一起比赛。但是有远见的小佣人也同样招手，仿佛在说："这是一个更好的地方；您可以进入游泳池。" 珍珠深深地踩在中腿，底部看到自己的白脚。一会儿，一阵零散的笑容闪闪发光，在搅动的水里来回漂浮。

同时，她母亲陪了医生。她说："我会和你说一个字，这是我们非常关心的一个字。"

"啊哈！那位女主人子有话要说老罗杰·奇林沃思吗？" 回答他，从他弯腰的姿势中站起来。"全心全意！为什么，情妇，我在所有手上听到你的好消息！就在不久以前，一位地方法官，一个睿智而虔诚的人，在昨天晚上，不顾你的事，情妇地，低声对我说：在议会中有一个关于您的问题，有人在辩论，是否可以安全地从您的怀抱中拿走普通红字以外的普通红字，这对我的生活，犹豫不决，我对敬拜的治安官表示敬意。立即完成。"

赫斯特平静地回答说："裁判官不愿取下徽章。""我值得放弃它，它会从其本性中消失，或者被转变成应该具有不同目的的东西。"

他补充说："不，那么，就穿它，如果它更适合您，那么，一个女人必须要按照自己的喜好触摸她的人的装饰。这封信绣得很漂亮，并且在您的胸口上正好显示出来！"

这一切，而海丝特一直在稳步地看着这位老人，震惊并惊奇地发现了过去七年来他发生了什么变化。他变老了不多。因为虽然可见到不断前进的生活的痕迹，但他的年纪很好，似乎保持着一种轻快的活力和机敏。但是，一个知识分子和勤奋好学的人以前的镇定，平静和安静，这是她在他身上最能记住的，已经完全消失了，并得到了一个急切，搜寻，几乎凶猛而又小心翼翼的表情的继承。用微笑掩盖这种表情似乎是他的愿望和目的，但是后者却把他装作是假的，然后嘲笑他的脸庞，以至于观众可以更好地看到他的黑色。从此以后，他的眼睛就一直闪着红光，仿佛这个老人的灵魂在燃烧，不断地在胸膛里闷闷不乐，直到被一阵偶然的激情扑灭。。他尽可能快地压制住了这一点，力图看起来好像没有发生任何事情。

一言以蔽之，老罗杰·奇林沃思是人类将自己转变成魔鬼的能力的鲜明证明，只要他愿意在合理的时间范围内担任魔鬼的办公室。这个不快乐的人通过致力于分析饱受折磨的一颗心长达七年之久，并从中获得快乐，并为他分析和幸灾乐祸的那些残酷的酷刑加油，从而实现了这种转变。

猩红色的字母在海丝特·白兰的怀抱上燃烧。这是另一个废墟，她的责任部分归于她。

医生问道："我的脸看到了什么，你真认真地看着它？"

她说："如果有足够的泪水使我哭泣，那会让我哭泣。"
"但是任其过去！我要说的是一个悲惨的人。"

"那他呢？" 罗杰·希林沃思急切地喊着，好像他喜欢这个话题，并很高兴有机会与唯一可以与他做知己的人讨论这个话题。"不要掩饰真相，太太仓促，我的想法刚刚发生在忙着这位绅士的事情上。所以，随便讲话，我会回答。"

海丝特说："当我们最后一次在一起说话时，如今已是七年前，当您感动自己和我之间的旧恋情时，很高兴能兑现保密的诺言。因为人类的生命和名声就在您手中在我看来，别无选择，除了按照您的要求保持沉默之外，我的束缚也并非没有沉重的忧虑。因为我放弃了对其他人的全部责任，对他仍然有责任，某件事悄悄地传给我，我一直在发誓要保证你能当我的律师。因为那天没有人像你那么靠近他，你站在他的每一个脚步之后，在他身边，熟睡着，醒着，搜寻着他的想法。你在他的心中挖洞和发怒！你的抓牢在他的生命上，并且使他每天死于活死，但他仍然不认识你。力量让我成为真的！"

"你有什么选择？" 罗杰·奇林沃思问。"我的手指指着这个人，会把他从讲坛上扔进地牢里，从此，折腾到了绞刑架上！"

"这样更好！" 海丝特·白兰说。

"我给那个男人做了什么恶魔？" 罗杰·奇林沃思再次问。"我告诉你，海丝特·白兰，这是有史以来医生从君主那里赚的最丰厚的费用，无法像我在这位悲惨的牧师上浪费的那样买得起这种护理！但是在我的帮助下，他的生命将在之后的头两年内被煎熬他的罪行和你的罪行，因为他的精神，缺乏你的力量，就像你的一样，在你的红字之类的负担之下，噢，我可以透露一个很好的秘密！是的，我已经使他精疲力尽了。他现在在地上呼吸和蠕动归功于我！"

"最好他立刻死了！" 海丝特·白兰说。

"是的，女人，你真的说！" 老罗杰·考林斯沃思哭了，让他内心的炽热之火在她眼前扑灭。"他更好地立刻死了！凡人从未遭受过这个人所遭受的苦难。而所有一切，在他最大的敌人眼前！他一直意识到我。他感到一种影响总是像诅咒一样在他身上他知道，从某种精神的意义上讲-因为创作者从未使另一个人如此敏感-他知道没有友好的手在拉动他的心弦，并且一只眼睛好奇地望着他，他只寻求邪恶，并发现了但是他不知道眼睛和手是我的！在他兄弟般的普遍迷信中，他幻想自己屈服于一个恶魔，被可怕的梦想和绝望的思想折磨，悔和绝望的刺痛，作为在坟墓外等待他的预言，但这是我的身影，这是他最残暴地委屈的人的最亲密的言辞，而他只是由于这种永远的报复性毒药而长存！是的，的确，他没有犯错，肘部结束！一个曾经拥有人心的凡人，已经成为他特殊折磨的恶魔。"

不幸的医生一边说着这些话，一边惊恐地举起双手，仿佛他看到了他无法识别的一些可怕的形状，将自己的形象摆在杯子里。这是一个时刻（有时仅隔几年一次）发生的时刻，一个人的道德面貌被忠实地展现在他的脑海中。他从未像现在这样自以为是。

"您对他的折磨还不够吗？" 海丝特说，注意到老人的样子。"他还没有全部付清你的钱吗？"

"不，不！他只是增加了债务！" 医生回答，随着他的前进，他的举止失去了凶猛的特性，并逐渐消退。"你还记得我，犹豫不决，就像我九年前一样？即使那时我正处于我的秋天，也不是初秋。但是我的一生都是认真，勤奋，沉思，沉静的岁月。，这是为了增加我自己的知识而忠实地奉献的，也忠实地给予了，尽管后者的目的只是对另一个人而言是偶然的-忠实于人类福利的发展，没有任何一种生活比我的生活更加和平与无辜；很少有生活如此富裕难道你还记得我吗？我不是吗，虽然你可能认为我很冷，但还是一个对别人有思想的人，对自己一点点的渴望—善良，真实，公正和永恒，即使不是热情的爱吗？这个？"

赫斯特说："所有这些，还有更多。"

"那我现在是什么？" 要求他看着她的脸，并允许将他身上的整个邪恶写成他的特征。"我已经告诉过你我是什么-一个恶魔！是谁使我如此？"

"那是我自己。"海丝特惊叫道。"那是我，不少于他。你为什么不向我报仇？"

罗杰·史金斯沃思回答："我把你留给了那红字

。" "如果那还没报仇我，我就无能为力了！"

他微笑着将手指放在上面。

海丝特·普林尼回答："它为你复仇了。"

这位医生说："我的判断没有少。" "现在你和我在一起会碰到那个男人吗？"

赫斯特坚定地说："我必须揭开秘密。" "他必须以你的本色来辨别你。我可能不知道会有什么结果。但是我应得的这笔长期的信任债务，应由我偿还，我一直为他的祸根和毁灭。推翻或维护他的名望和尘世状态，以及维持他的生活，他都在我的手中；我也不是那红字已成为真理的人，尽管那是炽热的铁进入真理的真理。灵魂-我再也不会在他那可怕的空虚的生活中受益于他的生活，我将弯腰祈求你的怜悯，随你行吧，对他没有好处，对他没有好处，对我没有好处，也没有好处你没有珍珠的好处。没有办法引导我们摆脱这种阴沉的迷宫。"

罗杰·史金斯沃思说："女人，我几乎可以怜悯你。"她也无法抑制欣赏的快感，因为她表达的绝望中几乎有一种雄伟的品质。"你有伟大的元素。冒险，如果你早一点遇到比我更好的爱，那邪恶就没有了。我怜悯你，因为你的本性被浪费了。"

海丝特·普林尼回答说："还有你，因为仇恨使一个聪明而公正的人变成了恶魔！你还想把仇恨从你身上清除掉，再变得人性化吗？如果不是出于他的缘故，那就加倍我自己说，但现在，对他，你，或我，在这里这个阴暗的邪恶迷宫中徘徊的他，你或我来说，没有什么好事可做，并且在我们走过的内的每一步上绊脚石，事实并非如此！对您和您一个人来说可能都是一件好事，因为您受到了深深的委屈，并按您的意愿赦免了。唯一的特权吗？您会拒绝这种无价的好处吗？"

"和平，——和平！"老人严厉地严厉地回答说："这不容许我赦免。我没有你告诉我的那种力量。我早已被遗忘的旧信仰又回到了我身边，并解释了我们所做的一切。我们受了苦难，因为您迈出了第一步，就种下了邪恶的病菌；但是从那一刻起，这一切都是黑暗的必要。除了一种典型的幻觉之外，那些冤我的人没有罪过；我也不恶像，谁从他的手中抢了一个魔鬼的办公室。这是我们的命运。让黑色的花朵尽其所能吧！现在，走你的路，和你对付远人。"

他挥了挥手，再一次向自己招募草药的机会致敬。

十五 丝和珍珠

因此，罗杰·希林沃思（一个畸形的老男人，其面孔困扰着人们的记忆的时间超过了他们的喜好）离开了海丝·白兰，并弯腰走了地球。他在这里聚集那里的药草，或扎根，将其放在他手臂上的篮子里。他继续前进时，他的灰胡子几乎触及地面。海丝特盯着他一会儿，好奇地看着他，看看早春的嫩草是否不会在他的身下枯萎，并在他开朗的青翠中展现出他的脚步曲折的痕迹，棕色和棕色。她想知道老人是多么顽固地收集着哪种草药。大地不会因他的眼睛的同情而加速到邪恶的目的，向他开辟一种迄今不为人知的有毒物种的灌木丛，这种灌木丛会在他的指尖下开始吗？还是足以使他的每一个健康的成长都变成他的触手可及的有害和恶性的东西？在其他地方照得如此明亮的太阳真的落在他身上吗？还是看起来像一个不祥的阴影圈随着他的畸形而移动，无论他以何种方式转向自己？他现在要去哪里？他不会突然下沉到大地，留下一个贫瘠且爆炸的地方吗？在适当的时间段内，在那里会看到致命的茄属植物，山茱，烷以及气候可能产生的任何蔬菜邪恶，所有这些都充满了丑陋的茂盛。？还是他会张开蝙蝠的翅膀逃跑，朝着他升上天堂的样子越丑呢？

海丝特·普林妮痛苦地说道，"不管是罪还是没有，"她仍然凝视着他，"我恨那个男人！"

她为自己的情绪起了整洁，但无法克服或减轻这种情绪。尝试这样做时，她想到了在遥远的土地上度过的漫长岁月，那时他常常在书房的隐居中脱颖而出，坐在他们家的火光下，并根据她的婚姻微笑着坐下来。他说，他需要使自己沉浸在微笑中，以便使书本中这么多寂寞的时光摆脱学者的心。这样的场面曾经看起来并不令人高兴，但是现在，从她后世的悲惨境况来看，它们被列为她最丑陋的回忆之一。她为这样的场面感到惊讶！她惊奇地发现自己该怎么嫁给他！她认为自己最容易悔过的罪行是，她曾经忍受并交出了他不冷不热的手，遭受了双唇和双眼的微笑，融为一体。罗杰·吉林沃思犯下的犯规似乎比他以后犯过的犯规都要糟。在她的内心深处不知道的时候，他说服了她在自己身边高兴。

"是的，我讨厌他！" 比以前更加痛苦地重复着苦恼。

"他出卖了我！他使我犯了比我更大的错误！"

让男人颤抖以赢得女人的手，除非他们与女人一起赢得她内心的最大热情！否则，这可能是他们的不幸命运，就像罗杰·吉林沃思一样，那时比他们自己更大的触动可能唤醒了她的所有敏锐感，甚至为了获得平静的满足感，幸福的大理石形象而受到指责，他们将强加给她。作为温暖的现实。但是，早该解决这种不公正现象应该早已成定局。这是什么意思？在那红字的折磨下，有七年之久遭受了如此多的痛苦，没有悔改吗？

在短暂的空间中，她凝视着老罗杰·奇林沃思的歪歪扭扭的身影时，暗淡地看着海丝特的心态，露出了她本来无法承认的许多东西。

他走了，她召回了她的孩子。

"珍珠！小珍珠！你在哪里？"

珍珠的精神活力从未减弱，而她的母亲与这位古老的草药采集者交谈时却丝毫没有消遣。起初，正如已经说过的那样，她在水池中幻想着自己的形象，向幻影招手，然后-当它拒绝冒险时-为自己寻找了一条通向无法穿越的大地和无法企及的天空的通道。然而，很快她发现自己或图像不真实，便转向其他地方寻求更好的消遣。她用白桦树皮做成小船，用蜗牛壳装满了小船，在威猛的深处派出了比新英格兰任何商人更多的生意。但其中很大一部分在海岸附近枯萎了。她抓住一条活马蹄的尾巴，赢得了几个五指的奖赏，并放下了一条海融化在温暖的阳光下。然后，她拿起了白色泡沫，将前进的线条划上了线，然后将它扔在微风上，用有翼的脚步声追赶着它，捕捉落下的大雪花。顽皮的孩子看到一群在岸上觅食和拍打的沙滩鸟，调皮的孩子拾起装满鹅卵石的围裙，在这些小海鸟之后从一块岩石爬到另一块岩石，在向它们撒皮时表现出了非凡的敏捷性。一只灰色的小鸟，胸白，几乎可以肯定珍珠被卵石击中了，并用折断的翅膀飞走了。但随后，这个小孩子叹了口气，放弃了她的运动，因为这使她很伤心，因为它伤害了像海风一样狂野或像珍珠一样狂野的小动物。

她的最后一项工作是收集各种海藻，使自己成为围巾或披风，以及头饰，从而扮成小美人鱼。她继承了母亲设计窗帘和服装的天赋。作为对美人鱼衣服的最后一触，珍珠带着些鳗鱼草，并尽其所能地模仿了她母亲那般熟悉的装饰。字母-字母-但鲜绿色而不是猩红色。这个孩子将下巴弯曲在乳房上，以一种奇怪的兴趣想着这个装置，就好像她被送到世界上的唯一一件事就是要发现它的隐藏内容。

"我想知道妈妈是否会问我这意味着什么？" 以为珍珠。

就在那时，她听到了母亲的声音，像一只小海鸟一样轻盈地飞舞着，在海丝特普林跳舞，大笑，将手指指向胸前的装饰物之前出现了。

海丝特沉默了片刻后说："我的小珍珠，这封绿色的字母，在你幼稚的怀抱里，毫无目的。但是，你的孩子，你知道吗，这封信意味着你母亲注定要穿什么？"

"是的，妈妈。" 孩子说。"这是一封伟大的信。你已经在号角书上教了我。"

海丝特坚定地注视着她的小脸；但是，尽管她经常在黑眼睛中说过那种奇异的表情，但她不能满足于珍珠是否真的对这个符号赋予了任何含义。她感到病态渴望确定这一点。

"你知道吗，孩子，你妈妈为什么穿这封信？"

"我确实做到了！" 珍珠回答，明亮地望着母亲的脸。"出于同样的原因，传道人伸出双手在心上！"

"那是什么原因？" 海丝特问到，孩子的观察结果荒谬不合时半笑。但是转念一想就变苍白了。

"这封信与任何拯救我的心有什么关系？"

"不，妈妈，我已经告诉了我所有的信息，" 珀尔说，比她不会说话的要严肃得多。"问一个你正在和他谈话的老人，也许他会说出来。但是，亲爱的妈妈，现在真心诚意，这封红字是什么意思？-为什么你把它戴在你的怀里？-为什么？传道人的手在心上吗？"

她双手握住母亲的手，以一种狂野而反复无常的性格很少见到的热诚凝视着她的眼睛。这个想法突然浮出水面，那个孩子可能真的是在寻求像孩子一样自信的方式来接近她，并尽其所能，尽她所能地聪明地建立同情的交汇点。它显示出珍珠的外观。迄今为止，这位母亲在全心全意地爱着自己的孩子的同时，也自学成才，希望自己能得到回报，而不是四月微风的任性，四月的微风花费在通风的运动上，并有一阵莫名的激情，当你把它拿到怀里时，它的情绪最好，总是冷酷而不是爱抚你。为了弥补这种轻浮的行为，有时它会出于自己含糊的目的，以一种令人怀疑的柔情亲吻你的脸颊，然后轻轻地玩弄头发，然后再去做其他的闲事，让你心中梦幻般的愉悦。而且，这是母亲对孩子性格的估计。其他观察者可能只见过很少但不友好的特征，并给它们加了深得多的颜色。但是现在，这个想法深深地打入了黑手党的脑海，珍珠以她非凡的早熟和敏锐的精神，可能已经接近可以成为朋友的年龄，并且将母亲所承受的尽可能多的痛苦托付给了她，而没有了。对父母或孩子的无礼。在珍珠性格的一点点混乱中，可能会出现并可能从一开始就出现了—坚定不移的勇气的坚定原则–不可控制的意志–坚定的自尊心，可以被养成自尊心–以及对他的强烈蔑视当检查时，可能发现许多东西带有虚假的污点。她迄今仍然很辛苦和令人不快，尽管未成熟的水果味道最丰富，但她也很喜欢。具有所有这些纯正的属性，想想，如果她不是从这个埃尔菲斯的孩子中长出来的，那么她从母亲那里继承下来的邪恶的确是巨大的。

珍珠不可避免地倾向于在红字的谜题上徘徊，这似乎是她天生的天赋。从她有意识的生活的最早时期开始，她就将其作为任命的任务。徒常常幻想天意具有公正和报应的设计，使孩子具有这种明显的倾向。但直到现在，她还是从来没有想过要问，与这种设计有关的，是否同样没有怜悯和慈善的目的。如果小小的珍珠像一位地上的孩子一样，作为信仰的使者，满怀信心和信任地娱乐，难道不是要抚平母亲内心深处的悲痛，并将其转化为坟墓的悲哀吗？帮助她克服曾经如此狂野，甚至既没有死也没有睡着，而只被囚禁在同一座坟墓般的心中的激情？

这些想法现在在黑思特的脑海中激起，动人的印象就像在耳边耳语般真实。在这期间，几乎没有珍珠，双手握住母亲的手，将脸朝上，而她一次又一次地，又是第三次提出这些搜索问题。

"妈妈，这封信是什么意思？为什么要戴呢？为什么牧师会把手放在心上？"

"我应该说什么？" 自以为是。"不！如果这是孩子的同情的代价，我将无法支付。"

然后她大声说-

她说："愚蠢的珍珠，这些是什么问题？这个世界上有很多事情是孩子不可以问的。我对牧师的内心有什么了解？关于那红字，我是为了这个原因而戴的的金线。"

在过去的七年中，海丝特·白兰从来没有对她的怀抱上的符号有过错。也许是一个严厉而严厉的护身符，但又是监护人的精神，现在却把她抛弃了。认识到，尽管他严密监视着她的心脏，但还是有一些新的邪恶潜入其中，或者从未驱除过一些旧的邪恶。至于小珍珠，她的热情很快就从她脸上消失了。

但是孩子觉得不适合让事情解决。当母亲和她回家，并且经常在宵夜时，回家两次或三次，当海丝特把她睡觉时，一次，在她似乎相当熟睡的时候，珍珠抬起头，恶作剧般地闪着黑色的光芒。眼睛。

她说："母亲，那红字是什么意思？"

第二天早上，孩子醒来的第一个迹象是从枕头上抬起头，然后进行其他询问，而这与她对猩红色字母的调查毫无关系-

"妈妈！-妈妈！-牧师为什么要把手放在心上？"

"你的舌头，顽皮的孩子！" 她的母亲回答了她从未允许过的粗糙情况。"别逗我；否则我会把你放到黑暗的壁橱里！"

。森林漫步

海丝特·白兰妮始终不渝地向先生透露自己的决心。昏昏欲睡的丁梅斯代尔，无论当前有痛苦或别有用心的后果，都是潜入其亲密关系的那个人的真实性格。然而，几天来，她徒劳地寻求机会在一些冥想的散步中与他交往，她知道他习惯于沿着半岛的海岸或邻国树木繁茂的山坡走。如果她在牧师的书房里拜访过他，那确实不会有丑闻，也不会危害到神职人员的圣洁苍白。在这里，现在有许多悔的人承认自己的罪过可能和染料一样深。猩红色的字母所取代。但是，部分原因是她害怕古老的罗杰·奇林沃思（ ）的秘密或不加掩饰的干扰，部分原因是她有意识的内心怀疑无法企及的地方，部分原因是牧师和她都需要整个世界呼吸，而他们一起聊天-由于所有这些原因，赫斯特从来没有想过要在空旷的天空下与他会面。

最后，在参加一个病房的同时，转播一下。先生。迪姆斯代尔被召唤进行祈祷，她得知前一天他去了他的印度信徒中探望使徒埃利特。他可能会在明天下午某个小时返回。因此，有时候，第二天，海丝特就没带珍珠了-她一定是她母亲的所有探险活动的陪伴者，无论她的出行如何不便-都开始了。

这两个路人从半岛穿越到大陆后，道路不过是一条小径。它散布到原始森林的神秘之中。这把它缝得很窄，两边都那么黑而且密密地站着，露出了不完美的瞥见天空，以至于海思特想，它没有想像她长期徘徊的道德荒野。那天阴冷而阴沉。头顶上是一片灰色的云层，微风轻拂。这样一来，就可以不时地看到沿途孤单的阳光闪烁的光芒。这种飘动的快乐总是在穿过森林的远景中。充满阳光的运动性阳光–最好是在白天和场景的主要沉思状态下具有极强的运动性–在他们临近时退出，并离开了跳舞舞者的地方，因为他们希望让它们变得明亮。

"妈妈，" 小珍珠说， "阳光不爱你。

它会散开并藏起来，因为它害怕

你怀里的东西。现在，瞧瞧！在那儿，玩得很开心。

站在你这里，让我跑步并抓住它。我不过是个孩子。

它不会从我身上逃走，因为我的怀里还没穿任何东西！"

海丝特说："我的孩子，我永远也不会。"

"那为什么不呢，妈妈？" 珍珠刚开始比赛时就停下来问道。"我成年后会不会自动产生？"

她的母亲回答说："孩子，逃走了，赶上阳光。

它很快就会消失了。"

珍珠以极快的速度摆下，当海丝特微笑着察觉到时，确实捕捉到了阳光，并在阳光中站着大笑，它们都被灿烂的光辉照亮，并因快速运动所激发的活力而闪烁。寂寞的孩子的光芒一直徘徊着，仿佛为这样的玩伴感到高兴，直到她的母亲几乎已经足够近地吸引着她进入魔幻圈子。

珍珠说，摇了摇头。

"看到！" 地回答，面带微笑；"现在我可以伸出手来抓住其中的一部分了。"

当她试图这样做时，阳光消失了；或者，从以珍珠的特征为特征的明亮表情中判断，她的母亲可能以为孩子已经将它吸收到自己体内了，并且会带着微微的眼光再次给出它，因为他们应该陷入更加悲观的境地。阴影。没有其他的属性让她对珍珠的本性充满新意和不为人所知的活力，因为这种精神永不失败：她没有悲伤的病，在后来的日子里，几乎所有的孩子都继承了悲伤的病，与他们的祖先在一起，摆脱了祖先的麻烦。也许这也是一种疾病，但是在珍珠出生之前，海丝特用野性力量反抗了她的悲伤。这肯定是令人怀疑的魅力，给孩子的性格赋予了坚硬的金属光泽。她想要（一生中有些人想要的）悲痛应该深深地感动她，从而使其人性化并使她有同情心。但是时间足够了，几乎没有珍珠。

"过来，我的孩子！" 海丝特说，从珍珠在阳光下静止不动的地方望着她-"我们将在树林里坐下一点，让自己休息。"

"妈妈，我不厌倦。" 小女孩回答。"但是如果你同时告诉我一个故事，你可以坐下。"

"一个故事，孩子！" 子说。"还有什么？"

"哦，一个关于黑人的故事，" 珀尔回答，紧紧抓住母亲的礼服，抬头一半认真、一半调皮地望着她的脸。

"他如何在这片森林中出没，并随身携带一本又重又大的书，上面有铁钩；以及这个丑陋的黑人如何向树木丛生的每个人提供他的书和一支铁笔；他们将用他们的鲜血写下他们的名字，然后他在他们的怀抱上留下自己的印记。您有没有遇到过黑人，母亲？"

"妈妈，谁告诉你这个故事，珍珠，" 她的母亲问道，认识到当时普遍的迷信。

孩子说："那是昨晚你在那所房子里的烟囱角落里的老太婆。" "但是当她谈论它时，她幻想我睡着了。她说有一千个人在这里遇见他，并在他的书上写了字，并在他身上留下了印记。那个丑陋的脾气夫人，老情妇希宾斯母亲那位老太太说，那红字是黑人在你身上的印记，当你午夜在黑暗的树林里遇见他时，它像红色的火焰一样发光。？你晚上去见他吗？"

"你有没有醒过,发现你的母亲走了?" 地问。孩子说:"我不记得了。" "如果您最怕将我留在我们的小屋中,您可能会带我和您一起去。我会很乐意去!但是,妈妈,现在告诉我!那里有这样一个黑人吗?您有没有见过他?这是吗?他的印记?"

"如果我曾经告诉你,你会让我安宁吗?" 问她妈妈。

珍珠说:"是的,如果你告诉我全部。"

"我一生中遇到黑人!" 母亲说。"这封红字是他的印记!"

经过交谈,他们进入了足够深的树林中,以确保自己免受林间小道上任何随便的乘客的注意。他们在这里坐在一堆茂盛的苔藓上。在上个世纪的某个时期,它是一棵巨大的松树,其根部和树干处于深色阴影中,其头高高在上层大气中。他们坐在那里有点,两边的叶子丛生的河岸轻轻地升起,一条小溪从中间流过,落在一片被淹死的叶子上。临近的树木不时掉落在大树枝上,这阻塞了水流,并迫使水流在某些点形成漩涡和黑色深度。同时,在其更快,更生动的通道中,出现了一条鹅卵石和褐色闪闪发光的沙子的通道。让眼睛沿着小溪流过,他们可以在森林内很短距离内捕捉到水的反射光,但是很快在树丛和灌木丛,到处乱七八糟的地方失去了所有的痕迹一块覆盖着灰色地衣的巨大岩石。所有这些巨大的树木和花岗岩巨石似乎都意图使这条小溪流的过程变得神秘。也许担心,由于它的永不停息,它应该从古老的森林流淌而出的耳语中流传下来，或者将其启示反映在水池的光滑表面上。实际上，不断地前进，小溪一直不休，，亲切，安静，舒缓，却又忧郁，就像一个幼小的孩子的声音，这个孩子在幼年时没有嬉戏，不知道如何在悲伤的相识中快乐和阴暗的事件。

"哦，布鲁克！哦，愚蠢而又烦人的小溪！"

珍珠在听了一段话后大声叫道："你为什么这么难过？要

振作精神，不要一直叹气和

喃喃自语！"

但是小溪在森林树木的小生命中经历了如此庄严的经历，以至于无奈地谈论它，似乎无话可说。珍珠像小溪一样，因为她一生的潮流从神秘的泉水中涌出，并流过阴暗的阴影。但是，与那条小溪不同，她在舞步中翩翩起舞，欢呼雀跃。

"这条可悲的小溪，妈妈怎么说？"问她。

她的母亲回答说："如果您有自己的悲伤，小溪也许会告诉您。"即使它告诉了我我的。但现在，珍珠，我听到了这条路的脚步声，以及一个我把树枝放在一边。我要你自发玩耍，然后让我跟那边来的他说话。"

"是黑人吗？"珍珠问。

"你去玩吗，孩子？"母亲重复道："但不要误入歧途。要注意你是我的第一个电话。"

珍珠说："是的，妈妈，但是如果是黑人，你会不会让我呆一会儿，看着他，拿着他的大书，看着他？"

"去，傻孩子！"母亲不耐烦地说。"这不是黑人！你现在可以穿过树林看到他。那是传道人！"

"就是这样！"孩子说。"而且，母亲，他的手在心上！是因为，当牧师在书中写下自己的名字时，黑人在那个地方树立了自己的烙印？但是为什么他不把它戴在胸怀上呢？妈，妈？"

"快走了，孩子，你要再逗我一次，"海丝特·白兰喊道。"但不要走得太远。保持在你能听到溪水叫声的地方。"

这个孩子开始唱歌，跟着小溪的流淌，努力用忧郁的声音使节奏更轻松。但是这条小溪没有被安慰，并且仍然不断地告诉它难以理解的秘密，即在阴沉的森林边缘发生了一些非常悲惨的奥秘，或者对尚未发生的事情进行了预言性的哀叹。因此，在自己的小生活中拥有足够阴影的珍珠，决定与这条令人垂涎的溪流完全相识。因此，她着手收集紫罗兰和木氨，以及一些她发现在高大岩石缝隙中生长的猩红色柱廊。

当她的小孩子离开时，海丝特·白兰妮朝通向森林的那条小径走了一两步，但仍然留在了树木深处的阴影下。她看到部长完全是独自沿着这条路前进的，靠着他在路边砍掉的一支人员。他显得弱无力，背叛了他的神经，这在他关于定居点的散步中，或者在他认为自己容易注意到的任何其他情况下,从未表现出如此明显的泪丧。在这片密密麻麻的森林中,在这片土地上可看见的是它本身对灵魂的沉重考验。他的步态无精打采,仿佛他没有理由再往前走,也没有任何渴望这样做的欲望,但是他会很高兴,如果他感到高兴的话,将自己甩在了脚下。最近的一棵树,躺在那儿直到永远。叶子可能使他发情,土壤逐渐堆积并在他的框架上形成一个小丘,无论其中是否有生命。死亡绝对是不希望或无法避免的目标。

敬畏的先生。没有表现出积极积极的痛苦的征兆,除了一点珍珠所言,他把手放在心上。

。牧师和他的教区牧师

当部长走的很慢时,他快要走了,可是海丝特·白兰能收集到足够的声音吸引他的观察。最终她成功了。

"亚瑟·迪姆斯代尔!" 她起初有些微弱,然后声音更大了,但声音嘶哑-"亚瑟·迪姆斯代尔!"

"谁说话?" 部长回答。他迅速站起来,站直了起来,就像一个不愿与证人见面的人被一个惊讶的表情所吸引。他焦急地朝着声音的方向挥舞着他的眼睛,他隐隐约约地看到树下的一种形态,穿着如此阴沉的衣服,而乌云密布的天空和茂密的树叶使午夜变暗的灰色的暮色使他几乎松了一口气。不知道是女人还是影子。可能是他的人生道路被一个从他的思想中窃取的幽灵所困扰。

他走近一步，发现了那红字。

"哈斯特！黑丝特白兰！"他说。"是吗？你是生活中的人吗？"

"尽管如此。"她回答。"这是过去七年以来的生活！你阿瑟·迪姆斯代尔，你还活着吗？"

难怪他们因此质疑彼此的实际和身体存在，甚至怀疑自己的存在。他们在昏暗的树林中相遇如此奇怪，以至于这是世界上第一次超越两个灵魂的坟墓，这两个灵魂在他们前世之间有着密切的联系，但现在却因彼此之间的恐惧而冷得颤抖，因为他们还不熟悉他们的状态，也不愿与无形的生命相伴。每个鬼，都对另一个鬼敬畏。他们同样对自己感到敬畏，因为危机让他们意识到了这一危机，并向人们揭示了自己的历史和经历，就像生活从来没有经历过的那样，只是在这种喘息的时期。灵魂在逝去的时刻的镜子中看到了它的特征。亚瑟·迪姆梅斯代尔带着恐惧，颤抖地颤抖着，颤抖着，仿佛死了一样，抚摸着海丝·白兰的冰冷之手。如此冷酷的把握带走了面试中最困难的东西。他们现在至少感觉到自己是同一领域的居民。

他们一言不发-他和她都没有接受指导，但没有得到明确的同意-他们滑入出现黑的树林的阴影中，坐在她和珍珠坐在前的苔藓堆上。当他们发现说话的声音时，起初只是说出话来，询问诸如两个熟人之类的话题，关于阴沉的天空，威胁性的暴风雨，以及接下来每个人的健康状况。因此，他们继续前进，而不是大胆地而是一步一步地进入了他们内心深处沉思的主题。长期以来，命运和情况使他们疏远了，他们需要一些轻松而随意的事情才能奔波，并打开性交的门，这样他们的真实思想才能越过门槛。

过了一会儿，部长把目光投向了海丝·白兰。

他说："赫斯特，你找到和平了吗？"

她微微一笑，低下头。

"你还好吗？" 她问。

"没有，只有绝望！" 他回答。"我还能寻找什么，做我自己，过着像我这样的生活？我是一个无神论者-一个没有良心的人-一个粗鲁而残酷的本能-我现在也许早就找到了和平。。我永远不应该失去它，但是，就我的灵魂而言，无论我本来拥有多么出色的能力，所有上帝最天赋的礼物都成为了精神折磨的牧师。"

赫斯特说："人们尊敬你。" "当然，你当中最努力的！这给你带来安慰吗？"

"更多的痛苦，苦恼！-只有更多的痛苦！" 神职人员苦笑着回答。"关于我可能会表现出的好处，我对此不信任。它必须是一种妄想。像我这样被破坏的灵魂会对其他灵魂的救赎产生什么影响？或者对他们的净化造成污染的灵魂呢？至于人们的尊敬，它会变成嘲笑和仇恨吗？你能以为这是一种安慰,我必须在讲台上站起来,见到这么多眼睛朝我的脸,这仿佛是光明的安慰。天堂的光彩照耀着它!—必须看到我的羊群渴望真理,并听我的话,好像五旬节的舌头在说话!—然后向内看,辨别他们所崇拜的黑色现实?我笑了在我的外表与我的内在之间的反差和痛苦中,撒但大笑起来!"

"你在这件事上错了,"海丝丝轻轻地说。"你已经深深而痛苦地悔改了。在过去的日子里,你的罪恶被抛在了身后。事实上,你的当下生活还不比人们眼中的圣洁还真圣洁。通过良好的行为?为什么不应该给您带来和平?"

"不,——不!" 牧师回答。"里面没有物质!它已经冷死了,对我无能为力!悔,我受够了!悔,什么都没有!否则,我应该早就抛弃这些嘲讽的衣服圣洁,并向人类展示了自己,就像他们将在审判席上看到我一样,你高兴吗,犹豫,在你的胸前公开地戴着红字!我的秘密秘密燃烧!你不知道这是什么缓解经历了七年的作弊的折磨,让我的眼睛成为承认我的眼睛!如果我有一个朋友-还是我最大的敌人!-当他被其他所有人的赞誉所困扰时,我可以每天冒犯我自己,并被公认为所有罪人中最卑鄙的人,使我的灵魂因此而活着。即使如此,许多真理仍能救我!但现在,这全是虚假!-所有空虚!-所有死亡!"

海丝特·白兰看着他的脸,但犹豫了一下。然而,像他一样强烈地表达了他长期被抑制的情绪,他在这里的话为她提供了适当的情境来插话。她克服了恐惧,说道:

她说："你甚至现在想要的那样一个朋友，你要与谁一同哭泣，你就在我里面，它的伴侣！" 她又犹豫了一下，但努力地说出了这句话。——"你长期以来有这样一个敌人，与他同住，在同一个屋檐下！"

传道人开始站起身来，喘着粗气，喘着粗气，紧紧抓住他的心，仿佛他会把它从怀里撕开一样。

"哈！你怎么说？" 他哭了。"一个敌人！在我自己的屋顶下！你是什么意思？"

现在，海丝特·普林完全意识到了她对这个不幸的男人所造成的深重伤害，让他躺了这么多年，或者实际上只是一瞬间，受了一个目的不一的人的摆布比恶毒。敌人的连续性，无论后者会掩盖自己的什么面具，都足以打扰像亚瑟·迪姆斯代尔这样敏感的人的磁层。曾经有一段时间，海丝丝对于这种考虑还不太活跃；或者，也许是由于自己的麻烦而无法工作，她离开了传道人，承担了自己可能会形容为更宽容的厄运。但是最近，自从他守夜以来，她对他的所有同情都变得柔和而充满活力。她现在可以更准确地阅读他的心脏。她怀疑罗杰·史金斯沃思的持续存在（他的恶性的秘密毒药感染了他的周围所有空气）以及他作为医师对部长的身体和精神上的软弱无力的干预是否使这些不好的机会转向了？一个残酷的目的。通过这些手段，患者的良心一直处于受激状态，这种趋势不是通过健康的痛苦来治愈，而是使自己的精神状态变得混乱和腐败。它在地球上产生的结果几乎不可能是精神错乱，此后，这种对善与真的永恒疏离，其中的疯狂也许是世俗的类型。

她曾经带给男人的废墟就是这样-不，为什么我们不说话？-仍然如此热烈地被爱着！海丝特感到，神职人员的好名声的牺牲和死亡本身，就像她已经告诉罗杰·奇林沃思一样，将比她自己选择的替代方案无限地可取。而现在，她宁可倒在亚瑟·迪姆梅斯代尔的脚下，死在森林的叶子上，死在那里，而不愿承认犯有如此严重的错误。

"哦，亚瑟！" 她哭着说："原谅我！在所有其他事情上，我都努力做到真实！真理是我可能坚守并确实坚守四肢的唯一美德；当你的善意，一生，成名时保存下来-被质疑了！然后我同意了一个骗局。但是即使死亡威胁到另一侧，说谎也永远不会是好事！你不明白我会说什么吗？那个老人！-医生！-他们打电话给罗杰·史金斯沃思！-他是我丈夫！"

牧师转眼看着她，充满了激情，暴力的形式比他的更高，更纯，更柔和的特质更加融合，实际上是魔鬼声称的他的那部分，他试图赢得其他人。从来没有比现在遇到的黑或更黑的眉头皱眉。对于它持续的短暂空间，那是一个黑暗的变形。但是他的性格被痛苦折磨得很厉害，以至于即使是低级的能量也无法做短暂的挣扎。他沉入地面，将脸埋在手中。

"我也许早就知道了，" 他喃喃道-"我确实知道！不是秘密告诉我的，我一见钟情就从心底自然缩，从那以后我见过他的次数如此频繁？为什么？我不明白吗？噢，海丝特·白兰，你几乎很少知道这件事的全部恐怖！可耻的是！-愚昧无知！-患病和内的心脏暴露在眼睛上，使自己幸灾乐祸，这是可怕的丑陋。女人，女人，你要为此负责！-我不能原谅你！"

"你要原谅我！" 海丝特哭了起来，扑向旁边的落叶。 "让上帝惩罚！你要原谅！"

她突然而绝望地温柔地将他的胳膊缠在他身上，将他的头压在怀里，尽管他的脸颊依在那红字上，却一点也不在乎。他本来会释放自己的，但徒劳地这样做。海丝特不会让他自由，以免他严厉地看着她。全世界都对她皱眉了-七年来，这个孤独的女人一直对她皱眉-仍然她无聊了，再也没有一次转过她坚定而悲伤的眼睛。同样，天堂也对她皱眉，而她却没有死。但是这个苍白，虚弱，罪恶和悲伤的人皱着眉头，这实在是他的意志所忍受，无法生存！

"你还原谅我吗？" 她一遍又一遍地重复。

"你不会皱眉吗？你会原谅吗？"

"我愿意原谅你，老兄。" 传道人深深地发了言，从悲伤的深渊，但没有生气。 "我现在自由地原谅你。愿上帝原谅我们两个。我们不是，子，世界上最糟糕的罪人。有一个比被污染的牧师还要糟糕的人！老人的报复比我的罪恶还黑。他违反了在冷血中，是人心的圣洁。你和我，犹豫不决！"

"永远，永远不要！" 她低声说。"我们所做的一切都是自己的奉献。我们感觉如此！我们彼此说过话。您忘了吗？"

"嘘，！" 亚瑟·迪姆斯代尔说，他是从地面升起的。

"不；我没有忘记！"

他们再次并排坐下，紧握着手，紧握在倒下的树木长满苔藓的树干上。生活从来没有给他们带来一个光荣的时刻；这是他们的道路走了很长时间以来一直走着，一直变暗的那一刻，但它却没有散发出使他们流连忘返的魅力，并要求了一个又一个，甚至毕竟是另一个时刻。森林在他们周围模糊不清，并因正在穿过的爆炸声而嘎吱作响。树枝高高举起头顶。一棵庄严的老树微微地吟到另一棵树上，仿佛在讲述那对坐在下面或被迫阻止邪恶来临的那对夫妇的悲伤故事。

但是他们徘徊。令人沉闷的是，森林径直回到了定居点，在这里，海丝特·白兰必须再次承担起她不知所措的重担，而牧师对他的好名声却是空洞的嘲讽！所以他们徘徊了一会儿。金色的光辉从来没有像这片黑暗的森林的幽暗般珍贵。在这里只有他的眼睛才能看到，鲜红的字母不必燃烧到堕落的女人的怀抱中！在这里只有她的眼睛，亚瑟·迪姆斯代尔，对上帝和人而言都是虚假的，也许有一段时间了！

他以突然想到的想法开始。

"嗨！"他喊道："这是一个新的恐怖！罗杰·希林沃思知道你要展现自己的真实性格。他会继续，然后保持我们的秘密吗？现在，他的复仇将如何？"

赫斯特若有所思地回答："他的本性中有一种奇怪的秘密。""而他报仇的隐秘行为使他变得越来越多。我认为他不太可能出卖这个秘密。他无疑会寻求其他手段来满足他的黑暗激情。"

"还有我！-我如何活得更长寿，与这个致命的敌人呼吸同样的空气？"亚瑟·迪姆斯代尔大叫道，他的身体在收缩，并紧张地将他的手压在他的心脏上-这种姿势对他来说是自愿的。"为我想，老兄！你很坚强。为我决心！"

赫斯特缓慢而坚定地说道："你不能再和这个男人住在一起了。""你的心一定不再在他邪恶的眼神之下！"

"那比死亡还糟！"部长回答。"但是如何避免呢？还有什么选择呢？我会再次躺在这些枯萎的叶子上吗，当你告诉我他是什么的时候我就把自己抛在了那里吗？我必须沉下去然后立刻死去吗？"

"！你的废墟真惨！"海丝特说，眼泪涌入她的眼睛。"你会因为非常虚弱而死吗？没有其他原因！"

"神的审判在我身上，"这位良心的牧师回答。"我无法与之抗争！"

赫斯特重新说道："天堂会发怜悯，但你有力量要利用它。"

"你为我坚强！"他回答。"建议我该怎么办。"

"那么，世界是如此狭窄吗？"海丝特·白兰喊道，深深地注视着这位部长，并本能地对一种如此破碎和屈服以至于几乎无法直立的精神施加了磁力。"宇宙都位于永德镇的指南针内，那是不久前还只是一片叶子丛生的沙漠，像我们周围的寂寞一样？而这导致了森林深处的踪迹？回到你的定居点，你说！是的！但是，也向前！它越深入，越深入荒野，在每一步上都不太清楚地看到；直到几英里，因此黄色的叶子不会显示出白人的脚步痕迹。一段旅程将带您从一个您最痛苦的世界，回到一个您可能仍会快乐的世界！在这片无边无际的森林中，没有足够的阴影遮蔽您的心，使之免受罗杰·奇林沃思沃斯的凝视吗？"

"是的，下；但只有在落叶下！"部长回答，带着悲伤的微笑。

"那便有广阔的海洋之路！"持续的犹豫。"它带给您的是。如果您这样选择，它将再次带您回来。在我们的祖国，无论是在偏远的乡村，还是在广阔的伦敦-或在德国，法国，在宜人的意大利-您这将超出他的能力和知识！您与所有这些铁人以及他们的意见有什么关系？他们使您更好地参与奴役的时间已经太久了！"

"它不可能是！" 部长回答，听着好像被要求实现一个梦想。"我无能为力。像我一样痛苦和罪恶，我别无选择，只能在普罗维登斯安置我的领域中拖延我的尘世生活。迷失了自己的灵魂，我仍然会尽我所能对于其他人类灵魂！我不敢辞职，尽管他的沉闷手表将要终结，一个不忠实的哨兵肯定会给他带来死亡和耻辱！

海丝特回答说："你在这七年的痛苦中被压倒了。" 他坚定地决心用自己的力量来振作起来。"但你应将一切都丢在你后面！它不会像步伐一样笨拙，就像你沿着林间小径走一样：如果你想过海，也不要随便用船运货。把这艘沉船留在这里毁了它已经发生了，不再干涉它了！重新开始！您是否已经在这次试验的失败中用尽了可能性？并非如此！未来仍然充满试验和成功。可以享受幸福！把这种虚假的生命换成真正的生命，如果你的灵魂召唤你去执行这样的任务，那就是红人的老师和使徒，或者，正如你的本性一样，成为学者和圣人讲道！写！行动！做任何事，除了躺下而死！放弃这个亚瑟·狄姆斯代尔的名字，使自己成为另一个，并成为一个高尚的人，例如你可以穿不用恐惧或羞耻，为什么你要像在另一天折磨一样深深地折磨你，生活？那使你对意志和行动无能为力？那会让你无能为力甚至悔改吗？起来，走开！"

"哦，！" 亚瑟·迪姆斯代尔哭了起来，她的热情点燃了合适的光线，然后消失了，"你告诉我们要跟一个膝盖在他身下蹒跚的男人赛跑！我必须在这里死！没有力量或力量。勇气让我独自进入了广阔，陌生，困难的世界！"

这是对沮丧的精神沮丧的最后表达。他缺乏精力去把握似乎可以达到的更好的命运。

他重复了这个词："独自一人，！"

"你不会一个人去！"她低声说。

然后，一切都说了！

十八。一阵阳光

亚瑟·狄姆斯代尔的目光注视着海丝特的表情，确实充满了希望和喜悦，但他们之间却充满恐惧，并对她的大胆感到恐惧，她大胆地讲了他隐含的暗示，但不敢说话。

可是，怀特·普林怀着天生的勇气和活跃精神，在很长一段时间里，不仅疏远了他，而且被社会取缔，使自己习惯于对牧师完全陌生的投机自由。她在没有规则或指导的情况下，在道德荒野中徘徊，就像在未驯服的森林一样辽阔，错综复杂，阴暗，在他们的忧郁之中，他们现在正决定自己的命运。她的才智和内心就像在沙漠中一样拥有家园，在那儿，她像树林中的野印度人一样自由地漫游。多年来，她从这种疏远的角度看待人类机构，以及牧师或立法者所建立的一切；以比印第安人更崇高的敬意来批评所有人，他们对文书乐队、司法长袍、窃，绞刑架、炉边或教堂的感受。她的命运和命运的趋势是使她自由。猩红色的信是她进入其他妇女不敢踩踏的地区的护照。耻辱，绝望，孤独！这些曾经是她的老师-严厉和野蛮的-他们使她坚强，但教会了她很多不对劲。

另一方面，部长从未经历过使他超出一般公认法律范围的经验；尽管在一次事件中，他如此恐惧地超越了其中最神圣的一个。但这是激情的罪恶，不是原则，甚至是目的。自从那个悲惨的时代开始，他就以病态的热情和细微的眼光注视着他，而不是看着自己的举动-因为那些行为很容易安排-而是每一次感动，每一次思考。在当时的神职人员站着的社会制度中，他只是被制度的规定，原则甚至偏见所践踏。作为一个牧师，他的命令框架不可避免地使他陷入困境。作为一个曾经犯过罪，但由于未愈合的伤口的磨擦使他的良知一直活着并痛苦地敏感的人，他可能会被认为更安全。比起他从未从未犯罪过的美德。

因此，我们似乎看到，像海丝特·白兰一样，整个七年的违法和声名狼藉不过是为这一小时的准备而已。但是亚瑟·迪姆斯代尔！这样的人又跌倒了，在减轻他的罪行方面可以敦促采取什么呼吁？没有；除非能使他在某种程度上被长期而精巧的苦难所折服；他的思绪因使他痛苦的悔而变得黑暗和困惑；在逃避作为一个公开宣告的罪犯和仍然作为伪君子之间，良心可能会发现很难达到平衡；避免死亡和侮辱的危险以及敌人的诡计多端是人类的行为；最后，对于这个可怜的朝圣者，在他沉闷而荒凉的道路上，昏昏欲睡，病痛，悲惨，瞥见了人类的情感和同情，新的生活和真实的生活，以换取他那沉重的厄运。现在到期了。并且要说出严厉而可悲的真理，就是在这种凡人的状态下，内曾经使人的灵魂遭受的破坏是永远无法修复的。可以对其进行监视和守卫，以使敌人不会再强行进入城堡，甚至可能在随后的袭击中选择其他途径，优先于他以前的成功途径。但是那堵墙仍然是残垣断壁，在它的附近，敌人的隐形面将再次夺回他那被人们遗忘的胜利。

这场斗争，如果有的话，就不必描述了。牧师决心逃跑，而不是一个人就足够了。

他想："如果在过去的七年中，我可以回想起一刻的和平或希望，但为了忍受上天的怜悯，我仍然会忍受。但是现在-因为我无可挽回地注定了失败-因此应该我不会在被执行死刑的罪犯面前夺取慰藉吗？或者，如果这是通向更好生活的道路，就像海丝特说服我的那样，我肯定不会因为追求它而放弃更公平的前景！她的陪伴；她的力量如此强大，以至于可以抚慰她！我不敢向我睁开眼睛，你还想赦免我吗？

"你会去的！" 当他见到她时，海丝丝平静地说道。

一旦做出决定，一阵奇怪的享受使他忽隐忽现的光芒笼罩着他的乳房。令人振奋的效果是，一个囚犯刚刚从自己内心的地牢中逃脱出来，呼吸着未赎回，未基督教化，无法无天的地区的狂野，自由的气氛。与使他一直在地球上徘徊的所有苦难相比，他的精神像往常一样上升，并获得了更近的天空前景。出于一种虔诚的宗教气质，他的心情中不可避免地带有一种虔诚的色彩。

"我再次感到高兴吗？"他哭了，想知道自己。"它的病菌已经死在我身上了！哦，，你是我更好的天使！我似乎已经把自己-生病，染上了罪恶，悲伤的乌黑-投掷到了这些森林的叶子上，并复活了所有人都焕然一新，并有了新的力量来赞美曾经仁慈的他！这已经是更好的生活！为什么我们没有早找到呢？"

"让我们不要回头，"海丝特·普林尼回答。"过去已经过去！为什么我们现在应该流连忘返？看！用这个符号我将其全部撤消，并使它变得从未有过！"

如此说来，她解开了紧扣红字的扣环，然后将其从怀里取出，扔到了枯叶之间。神秘的标记降落在溪流的原处。如果再往前走，它就会掉进水里，给小溪再添麻烦，除了那难以理解的故事，它还在继续发牢骚。但是那里放着绣着的字母，像丢失的珠宝一样闪闪发光，有些运气不好的流浪者可能会捡起它，从那以后就被奇怪的罪恶感，内心的沉沦和无法估量的不幸困扰着。

耻辱消失了，海丝特发出了长长的深深的叹息，其中羞耻和痛苦的重担从她的精神上移开了。精美的救济！她直到感到自由才知道体重！又一次冲动，她摘下了束缚头发的正式帽子，然后落在肩膀上，又黑又富，充满了阴影和光影，赋予了她柔软的魅力。在她的嘴里嬉戏，从她的眼睛中发出光芒，灿烂而温柔的微笑，似乎从女人心中涌出。深红的脸颊上泛着深红色的光芒，那是如此的苍白。她的性，青春和美丽的全部丰富，从男人所谓的不可挽回的过去中恢复过来，并在这个小时的魔幻圈子中，将她的初生希望和幸福带给了自己。仿佛大地和天空的阴郁只是这两个凡人之心的流出，随着他们的悲伤消失了。突然，如同天堂般的笑容一样，四处射出阳光，将大量的洪水倾泻到朦胧的森林中，使每片绿叶高兴，将黄色的落叶转化成金色，并在庄重的树木的灰色树干上闪闪发光。迄今为止已经形成阴影的物体现在体现了亮度。小溪流的踪迹可以追溯到远处的欢乐之光，一直到木头的神秘之心。

这就是自然的同情，即这两种精神的幸福感，使森林的野性，异域自然不受人类法则的束缚，也没有受到更高真理的照亮。爱情，无论是新生的，还是像死神般的沉睡所唤起的，都必须创造出阳光，充满心灵的光芒，使之溢出到外在世界。如果森林仍然保持阴暗，在海丝特的眼中会是明亮的，在亚瑟·迪姆梅斯代尔的眼中将是明亮的！

海丝特兴奋地看着他。

"你必须知道珍珠！" 她说。"我们的小珍珠！您见过她-是的，我知道！-但是您现在将用另一只眼睛看到她。她是一个陌生的孩子！我几乎不理解她！但是您会像我一样深爱着她，并且不会建议我如何对付她！"

"你以为孩子会很高兴认识我吗？" 部长有点不安地问。"我从孩子身上早就缩水了，因为他们经常表现出一种不信任感-对我来说是一种落后。我什至不怕一点珍珠！"

"啊，那太可悲了！" 母亲回答。"但是她会非常爱你，你也是她。她离你不远。我会叫她。珍珠！珍珠！"

部长说："我看到孩子了。" "她在小溪的另一边，站在阳光灿烂的地方，离小溪很远。所以，你认为孩子会爱我吗？"

海丝特微笑着，再次呼唤珍珠，正如部长所描述的那样，珍珠在一定距离处是可见的，就像一束明亮的远光在阳光中透过大弓拱落在她身上。光线来回颤抖，使她的身影变得暗淡或与众不同-现在像一个真正的孩子，现在像一个孩子的精神-随着辉煌的来临而又来了。她听到了母亲的声音，然后慢慢地穿过森林。

珀尔（母亲）和牧师坐在一起谈话时，珀尔没有感到疲倦。巨大的黑森林-向那些将世界的罪恶和烦恼带入怀抱的人们展示出来的严峻环境-成为了孤独婴儿的玩伴，并且知道如何做。尽管那是阴沉的，但它充满了热情地欢迎她。它给了她果，一个前一个秋天的果实，但直到春天才成熟，现在枯萎的叶子上像一滴血一样红了。这些珍珠聚集在一起，并对它们的野味感到满意。荒野中的小居民几乎不费劲就走出自己的路。确实有一只在她身后十只鸡的威胁性地往前跑，但不久后就为她的凶猛而悔，并向年轻的孩子表示敬畏。一只鸽子，独自在低矮的树枝上，让珍珠从下面飞过，发出的声音既像警报，也像警报。一只松鼠，从他家树的高处深处，发怒或兴高采烈地颤抖着-因为这只松鼠是一个胆小又幽默的小人物，很难区分他的心情-所以他着孩子，甩了甩。在她的头上放一个坚果。那是去年的坚果，已经被他的锋利的牙齿住了。一只狐狸因睡着的脚步轻而易举地从睡梦中惊醒，好奇地看着珍珠，怀疑是偷窃还是在同一地点重新小睡是更好的选择。据说是狼，但传说确实已经陷入了难以置信的地步，来到并闻到珍珠长袍的气味，并提出了要用她的野蛮头部拍打她的手。然而，事实似乎是，母林和它所养育的这些野外事物，全都认可了人类孩子的亲缘旷野。

她在这里比在定居点的草木街道或母亲的小屋里温柔。凉亭似乎知道了，当她经过时，一个又一个小声说："你要与我自己装饰，一个漂亮的孩子，与我一起装饰自己！"-为了取悦他们，珍珠采摘了紫罗兰，海葵和。还有一些最新鲜的绿色树枝，那棵老树在她眼前垂下。有了这些，她修饰了头发和年轻的腰部，成为了若虫儿童，婴儿树精或其他与古董木头最相似的东西。珍珠装扮成这样，当她听到母亲的声音时，她慢慢地回来了。

慢慢地-因为她看到了牧师！

。溪边的孩子

海丝特·普林恩重复道："你将深深地爱她。"她和牧师坐在一起看着小珍珠。"你不觉得她漂亮吗？看看她用什么自然的技巧使那些简单的花朵装饰了她！如果她把珍珠、钻石和红宝石放在木头上，它们不可能变得更好！她是一个灿烂的孩子。！但是我知道她拥有谁的额头！"

"你知道吗，海丝特，"亚瑟·迪姆斯代尔含糊不清地笑着说，"这个亲爱的孩子总是在你身边绊倒，引起了我很多警报？方法-哦，海丝特，那是什么想法，以及真是可怕的可怕！-我的特征在她的脸上被部分地重复了，如此惊人，以至于整个世界都可以看到它们！但是她几乎是你的！"

"不，不！不是大多数！"妈妈笑着回答。"再呆一会儿，你不必害怕去追踪她是谁的孩子。但是，她的头发上种着野花的样子，她看起来有多奇妙！就像是我们留在亲爱的老英国的仙女之一，摆了她出去见我们。"

他们坐着看着珍珠的缓慢前进，是他们俩从未经历过的那种感觉。在她身上可以看到团结他们的领带。在过去的七年里，她被提供给世界，作为活着的象形文字，在其中揭示了他们如此黑暗地试图隐藏的秘密-所有都是用这个符号写的-都清楚地表明了-有一个先知或魔术师精通阅读火焰的性格！珍珠是他们生命的一体。成为已成定局的邪恶，当他们立刻看到他们相遇的物质结合和精神观念，并要永生地在一起时，他们怎么会怀疑自己的尘世生活和未来的命运结合在一起；像这样的想法-以及其他可能未被他们认可或定义的想法-使孩子敬畏。

"让她以你与她相处的方式，看不出任何奇怪的东西，没有激情或渴望，"海丝丝低语。"我们的珍珠有时是一个健康而奇妙的小精灵。尤其是当她不完全理解为什么和为什么时，她通常对情感不容忍。但是孩子有深厚的感情！她爱我，并且会爱你！"

部长一边看着海丝特·普林妮说："你不能思考，我的内心对这份采访感到恐惧，并渴望得到它！但是，实际上，正如我已经告诉过你的，孩子们不容易赢得熟悉我，他们不会攀爬我的膝盖，不会在我的耳朵里啪作响，也不会回应我的微笑，而是分开站着，奇怪地注视着我；即使是小宝贝，当我把它们抱在怀里时，它也会痛苦地哭泣。她的一生，对我很友善！第一次-你很清楚！最后一次是你带着她带你去永登严厉的总督府。

"你为她和我如此勇敢地恳求！"母亲回答。"我记得了；一点珍珠也不会。不要害怕。她起初可能很陌生而害羞，但很快就会学会爱你！"

此时，珍珠已经到达了小溪的边缘，站在另一边，静静地注视着海丝特和牧师，他们仍然坐在长满苔藓的树干上等待着她。就在她停下来的地方，小溪偶然地形成了一个光滑而宁静的游泳池，它在花朵和花环的装饰下反映出她的小人物的完美形象，以及她美丽的所有美丽如画，但更加精致和比现实更精神化。这种与活着的珍珠几乎一样的图像，似乎在向孩子本人传达了某种阴影和无形的品质。奇怪的是，珍珠的站立方式，在森林暗淡的朦胧中坚定地注视着它们，同时，她自己也都被一缕阳光所美化，被某种同情吸引了。在下面的小溪中，另一个孩子-另一个和另一个孩子-同样有着金色的光芒。海丝特以一种模糊而诱人的方式感到自己与珍珠疏远了，好像孩子在孤独地漫步穿过森林时，已经偏离了她和母亲共同居住的范围，现在徒劳地寻求返回对此。

印象中既有真理又有错误；孩子和母亲是疏远的，但是是由于海丝特的错，而不是珍珠的错。由于后者从她身边走来走去，另一名囚犯被接纳在母亲的感情圈内，因此改变了一切，使返回的流浪者珍珠找不到她喜欢的地方，几乎不知道她在哪里。。

这位敏感的牧师说："我有一个奇怪的幻想，这条小溪是两个世界之间的边界，你再也见不到你的珍珠了。或者她是精灵鱼，就像我们童年时代的传说一样我们，被禁止穿越人流吗？请赶紧她，因为这种延迟已经使我的神经震颤。"

"来吧，最亲爱的孩子！" 海丝特兴奋地说道，伸开双臂。"你有多慢！你以前什么时候这么迟钝？这是我的一个朋友，谁也必须也是你的朋友。此后，你将拥有的爱是你母亲单单能给你的爱的两倍！飞越小溪，来找我们吧。您可以像小鹿一样跳跃！"

珍珠，对这些甜蜜的表情没有任何反应，仍然留在小溪的另一侧。现在，她将明亮的狂野的眼睛固定在母亲，现在的牧师身上，并且现在将它们都一目了然，好像是要发现自己并向他们解释彼此之间的关系。由于某种无法解释的原因，当亚瑟·迪姆斯代尔感觉到孩子的眼睛盯着自己时，他的手（惯于惯常以致变得不自愿的手势）偷偷摸摸地穿在他的心脏上。终于，珍珠散发着独特的威力，伸出了她的手，伸出了小食指，明显地指向了母亲的乳房。在小溪的镜子下面，有花环，阳光照耀的小珍珠，也指向她的小食指。

"你是个奇怪的孩子！你为什么不来找我？" 惊呼

海丝特。

珍珠仍然指向她的食指，眉头上皱起眉头，这从传达其特征的幼稚，几乎像婴儿的方面给人留下了深刻的印象。当她的母亲仍在继续向她招手时，她的脸庞穿着一副不习惯的微笑的节日套装，孩子的脚印变得更加直，表情更加刻板。溪流中再次出现了影像的奇妙美感，其反光的眉头，尖锐的手指和粗的手势，着重强调了小珍珠的外观。

"拥有，珍珠，否则我会生你的气！" 海丝特·珀琳哭了，但是，在其他季节，小孩子却坚持这种行为，现在自然渴望着一种更加轻率的举止。"越过小溪，调皮的孩子，跑到这里！否则我必须来找你！"

但是珍珠，丝毫没有激起母亲的威胁，反而被她的恳求所平息了。现在，珍珠突然爆发出一种激情，猛烈地打手势，把这个小小的身材变成了最奢侈的扭曲。她伴随着这场狂野的爆发，伴随着刺耳的尖叫声，树林四面都回荡着，因此，仅当她正处于幼稚和不合理的愤怒中时，似乎有一群隐藏的群众在向她致以同情和鼓励。在溪流中再次看到的是珍珠般阴暗的怒气，上面冠有花朵，周围环绕着花朵，但着脚，疯狂地打了个手势，总之，仍然用小食指指着海丝的怀抱。

"我知道孩子有什么病，"神职人员低声说道，尽管竭力掩饰自己的麻烦和烦恼，他还是脸色苍白。"孩子不会遵守任何习惯的改变，丝毫没有改变。每天都在他们的眼前。珍珠想念她一直见我穿的东西！"

牧师回答说："我祈祷你，如果你没有任何办法安抚孩子，那就去做吧！除非那是像女主人希宾斯那样的老巫婆的恼，"他试图微笑着补充道，"我知道没有比我对孩子的热情更能满足的了。在珍珠的年轻美丽中，就像在起皱的女巫中一样，它具有超自然的效果。如果你爱我，就可以安抚她！"

她的脸庞再次转向珍珠，脸颊上绯红的脸红了，神职人员一旁有意识地瞥了一眼，然后是一声沉重的叹息，而即使在她还没来得及讲话的时候，脸红就变成了致命的苍白。

"珍珠，"她悲伤地说道，"低头看着你的脚！在那！在你面前！在小溪的那一边！"

孩子把视线移到指示的位置，那条鲜红的字母紧贴在小溪的边缘，以至于金色的刺绣在里面反映出来。

"把它带到这里！"子说。

"过来，拿起来！" 回答珍珠。

"曾经是个孩子！" 留给大臣的之以鼻。"哦，关于她，我有很多话要告诉你！但是，实际上，她对这个可恨的信物是对的。我必须忍受它的酷刑再多一点-只有几天，直到我们离开这个地区为止。，再回头看看我们梦以求的土地。森林无法掩盖它！大洋中部将它从我手里拿下来，永远吞下去！"

这些话使她前进到小溪的边缘，拿起了那红字，然后又重新固定在她的怀里。希望，但是就在片刻之前，就像海丝特所说的将其淹没在深海中一样，她从命运的手中得到了这种致命的象征，她不可避免地注定了厄运。她把它扔进了无限的空间！她已经呼吸了一个小时！这又是旧地方闪闪发光的猩红色苦难！因此，无论邪恶与否，邪恶的行为本身都会以厄运为特征。接下来，海丝特收起了她那束沉重的发束，将它们束缚在帽子下。她的美丽，她的女人味的温暖和丰富，仿佛在悲伤的信中散发出枯萎的咒语，像淡淡的阳光一样散去，灰色的阴影似乎笼罩着她。

当发生沉闷的变化时，她伸出了手，

伸向珍珠。

"孩子，你现在知道你母亲了吗？"，她责备地问，但语气柔和。"既然她对她感到羞耻，而现在她感到难过，您是否会穿过小溪并拥有您的母亲？"

"是的，现在我会的！"那个孩子回答说，越过小溪，在她怀里紧紧握着海丝特："现在你确实是我的母亲！我是你的小明珠！"

她以一种平常不温柔的心情，拉下母亲的头，亲了一下额头和双颊。但是后来，由于一种必然性，这总是促使这个孩子对痛苦中可能给她的安慰带来些许安慰，珍珠也抬起了嘴，也亲吻了那红字。

"那不是很好！"子说。"当你给我一点爱的时候，你就嘲笑我！"

"大臣为什么坐在那里呢？"珍珠问。

她的母亲说："他等着欢迎你。""来吧，祈求他的祝福！他爱你，我的小珍珠，也爱你的母亲。你不爱他吗？他渴望向你打招呼！"

"他爱我们吗？"珍珠说，敏锐地抬头看着母亲的脸。"他会和我们一起走回去，我们三个一起进城吗？"

"现在不行，我的孩子，"海丝特回答。"但是在未来的日子里，他将与我们携手同行。我们将拥有自己的家和壁炉旁；您将坐在他的膝盖上；他将教给您很多东西，并深爱着您。您将爱着他-你不会吗？"

"他会一直把手放在心上吗？"询问珍珠。

"愚蠢的孩子,那是什么问题!" 母亲大叫。

"过来,问他的祝福!"

但是,无论是受到每个抚养的孩子对一个危险对手的嫉妒本能的影响,还是由于她怪异天性的任性,珍珠都不会对牧师产生任何帮助。她的母亲只是用武力将她抚养起来,向后仰去,并以奇怪的鬼脸表现出她的不情愿。其中,从婴儿期开始,她就拥有一种独特的品种,可以将自己的移动相貌转变为一系列不同的方面,并且在每个方面都带来新的恶作剧。部长很痛苦地感到尴尬,但希望亲吻能证明他是护身符,使他接受孩子的亲切问候。此后,珍珠从她的母亲那儿挣脱出来,奔向小溪,弯腰弯腰,沐浴着她的额头,直到不受欢迎的吻被冲走,并在长时间的滑水中扩散开了。然后她分开了,静静地看着海丝特和牧师。他们一起讨论并作出了新职位所建议的安排,并很快实现了目标。

如今,这个决定性的采访已经结束。戴尔将独自呆在那漆黑的老树之中,这些树以其众多的舌头,会悄悄地传给那里过去的一切,而没有凡人是明智的。忧郁的小溪将使这个故事再加上一个谜,因为它的小心脏已经不堪重负,但它仍然保持着喃喃自语的,吟,没有比迄今为止的年龄更白皙的语调。

。迷宫中的大臣

牧师离开时，在着白和一点珍珠之前，向后看了一眼，一半人期望他只能发现一些隐隐可见的母婴特征或轮廓，并逐渐淡入树林的暮色中。如此巨大的沧桑无法立刻被接受。但是有一个穿着她的灰色长袍的徒，仍然站在树干旁边，树干在很久以前就被推倒了，从那以后那段时间就被青苔所覆盖，所以这两个不幸的人是地球上最重的负担他们，也许在那里坐下，找到一个小时的休息和慰藉。那里也有珍珠，从小溪的边缘轻轻地跳着-既然那侵入性的第三人走了，就把她的老地方放在母亲的身边。部长没有睡着做梦！

为了使自己的头脑摆脱这种模棱两可的印象，并以一种奇怪的不安感困扰了他，他回顾并更彻底地定义了海丝特和他本人为他们的离开而拟定的计划。他们之间已经确定，与新英格兰或整个美国的荒野相比，旧世界及其人群和城市为他们提供了更合格的住所和隐蔽处，其替代品包括印第安棚屋或少数散落在欧洲的定居点沿着海边稀疏地走。更不用说神职人员的健康了，以至于不足以维持森林生活的艰辛，他的天赋，他的文化以及他的整个发展，只能在文明和精致的环境中为他提供一个家；国家越高，男人就越适应它。为了促进这种选择，碰巧有一条船躺在港口；毫无疑问的巡洋舰中的一艘，经常在那天出没，虽然不是绝对的深海之徒，但却以极不负责任的性格在其表面漫游。这艘船最近从西班牙主港抵达，将在三天后驶向布里斯托尔。海丝特·普林的职业是作为一个自力更生的慈善姐妹，她结识了船长和船员。她可以自己确保两个人和一个孩子的身世，而所有这些秘密都使情况变得不可取。

这位部长毫无疑问地询问了有关船名的确切时间。大概是从现在开始的第四天。"这很幸运！" 然后他对自己说。现在，为什么尊敬先生。认为它很幸运，我们不愿透露。但是，为了不让读者退缩，这是因为从现在起的第三天，他将宣讲选举布道；而且，在新英格兰牧师的生活中，这是一个光荣的时代，他不可能有更合适的方式和时间终止自己的职业生涯。这个模范的男人想："至少他们会说我。我不认为任何未履行或不良的公共职责！" 可悲的是，的确如此悲惨地欺骗了像这位可怜的部长那样深刻而敏锐的内省！我们曾经有过而且可能还有更糟糕的事情要告诉他；但是，我们没有一个人这么脆弱，我们感到忧虑。暂时没有证据表明这种微妙的疾病早已开始被他的性格所吞噬。任何人在任何相当长的时期内都不能对自己的脸庞张开，而对众人也可以张开另一张脸，直到最后才对这可能是对的感到困惑。

先生先生的兴奋 当他从接受海丝特的采访中回来时，的感受，借给他了不习惯的体力，并迅速地将他赶往城镇。与他在外出旅行中所记得的情况相比，树林间的道路显得更加狂野，带有粗鲁的自然障碍的更加残酷，人脚的踩踏也更少。但是他越过了崎的地方，穿过了紧贴的灌木丛，爬上了山峰，陷入了空洞，总之克服了赛道上的所有困难，令人不寒而栗的活动使他惊讶。他不禁想起前两天，他多么疲惫，频繁的呼吸停顿，在同一块土地上劳作。当他走到城镇附近时，他从呈现给自己的一系列熟悉的物体中获得了变化的印象。自从他辞职以来，似乎不是昨天，不是一个，不是两个，而是许多天，甚至几年前。正如他记得的那样，的确确实是那里的每条街道痕迹，以及房屋的所有奇特特征，有许多山墙尖峰，在他记忆中的每一个地方都充满了风向标。然而，这种重要的，令人难以置信的变化感还是存在的。关于他遇到的小城镇，以及他所认识的所有人类生活形态，情况也是如此。他们现在看起来既不老也不年轻。老年人的胡须没有变白，昨天爬行的婴儿今天也不能走路。无法描述他们与他最近给予他分手的人在哪些方面有所不同；然而，这位部长最深刻的见识似乎使他了解了他们的变数。当他经过自己教堂的墙壁时，给他的印象最为明显。大厦有一个非常奇怪但又熟悉的方面，以至于先生。的思想在两种思想之间摇摆；要么他只是迄今为止的一个梦中才看到它，要么他现在只是在做梦。

这种现象以它所假定的各种形状表示没有外部变化，但是对熟悉的场景的观众来说却是突然而重要的变化，以至于一天的介入空间就像他的岁月一样在他的意识中起作用。传道人的意志，他的意志和意志，以及他们之间的命运，促成了这种转变。它是迄今为止的同一个城镇，但是同一位牧师不是从森林里回来的。他可能对跟他打招呼的朋友说："我不是你要带给我的男人！我把他留在森林里，藏在一个苔藓的树干里，在一条忧郁的小溪旁，躲藏起来，变成了一个秘密的树！找你的牧师，看看他瘦弱的身材，瘦削的脸颊，白色的，沉重的，皱着眉头的眉毛，是否像被脱掉的衣服一样不掉下来！" 毫无疑问，他的朋友们仍然会与他坚持-"你是你自己的男人！" 但是错误应该是他们自己的，而不是他的。

在先生之前 到达家中，他的内心人给了他其他思想和感觉领域革命的证据。实际上，在那个内部王国中，朝代和道德准则的彻底改变，不足以解释现在传达给不幸和震惊的传道人的冲动。在每一个步骤中，他都被激发去做一些奇怪的，疯狂的，邪恶的事情或其他事情，尽管他本人认为这将是一次非自愿和故意的，但比反对冲动的人具有更深刻的自我。例如，他遇到了自己的一位执事。好老头以父辈的爱戴和父权制的特权向他讲话，他的崇高年龄，正直和圣洁的品格以及他在教堂中的地位使他有权使用，并与之相伴而来，是对他的深切敬拜。部长的专业和私人要求都需要。从没有那么高的社会地位和较低的赋等级到更高的年龄，再没有比这更好的例子说明年龄和智慧的威严如何与顺服和尊重相称。现在，在牧师之间约两三分钟的谈话中。迪姆斯代尔和这个留着胡子的优秀执事，只有通过最谨慎的自我控制，前者才能避免说出某些亵渎神明的建议，并尊重共进晚餐。他绝对颤抖着变成灰烬，免得他的舌头在这些可怕的事情上发抖，并恳请他自己同意，而他并没有公平地答应。而且，即使心中充满了恐惧，他还是无法避免笑出，以为这位成圣的重男轻女执政官会因他的部长的不忠而被石化。

同样，另一起同样性质的事件。牧师在街上匆匆走去。遇到了他教堂中最大的女成员，一个虔诚而模范的老太太，贫穷，丧偶，孤独，对死去的丈夫和孩子以及很久以前死去的朋友怀有满怀怀念之情。地面上堆满了多层的墓碑。然而，所有这些本来会是沉重的悲伤，却因宗教的安慰和圣经的真理而使她虔诚的老灵魂几乎庄严肃穆，这使她不断地养活自己三十多年。自从先生。接管了她，好祖母的首要尘世安慰——除非同样是一种天堂般的安慰，否则根本就没有——是偶然地或出于既定目的与她的牧师见面，并感到神清气爽一道温暖，芬芳，令人垂涎的福音真理，从他心爱的嘴唇传到了她那沉闷却细心的耳朵。但是，在这种情况下，直到他把嘴唇放在老妇的耳朵上为止。正如灵魂的大敌所愿，丁姆斯代尔除了简短，尖刻的语言外，再也没有其他经文，也没有其他任何东西，对他而言，这是对人类灵魂永生的无可辩驳的论据。如果把它注入她的脑海，可能是由于强烈的有毒的注入，使这位年迈的姐姐立即跌倒了。他真正的低语，部长以后再也回想不到。也许是因为他的话语很幸运，这种失调未能使对寡妇的善解人意产生任何不同的想法，或者天意是用自己的方法来解释的。当然，当部长回头看时，他看到了神的感谢和狂喜的表情，就像天上城市照在她脸上的光芒一样，如此皱纹和灰白色。

再次，第三次。从老教会成员离职后，他遇到了他们所有人中最小的妹妹。这是一个新来的少女，并由牧师先生赢得。昏暗的代言人在守夜后的安息日发表自己的讲道，以换取世界的短暂快乐，以求天上的希望随着生活在她周围的黑暗而变得更加光明，并最终将荣耀笼罩在黑暗中。她像天堂里盛开的百合一样清纯。部长很清楚他自己被她内心的圣洁所笼罩，这圣洁的雪幕笼罩着他的形象，为宗教赋予了爱的温暖，并热爱着宗教的纯洁。那天下午，撒旦无疑将那个可怜的小女孩从母亲的身边带走了，把她丢进了这个极度诱惑的路，或者-我们宁愿说吗？-这个失落而绝望的男人。当她靠近时，大魔王低声说他凝结成一个小罗盘，把一种邪恶的细菌落入她温柔的怀里，它肯定会很快开花，并有时结出黑色的果实。这就是他对这个处女灵魂的力量感，就像她一样信任他，使牧师感到有能力以一种邪恶的眼神毁灭整个纯真领域，并且只用一个词就能发展出所有相反的事物。因此，他比以往任何时候都更加坚强地挣扎着，把他的日内瓦斗篷举在脸上，然后急忙向前走，没有任何认出的迹象，让年轻妹妹尽可能地消化了自己的无礼。她洗劫了自己的良心-充满了无害的小事，例如她的口袋或工作袋-并把自己带到任务上，可怜的东西！一千个虚构的缺点，第二天早晨她的眼皮肿了。

在部长有时间庆祝他在最后一次诱惑中的胜利之前，他意识到另一种冲动，更加荒唐可笑，而且几乎是同样可怕。那是-我们脸红了-就是要在路上停下来，并向在那儿玩耍但刚刚开始说话的一群清教徒小孩子讲一些非常邪恶的话。他否认自己是个怪人，因为他的衣服不值钱，他遇到了一个醉酒的海员，这是一名来自西班牙主要船员的船员。可怜的先生，在这里，因为他如此勇敢地铲除了所有其他邪恶。至少渴望与焦油的黑色守卫握手，并用一些不正当的玩笑来重新塑造自己，例如充斥着如此放荡的水手以及齐整、圆、稳固、令人满意和违背天意的誓言！不仅是他更好的原则，部分是他天生的品味，更不是因为他习惯了办事礼仪的习惯，这使他安全地度过了后来的危机。

"因此困扰和诱惑我的是什么？"部长大声对自己哭了起来，在街上停了下来，用手抚摸着额头。

"我疯了吗？还是我完全屈服于这个恶魔？我在森林里与他订立了契约，并用我的鲜血签署了吗？现在他通过暗示每个邪恶的表现来召唤我实现它吗？他最肮脏的想象力能想到什么？"

在牧师先生的那一刻。因此，与自己交往，用手抚摸着额头，据说那位老太太希宾斯（著名的女巫夫人）已经过去了。她的装扮非常隆重，穿着高高的头饰，穿着华丽的天鹅绒长袍，并用著名的黄色淀粉做成了衣领，她的特别朋友安妮·特纳在这之前就教了她这个秘密。好女人因托马斯·奥弗伯里爵士被谋杀而被绞死。无论女巫是否读过牧师的思想，她都站了下来，呆呆地看着他的脸，狡猾地微笑着，尽管尽管很少与神职人员交谈，但还是开始了对话。

"所以，尊敬的先生，您已经参观了森林。"女巫夫人看着她高高的头饰点了点头。"下一次我祈祷你只允许我一个公平的警告，我将为你承担责任而感到自豪。我不会过多地自欺欺人，我的好话将大大地赢得任何陌生的绅士的热情接待，这将使你对。"

"我自称，女士，"牧师认真地服从，如夫人的等级要求，他的良好育种也势在必行。"我凭良心和性格，自以为是很困惑。我的目的之一就是要向那个虔诚的朋友打招呼，我没有去森林里寻求有力的人，在将来的任何时候，我也不打算去那里拜访，以求得到这种人物的青睐。我的使徒离家出走，与他为他从异教徒中赢得的许多宝贵灵魂欢呼！"

"哈，哈，哈！"嘲笑那个老巫婆夫人，仍然向部长点头。"好吧，好吧！我们白天必须这样说话！你像老手一样把它拿走了！但是在午夜，在森林里，我们将一起进行其他谈话！"

她以年迈的庄重而过世，但经常回头对他微笑，就像一个愿意认识到秘密联系的亲密朋友一样。

部长想："然后我就卖掉了自己吗？"（如果有人说是真的，那黄色的，天鹅绒般的老巫婆为她的王子和主人选择了那个恶魔？）

可怜的部长！他很喜欢讨价还价！被幸福的梦想所吸引，他以前所未有的谨慎选择了自己，使自己知道致命的罪过。因此，这种罪恶的传染性毒药迅速扩散到了他的整个道德体系中。它使所有有福的冲动都灰飞烟灭，并把整个坏人的兄弟情谊唤醒了生动的生活。轻蔑，苦涩，无端的恶性，对疾病的无端渴望，对善良圣洁的嘲笑，即使他们使他感到恐惧，也都被诱惑。他与旧情妇希宾斯的相遇，如果这是一个真实的事件，的确表明了它与邪恶的凡人以及堕落的精神世界的同情和团契。

到那时，他已经到达了墓地边缘的住所，并加快了楼梯，躲进了书房。部长很高兴能到达这个庇护所，而没有首先因他在穿过街道时不断受到的那些怪异和邪恶的怪癖而出世。他进入了惯常的房间，在书本、窗户、壁炉和墙壁上挂着的挂毯上环顾了他，带着奇怪的感觉一直困扰着他，他从森林深处进入小镇，一直到那里。他在这里学习和写作；在这里经历了快速而警惕的生命，活了一半。在这里努力祈祷；这里承受了十万苦恼！有一本圣经，在其丰富的旧希伯来语中，有摩西和先知对他说话，上帝的声音遍及所有人。

桌上的桌子上，墨水笔在旁边，是一条未完成的讲道，中间一句话断了，两天前他的思绪不再涌到书页上。他知道做这些事并遭受这些苦难的他本人是那位瘦削而白皙的部长，并一直写到选举布道中！但是他似乎站了起来，以嘲笑可怜的眼神注视着这前任自我，但好奇心却是半羡慕的。那自我消失了。另一个人从森林中回来了，这是一个更明智的人，他们了解隐藏的奥秘，而前者的简单性是无法达到的。一种苦涩的知识！

当被这些反射所占据时，书房门口传来一声敲门声，部长说："进来！"-并非完全没有一个他可能会看到邪恶之灵的想法。所以他做到了！正是老罗杰·奇林沃思进入了。牧师面无表情，面无表情，一只手放在希伯来语经文上，另一只手伸到胸前。

医生说："尊敬的先生，到家了，先生，怎么找到了那个虔诚的人，使徒伊洛特？但是亲爱的先生，梅西克斯，你看上去脸色苍白，好像在旷野旅行对你来说太痛了。我的帮助是使您全心全意宣扬选举布道所必需的吗？"

"不，我认为不是。"牧师先生再次加入。。"经过漫长的学习，经过漫长的学习，我的旅途，对圣使徒的视线以及呼吸的空气对我都有益。我认为您不再需要您的药物，我的好医生，尽管如此他们应该是由友好的手来管理的。"

在所有这些时间里，罗杰·史金斯沃思一直在严肃地看着这位部长，医生对他的病人怀着严肃而认真的态度。但是，尽管有这样的外表表演，但后者几乎还是相信了这位老人对自己对海丝·白兰的采访的知识，或者至少是对他的自信的怀疑。然后，医生知道，在牧师看来，他不再是一个值得信赖的朋友，而是他最大的敌人。如此广为人知，应该表达其中的一部分似乎是很自然的。然而，在单词体现事物之前，通常要经过多长时间。并且选择避免避开某个主题的两个人可以采用何种安全措施接近其边缘，并在不打扰的情况下退休。因此，这位部长丝毫不担心罗杰·希林沃思会以直言不讳地提及他们对彼此保持的真实立场。然而，医生却以他黑暗的方式在这个秘密附近恐惧地爬行了。

他说:"现在还好吗,您利用我的拙劣技能吗?亲爱的先生,真的,在这次选举中,我们必须竭尽全力使您变得强大有朝气。人民正在向您寻求伟大的东西。,担心会再过一年,发现他们的牧师不见了。"

部长以虔诚的辞职答道:"是的,到另一个世界。""天干地支,这是更好的选择;因为,我要安心地度过我的羊群,渡过又一年的繁华季节!但是,请先生,在我目前的身体状况下,触摸一下你的药,我就不需要了。"

"我很高兴听到它,"医生回答。"也许我长期以来徒劳的补救措施现在开始见效。幸福的人是我,我应该得到新英格兰人的谢意,我能做到这一点!"

牧师先生说:"最衷心的朋友,我衷心感谢你。"昏暗的微笑。"我感谢你,只能以我的祈祷来回报你的善行。"

"一个好人的祈祷是无价之宝!"当他离开时,重新加入了老罗杰·奇林沃思。"是的,它们是新耶路撒冷的当前金币,上面印有国王自己的薄荷标记!"

部长独自一人,召见了房子的一个仆人,并要求食物,食物摆在他面前,他食欲旺盛。然后,他把已经写好的大选布道讲稿扔到了火上,他立即开始了另一本,他以一种冲动的思想和情感来写,以至于自己被激发了灵感。只是想知道天堂应该通过像他这样肮脏的管风琴来传播神谕的宏伟庄重的音乐。但是，他留下了自己的谜团来解决自己，或者永远无法解决，所以他急切地仓促和狂喜地继续完成自己的任务。

夜色就这样消失了，仿佛它是一只有翼的骏马，他在那儿奋力前进。早晨到了，透过窗帘窥视着，脸红了。最后日出升起一道金色的光束进入书房，并把它放在部长眼花缭乱的眼睛上。他在那里，笔还停留在他的手指之间，背后是巨大而无法估量的书写空间！

。新英格兰假期

新任州长要在人民手中接任总统的那天早上，海丝特·白兰和一点点珍珠就进入了市场。它已经被城镇的工匠和其他平民居住的人群所吸引，其中相当多的人，其中包括许多粗糙的人物，他们的鹿皮装扮使他们属于某些森林聚居区，周围是小片的小聚落。殖民地的大都市。

在这个公共假期中，就像七年来其他所有场合一样，海丝特身着粗灰布衣服。它的色彩不仅仅在于其时尚上某种难以形容的独特性，还在于其使她个人淡出视线和轮廓的效果；红字再次使她从朦胧的朦胧中带回了她，并在其自身照明的道德方面向她展示了她。她的脸庞已经很久了，被镇民所熟悉，露出了他们惯于在那里看到的大理石静。它就像一个面具。或者，就像死去的女人的身体被冻住的平静一样；由于这种令人毛骨悚然的相似，就同情主张而言，赫斯特实际上已经死了，并离开了她似乎仍然与之交往的世界。

在这一天，也许有一种表达以前从未出现过，或者甚至还不够生动，现在无法被察觉。除非某些具有天赋的天才观察者应该先阅读心脏，然后再寻求其面容和面貌的相应发展。这样一个属灵的先知可能会想到，在经历了数年的苦难之后，她成为了必需品，苦行和一种严厉的宗教信仰，在此之后，她现在又一次遇到了这种苦难。为了自由地，自愿地将长期以来的痛苦转化为一种胜利。"看看最后的那封红字及其佩戴者！"-人民的受害者和终身奴役，就像他们对她的幻想一样，可能对他们说。"再过一会儿，她将遥不可及！再过几个小时，深而神秘的海洋将永远消失，并掩盖你们在怀抱上燃烧的象征！" 在她即将摆脱痛苦的那一刻，我们想让她怀着一种悔的心态，这在人类的天性上也不会太过让人难以置信。可能没有一种不可抗拒的渴望，要扑灭那杯艾草和芦荟的最后一个漫长而喘不过气来的草稿，这几乎使她所有的女性时光都得到了永恒的滋味。从今以后将要呈现在她嘴上的生命之酒，必须在其追逐而又金色的烧杯中确实丰富，美味，令人振奋，否则在苦毒使他沉醉于酒后留下不可避免的疲倦的语言，如最强烈的热情。

珍珠以轻快的步调装饰。不可能猜测这种明亮而阳光明媚的幽灵归因于阴暗的灰色形状。或是那种花哨的花哨，一时如此华丽而又细腻，以至于必须要制作孩子的服装，而后者却完成了一项任务，也许更加艰巨，为海斯特的简单长袍赋予了独特的特色。这件礼服对小珍珠来说是如此恰当，似乎是她的性格的一种流露或不可避免的发展和外在表现，与从她身上分离的仅是蝴蝶翅膀上的鲜艳色彩或从叶子上绘出的荣耀而已一朵明亮的花。和这些孩子一样 她的服装与她的本性完全是一个主意。此外，在这一多事的日子里，她的心情中充满了一种奇异的沉着和激动，与钻石的闪烁无相像，它随着显示着它的乳房的各种动而闪闪发光。孩子们总是对与他们有联系的人的同情心表示同情：尤其是在家庭环境中，总是感到任何麻烦或即将发生的革命。因此，珍珠，是母亲不安的怀抱中的宝石，由于她精神的跳动而出卖了，这种情感在海丝特·海丝特的眉头被动中无法察觉。

这种泡腾使她的身体像鸟一样运动，而不是在母亲的身边走动。

她不停地大喊大叫，狂野，口齿不清，有时甚至刺耳。当他们到达市场时，她变得更加不安，察觉到了使现场活跃起来的喧嚣。因为它通常更像是在一个乡村会议厅前的广阔而寂寞的绿色，而不是小镇商业的中心。

"为什么，妈妈，这是什么？" 她哭了。"为什么所有的人今天都离开了工作？今天是整个世界的娱乐日吗？瞧，有个铁匠！他洗了乌黑的脸，穿上安息日的衣服，看上去像如果他高兴地高兴，如果有任何一种身体只会教他如何做的话；还有老夫，老监狱长，向我点头和微笑。他为什么这样做，妈妈？"

"他记得你一个小宝贝，我的孩子，" 海丝特回答。

"他不应该点头，对我微笑，因为那一切-那位黑人，冷酷，丑陋的老人！" 珍珠说。"如果愿意的话，他可能会向你点头；因为你身穿灰色衣服，穿着鲜红色的字母。但是，妈妈，看看陌生人有多少张面孔，其中有印第安人和水手们！他们都来了什么？在市场上呢？"

海丝特说："他们等着游行队伍过去。" "因为总督和地方法官，部长，所有的伟人和好人都将经过，音乐和士兵在他们面前行进。"

"大臣会在那里吗？" 珍珠问。"当你从溪边把我引向他时，他会伸出双手向我走吗？"

她的母亲回答说："孩子，他会在那里，但他今天不会向你打招呼，也不能向他打招呼。"

"他是个多么奇怪，可悲的人！" 孩子说，好像在对自己说话。"在漆黑的夜晚，他呼唤我们，握住你的手和我的手，就像当我们和他站在脚手架上时一样！在森林深处，那里只有老树可以听见，天空可以看见，他与你交谈，坐在一堆苔藓上！他也吻了我的额头，所以小溪几乎不会把它洗掉！但是，在这里，在晴天，在所有人当中，他了解我们不是；我们也不应该认识他！他是一个奇怪，可悲的人，他的手总是笼罩着他的心！"

她的母亲说："要安静，珍珠，你对这些事情你都不了解。" "现在不考虑部长，而是环顾你，看看今天每个人的脸都多么高兴。孩子来自学校，成年人来自工作坊和领域，目的是为了幸福，，今天，一个新人开始统治他们；因此-自从一个国家成立以来，人类的风俗习惯-他们就使人们感到快乐和高兴：仿佛美好的黄金岁月已经到来越过可怜的旧世界！"

正如海丝特所说的那样，关于无可救药的欢乐使人们的面孔焕然一新。进入这一年的节日季节-清教徒已经并将继续在两个世纪的大部分时间里-清教徒压缩了他们认为对人类体弱允许的任何欢乐和公众欢乐；因此，到目前为止，它消除了习惯性的阴云，以至于在一个单一的假期中，在普遍遭受苦难的时期，它们显得比大多数其他社区更为严重。

但我们也许夸大了灰色或黑褐色，这无疑代表了时代的情绪和举止。如今，在波士顿市场上的人们并非天生就是纯粹的悲观主义者。他们是英国人，他们的父亲住在伊丽莎白时代的阳光普照中。在这个被视为一大团的英格兰生活中，这似乎是世界所见证的庄严，宏伟和欢乐。如果他们遵循世袭的口味，新英格兰定居者将通过篝火，宴会，盛装游行和游行来说明所有具有公共重要性的事件。在庄严的仪式上，将欢乐的娱乐与庄严的结合起来，并给国家的长袍穿上怪诞而灿烂的刺绣，这是不现实的，而在这种节日上，一个国家会穿上这种长袍。。在庆祝殖民地政治年开始的那一天的方式中，存在着这种尝试的阴影。记忆中的辉煌的朦胧反射，淡淡的，无色的重复，重复了他们在骄傲的老伦敦所看到的一切-我们不会在皇室加冕礼上说，而是在市长的表演中-我们祖先建立的习俗，参考地方法官的年度安装。英联邦的父亲和创始人-政治家，牧师和士兵-认为有责任承担外向的国家和威严，按照古老的风格，这被视为公共和社会的适当外衣。杰出。所有这些都出现在人们眼前的游行队伍中，因此赋予了新组建的政府一个简单的框架以必要的尊严。

然后，即使不鼓励人们，人们也要放松自己对各种粗暴行业的严格和紧密的应用，即使在其他时候，这些行业似乎与他们的宗教一样都是同样的东西。在这里，的确是，在伊丽莎白时代的英国或詹姆斯时代的英国，没有一种能轻易找到流行乐的装置；没有戏剧性的粗鲁表演。没有吟游诗人，有竖琴和传奇的民谣，也没有吉利曼带着猿在听音乐跳舞。没有玩杂耍的人，他有模仿巫术的技巧；没有一个快乐的安德鲁，用他们可能呼吁最广泛的同情心的手段来挑逗许多可能具有一百年历史，但仍然有效的玩笑。活泼的几个分支的所有这些教授都将受到严厉的压制，不仅是严格的法律纪律，而且是赋予法律以生命力的普遍观念。然而，人民的伟大而诚实的面孔仍然微笑着-也许是肮脏的，但也广泛地微笑着。殖民者目睹并很早以前在乡村集市和英格兰的乡村绿地上也没有体育运动的匮乏；并认为在这种新的土壤上生存是很好的，因为它们中必不可少的勇气和男子气概。在市场上到处都可以看到以康沃尔和德文郡不同方式进行的摔跤比赛。在一个角落里，四分之一职员友善地回合。在我们的页面上已经如此提到过，而在所有的嘲笑平台上，最吸引人们注意的是，两位国防高手正开始用圆盾和大刀进行展览。但是，令民众大失所望的是，后者的事务因镇上的小贩而中断，他们不愿让这样的圣地被滥用而违反法律的威严。

总体上讲，可以肯定的是（当时人们正处于无欢乐的举止的第一阶段，而那些知道如何快乐的父亲的后代）肯定会比较他们，为了与他们的后代保持假期，即使间隔很长。他们的后代，即紧随早期移徙者的那一代人，穿着最黑的清教徒主义，使国家的面貌黯然失色，以至于随后的几年都还不足以清除它。我们尚未再次学习被忘却的欢乐艺术。

市场上的人类生活画面，尽管其一般色彩是英国移民的悲伤的灰色，棕色或黑色，但仍因某种多样的色彩而生动。一群印第安人，穿着奇特的绣花鹿皮长袍，狼皮带，红色和黄色石以及羽毛，并用弓箭和石首矛武装，以不屈不挠的重力表情脱颖而出即使是清教徒方面也可以达到。而且，就像这些彩绘的野蛮人一样狂野，它们是场景中最狂野的特征。一些船员（该船员是西班牙主要船员的一部分）来岸上看选举日的幽默，可以更恰当地宣称这种区别。他们是外表粗糙的绝望者，脸上有晒黑的脸，还有胡须。他们那条宽阔的短裤被皮带束缚在腰间，常常被一块粗糙的金板扣住，总是撑着一把长刀，有时还撑着一把剑。从他们的宽阔的棕榈叶帽子下面，闪闪发光的眼睛，即使是善良和愉悦的，也有一种动物的凶猛性。他们的行为规则无所畏惧，无所顾忌，这些约束对其他所有行为都具有约束力：在比德尔的鼻子底下抽烟，尽管每一次嗅闻都会使乡民蒙受先令的损失；并高兴地从袖珍瓶中抽出葡萄酒或水生生啤酒，他们随意地向周围的人群招标。它显着地表征了时代的不完整道德，正如我们所说的那样僵化，它授予了海员等级许可，这不仅是因为他们在岸上的怪胎，而且是因为他们的应有的条件而更加绝望的事迹。那天的水手几乎要被我们自己当作海盗提审。例如，毫无疑问，这艘船的船员虽然没有不利的航海兄弟情谊标本，但对西班牙商业的掠夺却是有罪的，正如我们应该说的那样，这会淹没他们的脖子。现代法院。

但是，在过去的海洋中，海洋是按照自己的意愿剧烈地起伏、膨胀和起泡沫的，或者仅经受着狂风的吹拂，几乎没有人为调节的尝试。浪潮中的海盗可能会放弃他的呼召，如果他选择了，他会立刻变成一个在土地上虔诚而虔诚的人；即使在他鲁的生活的整个职业生涯中，他也不被认为是不值得与之交易或随便交往的人物。因此，清教徒长者穿着他们的黑色斗篷，淀粉状带子和尖顶的帽子，对这些欢快的航海者的喧嚣和粗鲁的举止毫不留情地微笑。当被称为老罗杰·吉林沃思的著名公民被公认为与可疑船只的指挥官进行了亲密而熟悉的对话，进入市场时，既没有感到惊讶，也没有反感。

到目前为止，就服装而言，后者是最耀眼，最勇敢的人物，在众多人群中都可以看到。他的衣服上戴着许多缎带，帽子上戴着金色的花边，这条花边也被一条金链环绕，上面覆盖着一根羽毛。他旁边有一把剑，额头上有一把割刀，通过头发的排列，他看上去很着急而不是展示而不是隐藏。一个地主几乎不可能戴着这种服装，露出这副脸，并以如此高贵的气息佩戴和展示它们，而不必在裁判官面前经过严厉的质疑，并且可能招致罚款或监禁，或者可能会在股票上展出。然而，被认为是船长的所有人，都被认为与角色有关，与一条鱼鳞闪闪的鱼有关。

离开医生后，布里斯托尔号的舰长无所事事地溜达市场。直到碰巧遇到海丝特·白兰站着的那个地方之前，他似乎认出了他，毫不犹豫地向她讲话。像通常的海丝特站立着的情况一样，一个小小的闲置区域（一种魔术圈）在她周围形成了自己，尽管人们彼此相距不远，但没有人冒险或愿意闯入。这是一种强制的道德孤独感，猩红色的字母包裹着注定要命的佩戴者；部分是由于她自己的储备，部分是由于本能，尽管不再那么客气，但退出了她的同伴。现在，如果从来没有这样做过，它可以使海丝特和海员能够一起讲话而不会被窃听，从而达到了一个很好的目的。海丝特·普林恩在公众面前的名声大为改变，以至于以严格的道德举世闻名的城里的女主教不可能以比自己少的丑闻结果进行这种交往。

"所以，情妇，"水手说，"我必须请管家准备比您讨价还价还要多的泊位！在此航程中不要担心坏血病或发烧。如果是船上的外科医生和另一位医生，我们唯一的危险是来自毒品或药丸；更多地是通过令牌，因为船上有很多药剂师的东西，我用西班牙船只进行了交易。"

"你是什么意思？" 问道的赫斯特，比她允许出现的吓了一跳。"你有另一个乘客吗？"

"为什么，不认识你，"船长喊道，"这位医生-他自称的奇林沃思-愿意与您一起尝试我的机舱票价吗？恩，恩，您一定知道；因为他告诉我他是贵党中的一位，也是您所说的这位绅士的密友-他正因为这些古老的清教徒统治者而处于危险之中。"

赫斯特回答道，"他们彼此之间的确很熟，"他带着镇定的神情，尽管极为震惊。"他们长期居住在一起。"

水手和海丝特白兰之间没有任何进一步的往来。但就在那一刻，她看到了老罗杰·奇林沃思本人，站在集市的最偏僻角落对她微笑。在整个熙熙的广场上，通过所有的谈话和笑声，以及人群的各种想法，情绪和兴趣，微笑传达出秘密和恐惧的含义。

。游行

在海丝特·普林召集她的想法并考虑在这一新的令人震惊的事务中可行的做法之前，沿着连续的街道传来了军事音乐的声音。它代表了治安法官和公民游行向会议厅前进的进步：根据早先建立的习俗，并自此以后一直受到尊敬。迪姆斯代尔将举行选举布道。

很快，游行队伍的负责人以缓慢而庄重的游行示威，转弯并进入整个市场。首先是音乐。它包括各种各样的乐器，也许不完美地相互适应，演奏起来并不熟练。但是，却达到了鼓声与大声调和谐解决众多问题的伟大目标，那就是给眼前掠过的生活场景赋予更高和更多的英雄气息。起初，小珍珠拍了拍她的手，但随后突然失去了使她整天持续冒泡的不安躁动。她默默地凝视着，似乎像一条漂浮的海鸟一样在长长的隆隆声中抬起。但是，随着军乐的武器和明亮的装甲的阳光的闪烁，使她恢复了以前的心情，音乐之后紧随其后，构成了游行队伍的名誉护送。这种军队-至今仍然维持着一个团体的生存，并以古老而光荣的名声从过去的时代中走下来-没有任何雇佣军物资。它的队伍中到处都是绅士，他们感受到了军事的冲动，并试图建立一种武器学院，就像在骑士圣殿骑士协会中一样，他们可以学习科学，并且在和平运动的指导下他们，战争的做法。在公司每个成员的崇高港口，都可以看到当时时对军事人物的高估。实际上，其中一些人凭借在低地国家和欧洲战争其他领域的服务，赢得了以兵役的名称和盛名获得的头衔。而且，整个阵列都被抛光的钢所覆盖，并且在明亮的光彩上点缀着羽毛，效果令人眼前一亮，这是现代展示所无法企及的。

然而，紧随军事护送之后的那些平民百姓更值得一个体贴的观察者的眼神。即使在外向的举止上，他们也表现出威严的印记，使勇士的傲慢步伐显得庸俗，即使不是荒唐的。在那个时代，我们所谓的才华比现在少了很多考虑，但是能够产生品格稳定和尊严的大量材料却要多得多。人民通过世袭权利拥有崇高的敬意，在他们的后代中，如果崇尚敬畏，这种敬酒的比例将很小，并且在选拔和估计公职人员方面的力量将大大降低。变化可能是好事，也可能是弊病，部分可能是两者兼而有之。在过去的日子里，这些粗鲁的海岸上的英国移民-留下了国王，贵族和所有等级的可怕人物，尽管他的能力和敬畏精神仍然很强大-却将其赋予了白发和古老的眉头-长期以来的正直-扎实的智慧和悲惨的经历-那种崇高而沉重的秩序的赋赋予了永恒的理念，并受到尊重的一般定义。因此，这些原始的政治家-布兰德斯特里，恩迪科特，达德利，贝林汉姆和他们的竞争对手-通过人民的早期选择而被提升为政权，他们似乎并不总是很聪明，但以沉重的清醒而不是活动来表现出众。智力。他们有毅力和自力更生，在困难或危险的时刻，为国家的福祉而奋斗，就像一连串的悬崖冲破了狂风。此处指出的性格特征在新殖民地法官的面容和大量体格发育中得到了很好的体现。就自然权威的举止而言，母国不必为看到这些真正的民主制最重要的人物被接纳为同龄人之家或成为主权下议院而感到羞耻。

接下来是治安法官，是一位年轻而杰出的神灵，他希望从周年纪念中得到他的讲话。在那个时代，他的才能比政治生活更能展现自己的才能。因为，出于更高的动机，它在社区几乎敬拜的方面提供了足够有力的诱因，从而赢得了最有抱负的志向。甚至政治权力（例如，马瑟数的增加）也在成功的牧师的掌握之内。

自从先生以来，就一直是那些观察他的人的观察。如果他表现出在步态和空气中所表现出的精力，使他保持游行队伍的步伐，首先踏上了新英格兰海岸。没有像其他时候那样步伐乏力；他的框架没有弯曲，他的手也没有不安地放在他的心脏上。然而，如果神职人员得到正确的看待，他的力量似乎不属于身体。它可能是属灵的，并由天使的奉献赋予了他。也许只有在认真认真，持续不断的思想的炉火中蒸馏出来的那种强烈的热情才是令人振奋的。或者说，他那敏锐的性情被天上膨胀的响亮刺耳的音乐所鼓舞，使他在升潮中振作起来。然而，他的表情如此抽象，是否有人质疑他。甚至听到了音乐。有他的身体，向前移动，并用不习惯的力量。但是他的想法在哪里？在自己地区的远方和深处，忙于自身的超自然活动，以调动即将发布的庄严思想的队伍；所以他什么也没看见，什么也听不到，对周围的事一无所知。但是精神元素占据了微弱的框架，并在没有意识负担的情况下进行了搬运，并将其转变为自己的精神。那些病态不寻常的人，病态日益严重，偶尔会表现出巨大的努力力量，他们投入了很多天的生命，然后变得无生命。

海丝特·白兰坚定地注视着牧师，感到沉重的影响降临在她身上，但她为何或为何不知道，除非他看上去离她自己的领域如此遥远，并且完全超出了她的能力。她曾想过必须承认的一瞥之间。她想到了一片昏暗的森林，那里只有一点点的寂寞，爱情和痛苦，还有长满苔藓的树干，在公园里，他们手拉手坐在一起，与悲伤的，充满激情的谈话混杂在一起。

溪。他们彼此认识得有多深！这是男人吗？她现在几乎不认识他！他昂首阔步地走过，被富裕的音乐包围着雄伟而尊贵的父亲的队伍。他的世俗地位如此高不可攀，而在他那无情的思想的遥远视野中，他现在更是如此！她的精神沉迷于一切都一定是幻觉的想法，而且，正如她梦以求的那样，神职人员和她自己之间可能没有真正的纽带。因此，很多女人都在慌忙中，以至于她几乎无法原谅他-最不重要的是，当听到他们越来越接近命运的沉重脚步时，她才能够如此完全地退出自己的生活。他们共同的世界-她昏暗地摸索，伸出冰冷的手，却发现他没有。

珀尔要么看到并回应了母亲的感情，要么就感受到了传道人周围的遥远和无形。游行结束时，孩子不安，上下飞行时像小鸟一样飞舞着。当一切都过去了，她抬头看着海丝特的脸-

她说："母亲，是那位在溪边亲吻我的部长吗？"

"保持和平，亲爱的小珍珠！" 妈妈低声说。"我们绝不能总是在市场上谈论森林中我们所发生的事情。"

"我不能确定是他-他看起来很奇怪，"孩子继续说道。"否则，我会向他跑去，并请他现在在全体人民面前亲我，即使他在黑暗的老树丛中做这件事。大臣会说什么，母亲？他会在他的心上拍手吗？·然后皱着眉头看着我，叫我死了？"

海丝特回答说："珍珠，他该怎么说？除了没有时间接吻，而且不要在市场上接吻？对你这个愚蠢的孩子来说，你不跟他说话是好事。！"

关于先生的另一种相同观点。是由一个人表达的，他的怪癖-就像我们应该说的疯狂-导致她去做很少有人会冒险去做的事情-在公开场合开始与戴红字的人交谈。正是女主人希宾斯到处见到游行队伍，他的气势磅，身着三层领口，绕的抹胸，厚实的天鹅绒礼服和金头手杖。由于这位古老的女士在不断进行的所有巫术作品中都享有作为主要演员的名望（后来付出了不菲的代价，她为此付出了不菲的代价），人群在她面前屈服，似乎害怕这种触摸她的衣服，仿佛它在华丽的褶皱中带来了瘟疫。与海王星白兰地结合使用-就像现在很多人对后者一样-受情妇希宾斯启发的恐惧已经加倍，并引起了这两个女人所处的那部分市场的普遍运动。

"现在，什么凡人的想象力可以想象得到？" 老太太秘密地低声低语。"神人之外！世界上的圣人，就像人们坚持他的样子，而且-我必须要说-他真的长相！现在看到他参加游行的人，会想那是什么时候了。他走出书房-我保证在嘴里嚼一句希伯来语经文-在森林里放风吧！啊哈！我们知道这是什么意思，黑丝白兰地！但实际上，很抱歉，我觉得很难相信他是同一个人。许多教会成员看到我，在音乐的背后行走，当有人提琴时，我与我共舞，也许是印第安人的战俘或拉普兰巫师与我们握手。当一个女人了解世界时，这不过是小事，但是这位牧师，你能肯定地说，他是否是在森林小路上遇到你的那个男人？"

海丝特·普林恩回答说："夫人，我不知道你在说什么。"然而，她对如此多的人（其中包括她自己）和邪恶的人之间的个人联系充满信心，却感到惊讶和震惊。"我不应该轻描淡写一个博学多才的虔诚牧师，就像牧师迪姆斯代尔先生那样。"

"，女人——！"老太太哭了，大叫一声。"您以为我去过森林很多次了，还没有判断其他人去过那里的技能吗？是的，尽管他们跳舞时戴着的野生花环的叶子没有留在头发上！我知道你，，因为我看得出这个标记，我们可能都在阳光下看到它！它在黑暗中像红色的火焰一样发光。你公开地穿着它，所以毫无疑问。但是这位牧师！让我当黑人看到自己的一个仆人签字并盖章时，就象牧师迪姆斯代尔先生那样胆怯地与债券保持联系时，他有一种命令事项的方式，以便公开商标，在开放的日光下，举世瞩目！大臣试图用手掩藏什么，他想隐藏什么？哈丝特·白兰？

"怎么了，好女主人希宾斯？"小珍珠热切地问。

"你看到了吗？"

"没关系，亲爱的！"情妇希宾斯回应说，使珍珠成为一种崇高的敬意。"您一次或一次都会看到它。他们说，孩子，您是空中王子的血统！您会和我一起度过一个美好的夜晚去看望您的父亲吗？那么您将知道部长为何保留他的父亲。交出他的心！"

怪异的老绅士笑得如此刺耳，以至整个市场都能听到她的声音，这名古怪的老妇人离开了她。

到这个时候，在会议厅里已经进行了初步的祈祷，牧师先生的口音也很不错。开始听的演讲。一种难以抗拒的感觉使他犹豫不决。由于神圣的建筑太拥挤，无法招募另一名审计员，因此，她在紧靠手架附近的位置上任。讲道很模糊，整个讲道都以耳朵的声音传来，模糊而杂乱，部长传来的声音很奇怪。

这种声音器官本身就是一种丰富的天赋，以至于听众不理解传教士所讲的语言，仍然可能仅靠语气和节奏来回摇摆。像所有其他音乐一样，无论受过什么教育，它都会用人类心脏固有的语言来呼吸激情和悲伤，以及高昂或温柔的情绪。声音从教堂的墙壁穿过时，声音变得低沉，海丝特·白兰妮如此激烈地倾听着，并如此亲切地同情，以至于讲道对她来说具有整个意义，完全不同于其难以区分的语言。这些，也许，如果听得更清楚的话，可能只是一种粗俗的媒介，而堵塞了精神上的感觉。现在，她被低沉的底色吸引住了，就像风下沉静地躺下一样。然后随着它的升华，随着甜味和力量的渐进渐变而上升，直到它的体积似乎使她充满敬畏和庄严庄重的气氛。然而，随着声音有时变得雄伟壮观，它永远存在着平淡无奇的本质。一种痛苦的响亮或低沉的表达——可能想到的耳语或尖叫声，感动着人类，在每一个怀抱中都感慨万千！有时，人们只能听到这种深深的悲伤，而在凄凉的寂静中几乎没有听到叹息的声音。但是，即使传道人的声音越来越高，而且指挥权高涨-当它无法抑制地向上推开时-当它发挥出最大的广度和力量时，仍然充满了教堂，以至于它冲破了坚固的墙壁，并在露天扩散了自己-如果审核员专心地听，并且为此目的，他可以察觉到同样的痛苦。它以前如何？对人类内心深处悲哀，充满罪恶的抱怨，将其内或悲伤的秘密告诉了全人类；在每时每刻都在恳求它的同情或宽恕，从不徒劳！正是这种深刻和持续的底蕴赋予了牧师他最适当的力量。

在这段时间里，海丝特像雕像一样站在脚手架的脚下。如果部长的声音没有让她留在那儿，那么她在那里约会的第一个小时便是那不可避免的吸引力。她内心里有种感觉-太模糊了，无法思考，但沉重地困扰着她-她前后的整个生命球都与这个点有关，就像那个点给了它统一。

与此同时，小珍珠已经离开了母亲的身边，并按照自己的意愿在市场上玩耍。她用飘忽不定的光芒使沉闷的人群欢欣鼓舞，即使一只明亮的羽毛的鸟飞来飞去，照亮了整片昏暗的树，一半被看见，另一半被簇集在暮色中。她起伏不定，但有时动作剧烈而又不规则。它表明了她精神的躁动不安，今天，在脚尖舞中始终坚不可摧，因为它在母亲的不安中被演奏和震动。每当珍珠看到任何东西可以激发她不断活跃和好奇的好奇心时，她就会飞奔而去，而且，正如我们可能会说的那样，只要她想要，就抓住那个男人或东西作为她自己的财产，但又不会产生最小的控制度。她在请假中的动作。清教徒看了看，而且，如果他们微笑着，他们仍然倾向于将这个孩子说成是恶魔的后代，这是因为她那小小的身影闪耀着难以形容的美丽和怪异的魅力，并因其活动而闪闪发光。她奔跑着，看着野生的印第安人的脸，他开始意识到一种比自己的野性还要大的自然。从那以后，她带着当地人的勇敢精神，但仍保留着自己的特色，飞到一群水手中间，这群印度人是陆地上那群发黑的人。他们奇妙而令人羡慕地凝视着珍珠，仿佛一片海泡状的泡沫仿佛是一个小佣人的形状，并被赋予了海上烈火的灵魂，在夜间闪烁在船头下方。

这些船员中的一个确实是船长，曾与海丝·白兰交谈过，对珍珠的表情如此着迷，以至于他企图向她伸手，目的是抓住一个吻。他发现触摸她就像抓住一只蜂鸟一样是不可能的，他从帽子上取下了缠绕着它的金链，然后扔给了孩子。珍珠立即用这种快乐的技巧将其缠绕在她的脖子和腰部，一旦被发现，珍珠就成为了她的一部分，很难想象没有它。

水手说："你的母亲是那位带红字的女人，你会从我这里带给她一个信息吗？"

珀尔回答说："如果信息使我满意，我会的。"

"然后告诉她，"他再次说道，"我再次和那个黑眼睛的驼背肩上的老医生说话，然后他与他的朋友，她爱慕的绅士一起带上了车。所以让你的母亲带走除了自己和你自己,别无所求。你会告诉她这个,你是女巫婴儿吗?"

"女主人希宾斯说我父亲是空中王子!" 哭泣的珍珠,带着顽皮的微笑。"如果你叫我这个名字,我会告诉他你,他会用暴风雨追赶你的船!"

在整个市场上搜寻锯齿形路线时,孩子回到了母亲身边,并传达了水手的话。最后,海斯特带着一种不可避免的厄运的黑暗和冷酷的表情几乎沉没了,他的坚强,沉着,坚定不移的精神最终沉没了,这时部长和她本人摆脱了痛苦的迷宫似乎在打开通道,这表明了自己在他们前进的道路上,带着坚定的微笑。

船长的情报牵涉到她的可怕困惑使她的思想烦恼,她也受到了另一次审判。有来自全国各地的许多人到来,他们经常听说过这封鲜红的信件,并因一百次虚假或夸大的谣言而使这封信变得可怕,但他们从来没有亲眼所见。这些人在用尽了其他娱乐方式之后,现在充斥着粗鲁而粗鲁的侵犯性的丝白兰地。然而,这是不道德的,它不能使它们比几码的赛道更近。他们以这种距离站立,并由神秘符号激发的抵制的离心力固定在那里。同样,整个船员们观察着观众的声音,了解了鲜红色的字母的含义,来到了那里,将被晒黑,看上去绝望的脸庞塞进了戒指。甚至印第安人也受到白人好奇心的冷淡阴影的影响,在人群中滑行时,将蛇形的黑眼睛紧紧抓住了海丝特的怀抱,这或许意味着,佩戴这种刺绣精美徽章的佩戴者一定是她的人民中有很高的尊严的人。最后，小镇上的居民（他们对这个破旧主题的兴趣很浓，他们通过同情别人看到的东西而懒惰地复兴了自己）懒散地呆在同一个地方，并折磨着黑丝般的白兰地，也许比其他所有地方都多他们冷静，熟悉的目光注视着她熟悉的耻辱。海丝特看到并认出了那批女子的同脸，她们七年前一直在等待她从监狱门出来。所有人都保存了其中一个，是他们中最小的一个，也是唯一一个富有同情心的人，她从那以后制造了自己的葬礼袍。在最后一小时，她很快就抛开了那封燃烧的信，奇怪的是，它变得更加引人注目和激动，因此使她的乳房比从她放了第一天开始的任何时候都更加痛苦。它在。

当海丝特站在那无知的魔法圈中时，她那句狡猾的残忍似乎永远使她固定了下来，这位令人敬佩的传教士正朝着神圣的讲坛上低头看向听众，听众的一切精神都已屈服于他。教堂里的圣大臣！市场上红字的女人！凭什么想像力就足以推测出他们俩都遭受了同样的灼热污名！

。红字的启示

雄辩的声音在海浪汹涌的海浪上泛起了，听众的灵魂终于停了下来。片刻之间保持沉默，这是深刻的，就像在先知的话语之后一样。然后发生了低沉的杂音，好像审计员从把他们转移到另一个人的思想区域的高水平咒语中释放出来一样，带着所有的敬畏和惊奇仍然沉迷于他们之中。过了一会儿，人群开始从教堂的门涌出来。如今，到了尽头，与传教士转变成烈焰般的言语，并背负着他丰富的思想气息的氛围相比，他们需要更多的呼吸，更多的身体来支撑他们回归的粗俗生活。

他们的狂喜在户外突然爆发。街道和集市绝对在部长的掌声中四处走动。他的听众无法休息，直到他们互相告诉对方每个人都知道他听不懂的东西。

根据他们联合的见证，从来没有人像今天说话的人那样聪明，如此崇高，如此圣洁。也没有比通过他的呼吸更明显地通过凡人的嘴唇呼吸过。可以看出，它的影响力正降在他身上并占有他，并不断地将他从摆在他面前的书面论述中解脱出来，并向他灌输对他自己和对他的听众来说必不可少的思想。他的主题似乎是神与人类社区之间的关系，特别提到了他们在旷野种植的新英格兰。当他接近尾声时，一种预言的精神降临在他身上，正如以色列的老先知一样，他被尽力地限制在其目的上，只是有这种区别，而犹太的先知却谴责了审判和毁灭他们的祖国，这是他的任务，为新近聚集的主人预言一个崇高而光荣的命运。但是，从头到尾，在整个论述中，都有一种深深而悲哀的悲哀色彩，除非将其解释为一个即将逝世的人的自然遗憾，否则就无法解释。是; 他们如此热爱的牧师，以及如此如此热爱所有人的牧师，以至于他没有叹息就无法离开天国。他预见到了过早死亡的预兆，不久他们就落泪了。他短暂停留在地球上的想法最后强调了传教士所产生的影响；仿佛是一位天使在飞向天空时，一晃一晃，就在阴影中闪耀着灿烂的翅膀，瞬间向人们晃动，向他们洒下了金色的真理。

因此，牧师来了。对大多数人来说，昏暗的山谷-在各个领域中，尽管很少有人意识到，直到他们看到它远远落后于他们为止-这一时代比以前的任何时代或以后的任何时代都更加辉煌，充满了胜利。此时此刻，他站在最自豪的优越地位上，在新英格兰最早的日子里，天赋或才智，丰富的知识，通俗的口才和最神圣的圣洁的声誉可以使神职人员升华。本身就是一个崇高的基座。部长在选举布道结束时低头向讲坛上的坐垫鞠躬，就是这个职位。同时，海丝特·白兰站在架的脚手架旁，鲜红色的字母仍在她的乳房上燃烧！

现在又听到了音乐的喧闹声，以及从教堂门口发出的军事护送的流浪汉。然后将游行队伍编组到市政厅，在那里举行隆重的宴会将完成当日的仪式。

因此，人们再次看到了那群尊敬而雄伟的父亲们走过的人民的广泛道路，他们两边都虔诚地退缩了，作为总督和地方官员，古老而有智慧的人，圣职大臣以及所有杰出而著名的，进入了其中。当他们公平地进入市场时，他们的到来受到了呼喊。尽管毫无疑问，它可能会从授予统治者年龄的孩子般的忠诚中获得额外的力量和体力，但人们认为审计师的热情是不可抑制的，这种雄辩的口才是雄辩的口才，但这种反应却在他们的口中回荡。耳朵。每个人都感觉到自己的冲动，并以同呼吸的方式从邻居身上捕捉到了冲动。在教堂内，它几乎没有被压低；在天空下，它向上攀至天顶。有足够多的人，并且有足够的高度弯曲和交响乐的感觉来产生比爆炸、雷声或海啸所发出的器官音更令人印象深刻的声音。即使是许多声音的猛烈膨胀，也被普遍的冲动融合成一个伟大的声音，这同样使许多人中有一颗广阔的心。从来没有，从新英格兰的土地上呼啸而过！从来没有，这个人在他的凡间弟兄中如此荣幸地成为传教士，站在新英格兰的土地上！

那他呢？头顶上的空气中没有光环的光彩吗？像他被精神一样空灵化，而被敬拜崇拜者神化，在游行队伍中他的脚步真的踏在了尘土上吗？

随着军人和平民父亲队伍的不断前进，所有人的目光都转向了部长所见的位置。一阵又一阵的人群瞥见了他，这声喊叫声变得低沉。在他所有的胜利中，他看上去多么苍白和苍白！现在，这种能量-或者说是使他振作起来的灵感，直到他本该传达出自己的力量从天上带来力量的神圣信息-被撤消了，因为它如此忠实地履行了自己的职责。他们之前看到的灼热在他的脸颊上燃烧了，熄灭了，像火焰一样，在已腐烂的余烬中扑灭了。似乎没有一个活着的人，有着像死亡一样的色调的面孔：这几乎不是一个有生命的人，在他的道路上如此紧张地摇动，却摇摇欲坠，没有跌倒！

他的一位牧师弟兄-尊敬的约翰·威尔逊-观察先生的状况。昏昏欲睡的智商和情感浪潮使离开了，匆匆上前提供他的支持。部长颤抖但果断地击退了老人的手臂。如果可以这样描述他的动作，他仍会继续前进，这很像婴儿在母亲怀抱中做出的不懈努力，伸出手来诱使他向前走。现在，就像他前进的后期步伐一样，他几乎无法察觉，他遇到了人们记忆深刻，天气昏暗的脚手架，很久以来，在那段短暂的时间里，海丝特·白兰遇到了世界范围内的卑鄙的目光。那里站着徒，手里拿着小珍珠！她的乳房上有一封红字！部长在这里停顿了一下；尽管音乐仍然像游行队伍一样走着庄严而欢乐的游行。它召唤了他向前-向着节日！！但是他在这里停了下来。

贝灵汉在最后一刻一直在焦急地注视着他。他现在在游行中离开了自己的位置，并从法官先生的身分继续前进以提供帮助。昏暗的一面，他必须避免跌倒。但是，后者的表达中有一些东西警告了地方法官，尽管一个人并不愿意服从一种精神向另一种精神传递的模糊暗示。同时，人群惊叹不已。在他们看来，这种尘世的虚弱只是牧师天体力量的另一阶段；如果他在他们的眼前升起，变得暗淡而明亮，最后消失在天上的光辉之中，那么对于一个如此圣洁的人来说，这似乎也不是太高的奇迹了！

他转向脚手架，伸出双臂。

"哈斯特，"他说，"过来！来，我的小珍珠！"

他以一种可怕的眼神看待他们。但是里面有些温柔而奇怪的胜利。这个孩子以她的特征之一像鸟一样的动作飞向他，抱住他的膝盖。海丝特·白兰妮似乎不可避免地受到命运的驱使，慢慢地违背了她的坚强意志，同样走近了，但在她到达他之前停了下来。此刻，老罗杰·奇林沃思使自己冲过人群–也许，他的表情如此黑暗，不安和邪恶，他从某个偏僻的地方站出来–从他的谋求中抢夺了受害者！老人尽力冲上前去，抓住那位大臣。

"疯子，等等！你的目的是什么？" 他低声说。"向那个女人挥手！抛弃这个孩子！一切都会好起来的！不要抹黑你的名声，并毁于耻辱！我还可以拯救你！你会为你的神圣事业带来侮辱吗？"

"哈，诱惑！你太晚了！" 大臣恐惧地但坚定地回答了他的眼睛。"你的力量不是它的本能！在上帝的帮助下，我现在将逃脱你！"

他再次伸出手给那封红字的女人。

"赫斯特·普林尼，" 他以刺耳的诚恳地叫道，"以他的名义，如此可怕，如此仁慈，他在最后一刻给我恩典，做我自己沉重的罪恶和痛苦的痛苦-阻止了自己七年前的行动，到现在为止，把你的力量缠绕在我身上；你的力量，犹豫；但让它在上帝所赐给我的意志的指引下！力所能及！-全力以赴，恶魔的来！来吧，草来-来！在脚手架上支持我。"

人群一片混乱。那些举止尊严的人，更直接地站在神职人员身边，他们大吃一惊，困惑不已，以至于他们所看到的目的-无法接受最容易表现出来的解释，也无法想象其他任何事物。他们仍然保持沉默，不积极地旁听旁观者的意见。他们看到牧师，靠在海丝特的肩膀上，靠着她的手臂支撑着他，走到脚手架上，爬上台阶。罪孽中的孩子的那只小手仍然被他紧紧抓住。随后是老罗杰·史金斯沃思，他与内和悲伤的戏剧紧密相关，在其中他们都是演员，并享有充分的资格，因此出现在闭幕式上。

他黑暗地望着牧师，说："你要遍及整个地球，没有一个地方如此秘密-没有高处也没有低处，你可能逃脱了我-保存在这个脚手架上！"

"多谢带领我的他！" 部长回答。

然而他颤抖着转过头来，眼神中充满了怀疑和忧虑，尽管他的嘴唇上露出了微弱的笑容。

他喃喃道："这不是比我们在森林里梦到的好吗？"

"我不知道！我不知道！" 她急忙回答。"更好吗？是的，所以我们可能都死了，几乎没有珍珠和我们一起死了！"

部长说："为了你和珍珠，要照上帝所定的顺序。" "上帝是仁慈的！现在让我去做他在我眼前所表达的意志。因为，老兄，我是一个垂死的人。所以让我急忙把我的耻辱加在我身上！"

牧师先生得到了海丝特·白兰的部分支持，并握着一只小珍珠。昏暗的山谷转向了庄严而尊贵的统治者。传给他的弟兄们的圣职大臣。对于那些深深感到震惊，却充满泪水同情的人民，因为他们知道有些深切的生活内容-如果充满了罪恶，同样充满了痛苦和悔-现在向他们敞开。太阳，但略过其子午线，照在神职人员身上，使他的身材显得与众不同，因为他从全地上脱颖而出，向永恒的正义标准认罪。

"新英格兰人！" 哭泣的他高高昂扬，庄重而庄严地呼喊着他的声音，却始终颤抖着，有时甚至尖叫着，挣扎着从无情的悔和悲痛中挣脱出来。" "是的，爱我！-你们认为我圣洁！-看见我在这里，这个世界上的罪人！最后-终于！-我站在那儿，自七年以来，我应该和这个女人一起站在这里在那可怕的时刻，她的胳膊，比我过的那只小力量，还扶着我，从我的脸到我的脸!!，着头的那红字！你们都为之颤抖！无论她走到哪里-尽管如此沉重，她可能希望找到安息的地方-它使她周围充满了敬畏和可怕的厌恶的微光，但在你们中间却站着一个人，你们没有那种罪恶和侮辱的烙印。颤抖！"

在这一点上，部长似乎必须不透露其秘密的其余部分。但是他反抗了身体上的虚弱，甚至是内心的虚弱，而这正是他的精通。他放弃了所有帮助，热情地迈出了一步，在这名妇女和孩子们面前。

"在他身上！" 他以一种猛烈的态度继续说道。他下定决心要说出全部话。"上帝的眼睛看见了它！天使们永远指着它！（魔鬼很清楚，用他燃烧的手指不断地抚摸着它！）但是他狡猾地把它藏在男人面前，带着面纱走到你们中间精神的，悲痛的，因为在一个罪恶的世界上如此纯洁！—以及可悲的是，因为他错过了他的天堂般的亲戚！现在，在死亡时刻，他在你面前站起来！他要你再看一看海丝特的红字！告诉你，尽管有种种神秘的恐怖，但那只是他在自己的乳房上所承受的阴影，即使是他自己的红色烙印，也只不过是那种伤透了他内心的东西！任何在这里质疑上帝对罪人的审判的人，看哪！这是可怕的见证！"

通过抽搐的动作，他从胸前撕下了部级乐队。它被揭示了！但是描述这个启示是不敬的。一剎那间，惊恐万状的目光集中在可怕的奇迹上。部长站在他面前，脸上洋溢着胜利的气息，他是一位在最痛苦的危机中赢得了胜利的人。然后，他跌倒在脚手架上！赫斯特部分地抬起他，把头靠在她的怀里。老罗杰·史金斯沃思跪在他旁边，面无表情，呆滞乏味，生活似乎已从那消失了。

"你逃脱了我！" 他重复了不止一次。"你逃脱了我！"

"愿上帝原谅你！" 部长说。"你也深陷了罪恶！"

他把那垂死的双眼从老人身上移开，然后将它们固定在女人和孩子身上。

"我的小珍珠，" 他虚弱地说，脸上洋溢着甜美而温柔的笑容，仿佛一种精神沉入深深的安息中；不，现在负担减轻了，他似乎好像在跟孩子嬉戏- "亲爱的小珍珠，你现在要亲吻我吗？你不会在森林里，但是现在你愿意吗？"

珍珠亲吻了他的嘴唇。咒语被打破了。悲惨的大场面使野孩子感到有些同情；在那儿，野孩子负担了一部分。当她的眼泪落在父亲的脸颊上时，他们保证她将在人类的欢乐和悲伤中成长，也不会永远与世界作战，而要成为一个女人。珍珠对她母亲的要求也得到了满足。

牧师说："哈斯特，告别！"

"我们再不见面吗？" 她低声说，把脸朝他靠近的方向弯下。"难道我们不应该一起度过不朽的生命吗？

肯定地，肯定地，我们带着这一切的祸害互相毁了！

你以那双垂死的明亮的眼睛望着永恒！

然后告诉我你所看到的！"

"嘘，——嘘！" 他严肃地说。"我们违反了律法！-这里的罪恶被可怕地显露了！-别让这些在您的思想中！我怕！我怕！当我们忘记我们的上帝时-当我们互相敬畏对方的灵魂时，可能就是这样。从此以后，希望我们能在一个永恒而纯粹的聚会中相遇是徒劳的，上帝知道；他是仁慈的！他在我的苦难中证明了他的仁慈，最重要的是给了我这种忍受的折磨。在我的胸前！派遣一个又黑又可怕的老人，使酷刑一直泛滥成灾！让我到这里来，在人民面前死于这场胜利的丧命之死！如果有这些痛苦中的任何一个我想永远失去了！赞美他的名字！他会做到的！告别！"

最后的话随着部长的呼气而来。直到那时，无声的人群以一种奇怪而深刻的敬畏和奇异的声音爆发了，除了尚未散发出来的灵魂发出的如此沉重的低沉的杂音，到目前为止还没有找到话语。

。结论

许多天后，当人们有足够的时间根据上述场景安排思想时，关于脚手架上目击事件的描述不止一个。

多数观众作证说，在不高兴的部长的胸前看到了鲜红的字母-像海丝特·白兰犬所穿的那种字母很像-印在肉上。关于它的起源，有各种各样的解释，所有这些都必然是推测的。有人肯定了尊敬的先生。在海丝特·白兰度第一次戴上她那卑鄙的徽章的那天，迪姆梅斯代尔就开始了悔的过程。后来，他用了许多徒劳的方法，对自己施加了残酷的折磨。其他人则争辩说，直到很长一段时间之后才产生污名，当时老罗杰·希林沃思是有力的死灵法师，通过魔术和有毒药物的作用使它出现。其他人，再一次是那些最能体会部长的特殊感性，以及他的精神对身体的奇妙操作的人，低语了他们的信念，即可怕的象征是不休的主动悔的作用，从内心深处向外看，并最终通过可见的字母来表现出天堂的可怕判断。读者可以在这些理论中进行选择。我们已经将所有可以获取的光投向了轻巧的物件，并且很高兴，既然它已经完成了它的办公室，将其深层印记从我们自己的大脑中抹去了，因为长期的冥想将其固定在非常令人讨厌的独特性中。

但是，某些人是整个现场的观众，而且自称从来没有一次将自己的眼睛从尊敬的先生身上移开，这是唯一的。否认他的乳房上有任何痕迹，而不是新生婴儿的痕迹。他们的报告都没有承认他的垂死之言，甚至也没有暗示他的任何一点丝毫的联系，而海丝特·白兰妮早就穿着那红字了。根据这些备受尊敬的目击者，这位部长意识到自己快死了，也意识到，对众人的敬畏使他已经在圣徒和天使中间了。，向世界表达人类最正义的选择是多么彻底的婚姻。在为人类的精神福祉而竭尽全力之后，他将死亡的方式喻为寓言，以向崇拜者们留下深刻而悲惨的教训，从无限的纯洁来看，我们都是罪人。就是要教导他们，我们当中最神圣的人已经达到了远高于他的同伴们的水平，以便更清楚地辨别所看不起的怜悯，而更彻底地否定人类的美德的幻象，而这将令人向往地向上看。在不争辩一个如此重要的真理的情况下，我们必须被允许考虑这个先生的版本。的故事只是男人的朋友，尤其是神职人员的顽固忠诚的一个例子，当证据像猩红色字母正午的阳光一样清晰地证明他是虚假和染污的时，他的故事有时会维护他的性格尘土的生物。

我们主要遵循的权威-旧时的手稿，是根据个人的口头证词摘录的，其中一些人曾听说过黑丝白兰地，而另一些人则听到了当代目击者的故事，充分证实了前几页的观点。在可怜的部长的惨痛经历中，许多道德使我们感到沮丧，我们只把这句话写成一句话："要真实！要真实！要真实！向世界自由展示，即使不是你最糟糕的情况，也要展现出最糟糕的特质可以推断！"

没有什么比发生在先生之后几乎立即发生的变化更显着的了。迪姆梅斯代尔的去世，以这位名叫罗杰·吉林沃思的老人的外表和举止为重。他所有的力量和精力-所有他的生命力和知识力量-立刻消失了，这无异于使他积极地枯萎，枯萎了，几乎从凡人的视线中消失了，就像在阳光下枯萎的杂草丛生。这个不快乐的人把他一生的原则变成了追求和系统地进行复仇。当通过最彻底的胜利总结出邪恶的原则而没有更多的物质来支持它时-简而言之，当地球上不再有魔鬼需要他做的工作时，只剩下未受人性化的凡人去了解自己他的主人会找到足够的任务，并按时付给他工资。但是，对于所有这些阴暗的生物来说，只要我们近距离相识——以及像罗杰·吉林沃斯以及他的同伴们，我们都会感到宽容。仇恨和爱到底是不是一回事，这是一个令人好奇的观察和询问主题。每个人在最大的发展中都需要高度的亲密和内心的知识；每个人都使一个人依赖于他的感情和精神上的折磨；每个人都因退出主题而离开了充满激情的恋人，或者同样充满激情的仇恨者，使他孤独而荒凉。因此，从哲学上考虑，这两种激情看起来基本相同，只是一种激情恰好在天体的光辉中看到，而另一种恰好在昏暗而明亮的辉光中可见。在精神世界中，老医生和传道人-他们曾经是共同的受害者-可能不知不觉中发现了他们尘世间的仇恨和反感已转化为金色的爱。

分开讨论，我们有事要与读者沟通。是在老罗杰·考林斯沃思的病逝（这一年内发生），以及他的遗嘱中，贝灵汉州长和牧师。威尔逊是遗嘱执行人，在这里和英国，他遗赠了相当多的财产给海丝特·白兰的女儿小珍珠。

因此，珍珠（精灵孩子）是恶魔的后代，直到那个时代的某些人仍在考虑她的时候，成为了新世界中她那个时代最富有的女继承人。这种情况在公众估计中几乎不可能发生重大变化；如果母子俩都留在这里，那么在婚后的生活中，几乎没有珍珠可以使她的野性血液与其中最虔诚的清教徒血统相融合。但是，在医生去世后不久，鲜红色字母的佩戴者消失了，珍珠与她一同消失了。多年以来，尽管模糊的报告会不时地在海中寻觅，就像一块无形状的浮木被扔上岸，上面有一个名字的首字母，但毫无疑问，它们没有收到任何真实的消息。红字的故事变成了传奇。然而，它的咒语仍然有效，在可怜的部长去世的地方使脚手架糟透了，同样地，在海丝特·白兰居住的海边小屋。在后一个景点附近，一个下午，一些孩子在玩耍，他们看见一个穿着灰色长袍的高个子女人走进小屋的门。在所有这些年里，它从未被打开过；但是她要么解锁了它，要么腐朽的木头和铁子丢在了她的手上，或者她像这些阴影般滑过阴影，无论如何都进入了。

在门槛上，她停顿了一下（转过半圈），以求有可能独自一人进入，一切都变了，前世如此强烈的家，比她所能承受的更加沉闷和荒凉。但是她的犹豫只是片刻，尽管足够长，足以在她的乳房上显示出猩红色的字母。

海丝特·白兰回来了，忍受了她久违的耻辱！但是小珍珠在哪儿？如果还活着的话，她现在一定处在早期女性的红晕和绽放中。没有人知道——甚至从来没有完全确定的知识——精灵孩子是否因此而过早地来到了处女墓；或者她的野性丰富的天性是否已被软化和制服，并使其有能力获得女人的温柔幸福。但是在海丝特余生的余下时间里，有迹象表明，猩红色字母的隐逸是异国某地居民的爱和兴趣的对象。来了一些信件，上面印有铠甲印章，尽管上面有英国纹章学所不知道的方位。小屋里有一些舒适和豪华的物品，例如从来不喜欢使用的花，但只有财富可以购买，感情才为她所想像。也有琐事，小装饰品，不断纪念的美丽信物，那一定是用细腻的手指在亲切的冲动下编织而成的。曾经看到花绣着如此华丽的金色花哨的婴儿服装，如果有这样一个婴儿被吓到，这会引起公众的骚动，就向我们清醒的社区展示。

很好，那天的八卦相信了。一个世纪后进行调查的测量师普埃相信-而且他最近的新任继任者之一-忠实地相信–珍珠不仅活着，而且结婚，幸福，并且对母亲怀念。她会很高兴地在火炉旁招待那个悲伤而孤独的母亲。

但是在这里，新英格兰的海丝特·白兰地生活比在珍珠找到家的那个未知地区要现实得多。她的罪过在这里；在这里，她的悲伤；而这还不是她的悔。因此，她返回了自己，并以自己的自由意志恢复了生命，因为那个铁器时代的最严厉的地方法官不会强加它-恢复了我们与这个黑暗故事相关的象征。此后再也没有退出她的怀抱。但是，在经历了艰辛，沉思和自我奉献的岁月结束后，这幅鲜红的字母不再是一种污名，它吸引了全世界的鄙视和痛苦，成为一种令人悲伤的东西，并且敬畏地看着，但也敬畏。而且，由于白公主没有自私的目的，也没有为自己的利益和娱乐而生活，人们带来了所有的悲伤和困惑，并恳求她的律师，因为她自己经历了巨大的麻烦。妇女，尤其是-在不断反复的关于受伤，浪费，委屈，错位，或犯错误和罪恶的激情的试验中-或承受着沉重的沉重负担，因为没有价值和寻求的东西来到了海丝特的家中，要求他们为什么如此悲惨，还有什么补救办法！她尽力安慰和劝告他们。她也向他们保证，她坚信在一个美好的时期，当世界应该为此成熟时，在天堂的时候，就会揭示一个新的真理，以建立男女之间的整体关系。在相互幸福的可靠基础上。早年的生活中，海丝特徒然想像自己是注定要成为先知的人，但早就认识到不可能将神圣而神秘的真理的任何使命交予染上罪恶，屈辱甚至羞辱的女人。终生难过 即将到来的启示的天使和使徒确实必须是一个女人，但要高尚，纯洁，美丽和明智。而且，不是空虚的悲伤，而是空灵的喜悦。并通过对如此成功的人生的最真实考验，展示神圣的爱情如何使我们幸福。

海丝特·白兰说，然后悲伤的眼睛向下看向那红字。又过了很多年，在那个沉没的墓地附近钻了一个新的坟墓，自那以后，国王的教堂就建了。它靠近那个沉没的老坟墓，但之间有一个空隙，好像两个卧铺的尘土无权混在一起。两者都用一块墓碑。到处都是刻有盔甲的纪念碑。在这块简单的石板上-正如好奇的研究人员可能仍能辨认出的那样，并迷惑了这个意图-看上去像是刻有铭文的锁眼盖。它带有一个装置，使者的措辞可能是我们现在总结的传说的座右铭和简要描述。它是如此的阴郁，只能通过比阴影更暗的一个不断发光的点来缓解：

"在田野里，黑貂，字母，红色"

www.ingramcontent.com/pod-product-compliance
Ingram Content Group UK Ltd.
Pitfield, Milton Keynes, MK11 3LW, UK
UKHW022228230426
12048UKWH00016BA/1134

9 781034 265788